채
플린,
채플린

채플린, 채플린

염승숙 소설

문학동네

차례

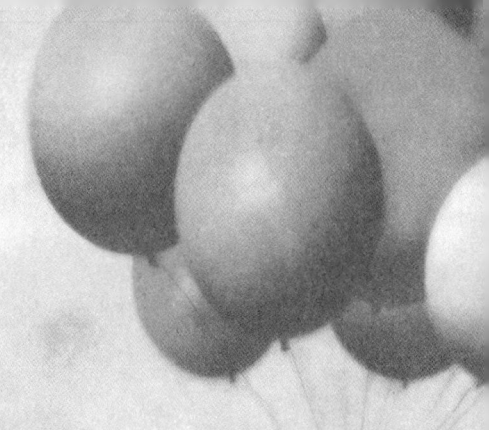

뱀꼬리왕쥐

비가 내리고, 비가 그치고, 어둠이 밀려오고, 어둠이 사라진다.

꼬리뼈는 살아 있고, 꼬리뼈는 죽어 있고,

내가 존재하고, 내가 존재하지 않는다.

"차라리, 차라리 나를 잡아먹겠다고 말해."

그 순간, 나는 피를 흘리며 아스팔트 위로 널브러지는 나를 상상했다. 내 몸은 찢어발겨져, 저 흉측한 입속으로 들어가리라. 단단한 뼈는 부서지고 질긴 살은 씹혀 저 몸의 일부가 되리라. 꽉 다물었는데도 이빨이 덜덜 떨려왔다. 턱이 흔들리는 것인지 세상이 요동치는 것인지 까무룩 정신을 놓아버리고픈 충동에 휩싸였다. 놈은 여전히 배실배실 웃음을 거두지 않고 있었다. 내 몸의 모든 피가 쏟아져 아스팔트에 스며들고, 내 몸의 모든 살이 갈기갈기 찢겨 지나가는 자동차 바퀴에 뭉개진다 해도 저 웃음을 보는 것만큼 나쁘진 않겠단 생각이 들었다. 그만큼 나는 놈의 웃음에 전신의 신경세포를 집중시키고 있었다. 하수구로 흘러드는 구정물에 나동그라져 온몸에서 악취가 배어나왔다. 한 발짝씩 다가오는 놈의 걸음에 맞춰 나는 엉덩이를 슬슬 뒤로 빼냈다. 고장난 라디오처럼 온몸이 지직거렸다. 내 몸의 주파수를 제대로 맞출 수 없어 나는 허둥대었다.

"뱀꼬리왕쥐의 세계에 오신 걸 환영합니다."

놈은, 이번엔 조금 더 길게 입꼬리를 끌어당기며 웃었다. 빗줄기가 점점 굵어져 온몸을 아프게 두드려왔다. 놈의 갑작스런 출현에 놀라 넘어질 때 발목을 삐끗했던 듯 쏟아붓는 빗줄기에 발목이 시큰거렸다. 그리고 그 순간 하수구 철창살 사이를 쏙 빠져나온 검은 생쥐 한 마리가 내 운동화로 달려들었다. 생쥐는 날쌘 동작으로 운동화끈을 풀더니 유유히 꼬리를 흔들며 두 발로 서서 걸어가버렸다.

"내 운동화끈!" 하고 나는 소리쳤으나, 달아난 생쥐 대신에 놈이 내게 다가와 무릎을 구부리고 소리없이 앉았다. 놈은 빗물에 젖어 흐물흐물해진 내 운동화끈을 추슬러 꽉 매어주고는 운동화 코를 탁탁, 두 번 두드리고 다시 웃었다.

'아아, 이런.'

놈이 보다 더 가까이 다가와 얼굴을 바투 들이밀었다. 살려달라고 빌며 훌쩍여볼까, 아니면 한 대 후려치고 냅다 튀어나가볼까. 나는 머릿속이 온통 헝클어져서 도대체 어디서부터 풀어가야 할지 난감해졌다. 어쩐지, 아침에 고양이가 던진 반짇고리에 맞은 것부터가 불길했었다. 가위며 초크, 줄자, 클립, 바늘 들이 잔뜩 얽히고설킨 채로 온몸에 전기를 일으키며 파닥거렸다. 나는 깜짝 놀라 손에 들고 있던 전단지 뭉치를 떨어뜨렸다. 방바닥을 온통 뒤덮어버린 A4용지 크기의 종이 속에 갇혀 수십, 수백의 케이가 웃고 있었다. 살갗을 찔러대는 바늘더미에 내가 아야, 하는 소리를 내지르자 고양이는 실실 웃음을 쪼개며 이불 위에 엎드린 채 손톱을 깎았다.

"그러게, 주무르랄 때 재깍재깍 달려와 주물러주면 좀 좋아?"

정확히 날아와 꽂힌 대바늘들을 쑥 빼내자 팔뚝엔 숭숭 구멍이 뚫렸다. 텔레비전 리모컨을 손에 쥔 듯 고양이의 허리와 엉덩이 여기저기를 손바닥으로 꾹꾹 누르며 나는 짜증을 냈다.

"그놈의 뼈마디 암만 주물러줘도 시원하다 소리 한번 못 듣는데!"

고양이는 눈을 흘기며 깎은 손톱에 입을 대고 후, 불었다. 먼지들이 날개를 달고 팔랑거렸다.

"종이쪼가리 암만 붙여봤자 안 올 놈은 결국 안 오게 되어 있어, 네 애비를 봐라."

무심한 고양이의 목소리가 졸음처럼 내 눈꺼풀 위에 내려앉았다. 고양이 입에서 나온 애비란 단어에 나는 괜스레 마음이 불편해졌다. 고개를 떨구니 바닥에 흩뿌려진 바늘들이 허리를 꼿꼿이 세우고는 총총히 줄맞춰 걸어가는 모습이 보였다. 그들은 차륵차륵 소리를 내며 걸어가서는 차례를 기다려 하나둘씩 반짇고리 안으로 들어가 몸을 눕혔다.

"얼른 주워담지 않고 어디다 정신을 팔고 있어, 얘가."

고양이는 어깨를 한껏 움츠리고 베개에 고개를 파묻었다. 거실 곳곳에 나뒹구는 바늘들이 아침 햇빛에 닿아 반짝거렸다. 나는 바늘을 한 움큼 집어들고 하나씩 내 눈에 박아넣고픈 충동에 몸이 부들부들 떨렸다. 줄자로 크기를 재고, 초크를 집어 금을 긋고, 가위로 싹둑싹둑 잘라 머릿속에 하나씩 하나씩 클립과 바늘을 찔러넣고 싶었다.

나도, 고양이도, 우리의 일상도, 우리의 세계도, 모두 환상이 아닐까 생각했던 것은 고등학교 일학년 때였다. 열일곱 생일이 다가오는 어느 날에 보았던 그 광경은 첫 수음의 경험처럼 나를 헐떡이게 만들었다. 몸이 좋지 않아 학교에서 일찍 조퇴를 하고 집에 돌아왔던 날, 안방에선 믿을 수 없는 일이 벌어지고 있었다. 허리 디스크로 오 년째, 이부자리에 누워 끙끙대던 아버지가 고양이의 배 위에서 썰그럭대는 모습에 나는 눈이 휘둥그레졌다. 단언하건대 그것은 끈끈하고 질퍽한 정사의 장면이 아니었다. 아버지는 구겨진 헌 옷가지처럼 둥그렇게 말려진 채로 고양이의 가랑이 사이로 들어갔다 나왔다를 반복했다. 그리고 도무지 믿을 수가 없어 두 눈을 비비려던 찰나에, 아버지는 고양이의 가랑이 사이로 스르륵 빨려들어갔다. 소음이 나지 않는 진공청소기 속으로 옷걸이에서 흐물흐물 흘러내린 옷이 빨려들어가듯 아버지는 그렇게, 고양이의 몸으로 흡수되었다. 마침 커튼을 달지 않은 창문으로 햇빛이 쏟아져들어와 고양이의 몸에서 새하얀 광채가 반사되는 듯 보였다. 고양이의 무심한 눈길이 내게로 향했을 때 나는 마침내 다릿심이 풀려 방문턱에 주저앉아버렸다. 고양이의 눈동자 속에서 아버지가 울부짖었다.

"네 애비가 집을 나갔다."

움푹 파여 납작해지고 색이 누렇게 바랜 이부자리를 손으로 가볍게 쓸며 고양이가 입을 뗐다. 잠시 멍해졌을 뿐, 괴롭거나 슬픈 기분에 휩싸이진 않았다. 건조한 고양이의 목소리를 들으며 나는 그저 '이제 다시는 아버지를 만나지 못하겠구나' 하고 생각할 뿐이었다. 눈이 보는 것, 머리가 생각하는 것 전부를 믿지 못하게 되는 일은 그후로도 계속해서 나타났다. 그것은 아침에 일어나면 어김없이 바지 앞섶을 꽉 조이는 나의 몸을 확인하는 일만큼이나 두렵고, 고양이의 가랑이로 들어갔다 나왔다를 반복하는 수백 수천의 또다른 아버지를 상상하는 일만큼이나 짜증스러운 것이었다. 아무것도 그려지지 않은 오선지처럼 깨끗했던 나의 하루, 나의 일상은 점점 화려한 선율에 휩싸여 생생한 노랫말을 들려주었다. 하지만 나는 늘 그것을 해석하지 못해 몸이 달았다. 일상은 고달팠고, 차츰 그런 나 자신에게 적응해나가는 스스로를 바라보는 일은 더욱 고독했고, 그래서 나는 언제나 납작 엎드린 채로 시곗바늘을 움직여왔다.

아버지는 도대체 집을 나가 어디로 간 것일까. 고양이의 입속으로 빨려들어갔던 것은, 정말 아버지였을까. 혹시 내가 지금 살고 있는 이 세계가 바로 고양이의 뱃속인 것은 아닐까. 현실과 환상의 경계에 내가 머무른다. 참과 거짓의 강에서 내가 헤엄친다. 나와, 내가 아닌 것의 틈에 내가 존재한다. 나는 서 있으면서 앉아 있고, 자면서 깨어 있다. 말하면서 듣고, 믿으면서 의심한다. 사랑하면서 증오한다. 나는 있으면서, 없다. 숨쉬되 숨쉬지 않는 것은 아닐까, 나는 진정 살고 있는 것일까 묻고 싶을 때마다 나는 호흡을 멈추고 눈을 감는다. 삶은, 거짓이 아니다. 나 또한, 환상이 아니다.

"맞습니다. 당신은 살아 있어요, 살고 있지요."

놈은 여전히 내 얼굴을 뚫어져라 바라보며 실실 웃음을 쪼개고 있었다. 굵은 빗줄기가 계속해서 눈으로, 입으로 마구 쏟아져 들어왔다. 얼굴이 따가워 견딜 수가 없었다.

"나, 나하고 뭘 하자는 거야."

"난 당신과 뭘 하자는 게 아니에요. 당신은 이미, 우리의 세계로 들어왔는걸요."

얼토당토않은 놈의 이야기에 다급했던 마음이 일견 수그러들고 있었다. '흐응, 마음대로 지껄여보라지' 하고 나는 생각했다. 환상은 시간이 흐르면 사라진다. 사라진 환상은 또다른 환상을 불러온다. 새로운 환상과 마주했을 때 나는 또 그것에 충실하면 되는 것이다. 나는 사방에 내려앉은 어둠처럼 음산한 놈의 말을 듣지 않으려고 귀를 막지도, 그리고 콧구멍을 벌름대며 서 있는 놈의 어처구니없는 저 표정을 보지 않으려고 눈을 감지도 않았다. 다만 나는 바닥에 나뒹굴고 있는 인형을 발로 찼을 뿐이었노라고, 빗방울이 흐득흐득 떨어지는 이 밤에 단지 빗물에 젖은 크고 더러운 쥐 한 마리와 마주쳤을 뿐이었노라고 주문을 외듯 속으로 되뇌었다.

고백하건대 그것은 진실로 의미 없는 행동이었다. 녹이 슨 우산살을 망연히 올려다보며 걷던 나는, 그 무엇이라도 구둣발에 채면 답삭 집어던져버릴 만큼 기분이 한껏 가라앉아 있었다. 하루 종일 마음이 불편했던 나는 젖은 모래처럼 절그럭거리는 채로, 하필이면 내 바짓가랑이에 구정물을 튀기며 달아나는 자동차의 꽁무니를 향해 욕설을 퍼붓던 중이었다. 그런 내가, 흙탕물에 찌들어 바닥에 뒹굴던 덩치 큰 인형을 분풀이 대상으로 삼지 않을 이유는 없었다. 때마침 고양이가 아침부터 반짇고리를 집어던진 날이었고, 때마침 하루 종일 비가 쏟아지는 어두운 날이었고, 또한 때마침 어느 몹쓸 연놈팽이가 대형 폐기물 스티커도 부착하지 않고 길가에 더러운 인형을 내다버린 날이었다. 이 모든 사건의 이유에 분명, '나'는 들어 있지 않았다. 하루에 일어나는 대부분의 행위들은 이유 없이, 그러나 자연스레 맞물리고 그것을 사람들은 우연이라고 말한다. 나의 행동 역시, 우연. 오늘의 이 환상 역시 의미 없는, 일상적 행위. 그러나 내 구두코에 옆구리를 채인 놈이 발딱 몸을 일으키고 핑그르르 돌아, 온몸의 빗물을 살살이 털어낼 줄은 꿈에도 생각지 못한 일이었다. 그리하여 놈에 의해 이 늦은 저녁, 온갖 오물의 지린내가 코끝에서 진동하는 하수구 빗물받이 위에 주저앉는 수모를 당할 줄은 더더욱 예상치 못했다.

"나는 뱀꼬리왕쥐예요."

놈은 어느새 몸을 일으켜 무표정해진 얼굴로 나를 내려다보고 있었다. 놈의 거대한 몸집 때문에 더욱 새까만 어둠에 휩싸여버린 나는 그 깜깜한 공포에 숨이 턱턱 막혔다.

"뱀…… 뭐?"

화살처럼 온몸에 내리꽂히는 빗줄기 때문에 두 눈을 제대로 뜰 수가 없어 나는 철벅철벅 구정물만 움켜쥐었다. 놈은 보다 가까이 내 앞으로 다가와 천천히 뒤를 돌아보였다. 그 순간 무언가 코끝으로 다가왔다가는 사라졌다. 그것은 마치 칼날처럼 날카롭게 나의 콧등을 훑었고, 나는 베이기라도 한 듯 황급히 코로 손바닥을 가져다댔다. 나는 빗물과 함께 입술 새로 흘러드는 끈적끈적한 무언가를 느끼며 입을 벌리고 머리통을 감싸쥐었다. 목소리가 나오지 않았고, 심장은 터질 것만 같았다.

입술을 비집고 든 그것은 뱀이 혓바닥을 내밀어 핥을 때 묻은 침이었다. 점성이 그닥 강하지 않은 침은 마치 깨끗하고 맑게 흐르는 아이의 콧물처럼 투명한 것이었으나 이내 빗물에 쓸려버렸다.

쥐와 뱀, 뱀과 쥐, 뱀꼬리왕쥐.

나는 휘융휘융, 바람 소리를 내며 지나가는 정신의 끝자락을 잡고 일어서려 애를 썼다.

"좀 제대로 눌러드리라고."

퇴근 전, 원장은 나에게 다가와 헛기침을 해댔다. 마침 나는 거리낌없이 바지를 까내리고 누운 한 중년 여자의 꼬리뼈를 손가락으로 누르며 그곳을 향해 적외선 치료기의 목을 뒤틀고 있던 참이었다. 원장은 투실한 왼쪽 엉덩이에 깨알 같은 점이 다닥다닥 박힌 여자를 흘깃거리며 내 옆구리를 쿡 찔렀다. 원장의 두툼한 눈썹이 꿈틀거렸다. 중년 여자의 맞은편 퀸사이즈 침대를 우리집 고양이가 하루 온종일 차지하고 누워 있는 참이었다.

"아니 내가 왜, 내 아들이 여기 치료산데, 내가 왜!"

고양이는 당신 아들이 외과병동 물리치료왕국의 주인이라도 되는 양 거들먹거리며 뻔질나게 병원을 드나들었다. 원위적외선 치료기와 근위적외선 치료기를 해가 저물도록 두 개씩 차지한 채 내놓질 않았고, 하다못해 온습포며 얼음주머니 하나에도 종류별로 욕심을 냈다. 가뜩이나 하루에 사십여 명이나 되는 환자들을 혼자서 감당하느라 온몸의 신경이 곤두서 있던 터였다. 퇴근시간이 가까워오는데도 꼬리뼈가 아프다며 바지며 치마를 홀홀 벗어던지는 환자들은 여전히 줄어들지 않고 있었다. 나는 데운 온습포를 고양이의 허리에 대어주려다 원장에게 찔린 옆구리를 매만지며 머쓱하게 손을 거두어들였다. 명상의 시간이라도 갖는 듯 평온히 누운 고양이의 귀 가까이 대고 "집에 가"라고 나직하게 속삭인 것은 여섯시 반인 퇴근시간을 십 분여쯤 남겨두고 있을 때였다. 그리고 '결국 오늘도 여덟시가 훨씬 넘어야 집으로 돌아갈 수 있겠구나' 하고 생각하며, 엉덩이를 까고 엎드려 누운 무수한 꼬리뼈들을 향해 돌아섰던 때였다.

마침 고개를 돌린 그 순간 원장의 등짝에 달라붙어 씰룩씰룩 엉덩이를 움직이는 식어빠진 온습포가 눈에 들어왔다. 춤추는 온습포를 지나쳐 와이가 또각또각 구둣발 소리를 내며 걸어갔다. 나는 재빨리 몸을 돌려 고양이가 입을 삐죽대며 일어난 침대 시트 위에 한 움큼씩 빠져 있는 고양이의 머리털을 주머니 속으로 정신없이 쓸어담았다. 흰 가운 주머니 바깥으로 검고 굵은 그것들이 비죽 솟아올랐지만 그다지 거슬리는 일은 아니었다. 내게는 두툼한 환자별 차트를 겨드랑이에 끼고 침대 시트를 갈아끼울 와이가 고양이를 맘에 들어하지 않는 것이 더 신경쓰였다. 고양이가 집으로 돌아가고 일곱시 반쯤 와이에게 다가갔을 때, 와이는 피곤하다는 듯 내게서 고개를 돌렸다. 멋스럽게 꽂은 와이의 푸른색 비녀가 스르륵 몸을 풀어 지렁이처럼 와이의 목을 타고 내려왔다. 나는 와이의 목 뒤로 손을 뻗으려다 멈칫했다. 두 갈래의 날카로운 비녀는 매우 단단히, 와이의 머리칼을 그러쥐고 있었다. 나는 오후에 와이로부터 건네받았던 쪽지를 손 안에서 구기며 오랜 시간 와이의 앞을 떠나지 못하고 서성댔다. '이렇게 너와 헤어질 순 없어, 와이.' 차마 입을 떼지 못하고 온종일 마른침만 삼켜대니 목젖이 아파왔다.

꼬리뼈 전문 물리치료사라는 되도 않는 직함을 달게 된 것은 순전히 꼬리뼈가 아프다고 찾아오는 환자들이 많았기 때문이었다. 외상에 의한 허리 근육통이나 디스크 수술 후의 통증, 골다공증에 의한 척추뼈 압박골절 등, 원인이 정확히 파악되는 환자들도 많았지만 대부분은 자세불량이나 혈액순환부족으로 오는 만성요통 환자들이었다. 동료 선배 케이와 함께 나는 맘 편히 커피 한잔 마실 새도 없이 환자들 틈에 끼어 하루를 보냈다. 그럼에도 불구하고 하루가 다르게 늘어나는 만성적 미추통 환자들은 감당할 도리 없이 난감하기만 했다. 주치의들이 내린 '피로와 스트레스'라는 진단은 '특별한 이유 없음, 나도 잘 모르겠음'이라는 뜻과도 같았다. 스테로이드와 국소마취제를 혼합한 약물을 주사하면 시술시 통증이 거의 없고 합병증도 최소화시킬 수 있음에도 불구하고 대부분의 환자들이 물리치료를 원했다. "초음파 사용으로 정확도도 아주 높아요" 하고 권해도 다들 들으려 하지 않았다. 그저 침대에 누워 뜨끈히 찜질을 받으며 두어 시간 푹 쉬다 가는 것으로 그들은 만족해했다. 밀려드는 환자들로 고민하던 케이가 '통증은 감각에 감정이 더해진 것입니다. 감정의 정서적 요소를 조절하는 것이 통증의 극복에 도움이 됩니다'라는 문구를 적어 물리치료실 곳곳에 붙여놓았으나 아무런 소용이 없었다.

"이렇게 바빠서야 원, 푸실푸실한 아무 여편네 엉덩이라도 붙잡고 오입하고 싶어지겠는걸. 자세가 딱 나오잖아, 딱. 집에 들어가 마누라 안아줄 시간도 없는데 말야. 클클."

위로랍시고 꺼내는 원장의 재미없는 농담들에 나는 쓴웃음을 삼키고 말았지만 케이는 언제나 양 볼은 물론 귀까지 새빨갛게 달아오르곤 했다. 케이가 없는 지금도 나는 여전히, 엎드려 누워 꼬리뼈가 아프다며 고통을 호소하는 그들의 허리에 데운 온습포를 올려놓고 적외선 치료기의 예약 타이머를 십오 분에서 이십 분 사이로 맞춰놓는 행동을 기계적으로 반복할 따름이었다. 골반 및 척추변형에 의한 통증을 완화시켜주기 위해 힘주어 꼬리뼈를 마사지해주기도 하지만 일시적으로 편안한 수면을 유도할 뿐, 딱히 뚜렷이 호전되는 효과를 보진 못했다.

그렇기에 매일 매일, 내 손은 살점을 뜯고 꼬리뼈를 움켜잡는다. 미지근하고 탁한 강물에서 갓 건져올린 꼬리뼈는 기운을 잃고 축 늘어져 있다. 나는 꼬리뼈를 들어낸 빈자리에 모래와 아스팔트를 사박사박 채워넣는다. 그 위에 생명력이 사그라지는 꼬리뼈를 눕히고 토닥인다. 색이 바래고, 병이 들었던 물고기는 이내 꼬리를 세차게 흔들며 퍼덕인다. 다 스러져가는 물고기를 등골뼈의 밑끝 부분에 매단 채 사람들은 매일 나를 찾아오고 나는 그들의 꼬리를 만지며 하루를 보내는 것이다. 내 손길은 데워진 온습포처럼 따뜻할까. 삼십 분 이상 지속되는 열기운처럼, 혈관을 수축시키고 염증을 감소시키는 얼음주머니처럼 정녕 뜨겁고도 차가울까.

"뱀의 혀는 포유류의 코예요."

놈은 어느새 다시 제자리, 제 자세로 돌아와 있었다. 순식간에 내 코를 훑고 사라진 뱀 역시 환상이었나, 하고 생각할 겨를도 없이 놈은 입을 놀렸다.

"쉴새없이 혀를 움직여 뇌에 냄새를 전달하죠. 공기중 미립자

와의 접촉을 통해서요. 단지 상대를 파악하기 위한 과정일 뿐이
니 너무 놀라지 마시기 바랍니다."

"꼬리가……"

"뱀이죠."

나는 숨을 헐떡였고, 놈은 여유만만했다. 빗줄기에 때려 맞고
있는 온몸이 흐느적거려 견딜 수가 없었다. 비릿한 물냄새와 땀
냄새가 하수구 악취에 섞여 올라와 속이 울렁거렸다.

"다시 말하건대 나는 뱀꼬리왕쥐입니다. 당신은 우리의 세계
로 들어서는 문에 발길질을 했고, 내가 바로 그 문이지요. 문을
열었으니 당신이 들어오시는 것. 이것이 지금 우리의 어깨를 감
싸고도는 우주의 순리입니다."

"무슨 개 같은 소리야!"

"환상은 환상을 믿는 사람 곁에 머물지요."

"난 믿지 않아."

"아뇨, 당신은 믿지요. 그리고 바라지요. 실재하는 모두가 환
상이기를."

"그래, 그럼 너도 환상이라는 거로군."

"아닙니다. 내 세계에서 나는 현실입니다. 당신은 뱀꼬리왕쥐
의 세계로 들어오셨습니다."

'아직 아냐!' 라고 내가 소리치기도 전에 놈은 빙긋이 웃으며
깃발처럼 꼬리를 펄럭였다. 뱀의 비늘이 어둠 속에서도 반짝이
는 듯 눈이 부셨다. 당장이라도 혀를 늘여뺀 뱀이 내 목을 휘감

을 것만 같아 온몸의 세포가 빳빳이 굳어왔다. 마음을 굳게 먹고 달려들어볼까. 그러나 놈의 거대하고 퉁퉁한 배는 내 몸의 무게마저 흡수해버릴 것이 분명했다. 주위에 무기 될 만한 것이라도 뭐 없을까, 나무막대기나 녹슨 고철 나부랭이라도. 그러나 섣불리 행동해서는 안 된다. 놈은 지금, 내 눈알이 돌아가는 속도마저 감지하고 있으리라. 발목엔 여전히 제대로 힘이 들어가지 않고 있었다. 빗물을 옴팡 뒤집어쓴 옷이 축축이 살갗을 파고들었다.

혼쥐!

나는 순간 머릿속을 스치는 혼쥐의 모습에 소름이 돋았다. 살아 있는 자의 영혼을 의미하는 혼쥐는 산 사람의 콧구멍 사이로 드나든다. 사람의 몸 바깥으로 혼쥐가 잠깐 외출하면 병이 나고 영원히 떠나면 죽음을 맞는다. 그렇다면 놈의 정체는 바로 내 영혼을 가진 쥐가 아닐까. 나는 조급해졌다.

"그렇다고 하기엔 제 덩치가 너무 크지 않을까요?"

어이없다는 듯 벙시레 만면에 웃음을 띠는 놈 앞에서 나는 잠시나마 얼토당토않은 생각에 빠진 나 자신이 원망스러워졌다. 콧구멍으로 드나드는 콩알만한 혼쥐. 놈은 쥐의 형상임에도 불구하고 몸집이 너무도 커서, 흡사 앞발을 내밀고 둥싯둥싯 엉덩이를 움직이는 곰처럼 보이기에 딱 알맞았다.

물리치료실은 결코 빈자리가 나는 법이 없는 공동묘지. 치료실 침대마다 빼곡히 들어선 간이 무덤들. 나는 돈을 받고 그들의 무덤을 지켜주는 파수꾼이자 삼십 분마다 한 번씩 퇴화된 꼬리뼈를 뚜둑뚜둑 마사지해 몸속에서 날렵하게 헤엄치게 만드는 마술사. 고개를 외로 튼 채 빼곡히 엎드려 있는 환자들을 바라보며 잠시 의자에 앉아 쉴 양이면, 나직하게 코를 골며 잠에 빠져든 환자들의 콧구멍 속으로 새끼손가락 손톱만한 쥐들이 부리나케 달려나가고 또 돌아오는 모습이 보인다. 얼음주머니를 갈아주려 다가간 환자는 투명하도록 차가운 흰 쥐가, 실리카겔이 든 온습포로 바꿔주려 다가간 환자는 데일 듯 타오르는 붉은 쥐가 속속 빠져나와 발가벗겨진 그들의 꼬리뼈 위에서 미끄럼을 탄다. 그럴 때마다 나는 아버지가 사라진 후에도 여전히 방 안에 펼쳐져 있는 이부자리 속으로 들어가 몸을 한껏 웅크린 채 쓰러져 눕고 싶은 유혹에 시달린다. 안방의 문을 열어젖히자마자 날렵하게 내 곁을 스쳐 튀어나갔던 건, 정녕 아버지는 아니었다. 그저 그러고도 꽤 오래도록, 사지를 늘어뜨린 채 가랑이를 벌리고 있는 고양이의 숨소리만이 방 안을 가득 채운 비린내와 함께 전신으로 틈입, 흡수되었다. 그날 이후 나의 몸 구석구석을 채워버린, 흙탕물에 뒹군 고양이의 더러운 발자국은 시간이 흐를수록 더욱 선명해졌다. 고양이의 가랑이 사이로 빨려들어간 아버지의 부재가 봉인된 주술처럼 나를 아프게 두드려왔다.

"내 눈에 혼쥐가 보인다면 나는 낼름 잡아먹어버릴 거야."

오후에 고양이의 귀에 대고 혼쥐에 대해 얘기해주니 고양이는 혀를 내밀어 입술을 휘감으며 가르릉거렸다. 엎드려 누운 고양이의 꼬리뼈가 꿈틀대며 움직였다. 내가 한껏 허리를 구부려 고양이의 꼬리뼈를 누르고 있을 때 와이가 다가와 쪽지 한 장을 던지듯이 버려두고는 총총히 걸어갔다. 나는 반듯하게 두 번 접힌 자국이 난 쪽지를 힘주어 붙들고 마냥 고양이의 꼬리뼈만 눌러댔다.

"왜, 저 여시 같은 년이 뭐라고 그러는데?"

고양이는 와이의 뒷모습을 향해 야옹대며 날카로운 손톱을 세웠다. 와이와 만나 데이트를 할 때도 나는 쉴새없이 볼칵거리며 솟아나는 환상에서 자유롭지 못했다. 전봇대를 향해 기어오르는 자전거를 붙잡기 위해 와이의 손목을 움켜쥔 채 뛰었고, 코스모스의 대궁을 죄다 꺾으며 낮게 날아가는 내 가방을 향해 몸을 날리느라 와이까지 곤욕을 치렀다. 티셔츠에 프린트된 남자와 여자가 와이의 가슴에서 포크댄스를 추는 바람에 제대로 된 첫 키스는 물 건너 가버렸고, 방 안의 모든 사물들이 팔을 뻗어 '위스키! 허스키! 와이키키!'를 외치며 내 성기를 향해 달려드는 바람에 기껏 여관방에 들어가서도 와이의 손가락 하나 건들지 못하고 눈을 감아야 했다. 고양이의 가랑이 사이로 빨려들어갔던 아버지의 잔영이 머릿속을 헤집어놓아서 나는 와이를 향해 바로 누울 수조차 없었다. '병신'이라고 휘갈겨쓴 와이의 날 선 글씨가 쪽지를 비집고 나와 그 쪽지를 쥔 손에 피를 냈다. 붉은 피는 종이처럼 얇게 몸을 일으켜 흐느적거렸다. 나는 내 앞에서 고개를 돌린 채 차트에 코를 박은 와이의 머리통을 내려다보다가 종잇장을 구기듯 주먹을 꽉 쥐며 느지막이 병원을 빠져나왔다. 열시가 채 되지 않은 시간, 와이는 야근할 때 무슨 야참을 먹을까 화장실엔 몇번이나 갈까 혹은 야참을 먹으면서, 화장실에 가면서 내게 전한 쪽지를 후회하지는 않을까 하는 생각을 떠올리려 애쓰며 나는 터벅터벅 걸음을 옮겼다. 어둠을 헤치고 불붙여진 담배는 몇 모금 빨리지 못하고 손가락 사이에서 스스로 제 몸을 태웠다.

　내 몸을 마음대로 할 수 없다는 것. 내 몸을 믿을 수 없게 된다는 것. 나는 내 눈이 보여주는 시공간의 풀숲을 헤맨다. 내 머리가 판단하는 세상과 우주의 바다에서 허우적거린다. 매시 매분 매초, 나는 반듯한 걸음으로 표지판을 향하여 걷지만 매순간 나를 맞이하는 것은 막다른 골목의 담벼락뿐. 나는 궁지에 몰린다. 식은땀이 척추를 타고 흐른다. 내 엉덩이의 꼬리뼈도 움찔, 비늘을 털어내듯 능란하게 움직인다.

　"자, 이제 가셔야지요."

　놈이 잿빛 눈썹을 꿈틀거리며 말했다. 눈썹에 물방울이 맺혀 있었다. 정말 환상이 아니라면, 놈의 말대로 내가 뱀꼬리왕쥐의 세계로 들어온 거라면, 나는 어찌해야 할까. 진실로, 이것이 환상이 아닌 실재일 수가 있는 걸까. 아스팔트에 스며들지 못하고 고여버린 빗물이 내 발을 휘감고 있었다. 발이 퉁퉁 부어오른 듯 신발이 버겁게 느껴졌다. 꼬리뼈가 시리고, 턱이 부들부들 떨려왔다. 빗줄기는 약해졌으나 그 동안 퍼부었던 빗줄기가 화살

촉처럼 살에 박힌 듯 찬 기운이 몸에 감돌았다.

'이건 환상이야, 홀리면 안 돼.'

나는 정신을 차리고 기억의 길을 되돌아 걷기 위해 노력했다. 마음이 차갑게 식어버린 와이를 바라보다 늦은 저녁 병원을 빠져나왔고, 때마침 퍼붓는 비에 가방에서 꺼내든 우산은 녹이 슬어 있었고, 이래저래 짜증이 왈칵 몰려들었고, 나는 길거리에 아무렇게나 뒹굴던 더러운 쥐 인형의 옆구리를 힘껏 발로 찼다. 그래, 어쩌면 나는 몹시도 흥분하여 인형을 발로 차다가 미처 내 앞으로 달려드는 자동차를 피하지 못했는지도 모른다. 운전자에게, 장대비가 쏟아지는 어두운 밤의 교통사고는 뺑소니를 치기에 안성맞춤이었을지도 모른다. 나는 거리에 방치됐고, 죽었고, 놈은 나의 영혼을 거두어 저승으로 인도하기 위해 찾아온 사자인지도 모른다.

"이곳은 그럼, 높은 고개이겠구나."

나는 어깨에 잔뜩 실었던 힘의 봇짐을 내려놓았다. 어쩐지 스르륵 긴장의 끈이 풀려, 홀가분한 기분이 들었다.

"이곳은 단지 도로 위 아스팔트일 뿐입니다."

놈의 목소리에서 한숨이 새어나왔다. 나는 개의치 않았다. 이미 죽은 자에게, 진실을 통보하기란 얼마나 어려운 일인가. 바지춤을 풀고 오줌발이라도 갈겨주고 싶었던 마음은 이미 잦아들고 있었다. 나는 망설이는 놈을, 너그럽게 이해해줄 것이다.

"그럼 너는 할멈 대신에 나를 맞이한 것이겠구나."

"나는 뱀꼬리왕쥐예요."

"다 이해해. 그럼 이제, 술을 받아마실 차례로군."

"술은 드리지 않습니다."

"시치미 떼기는. 그쯤은 나도 다 알아. 사람이 죽어 저승으로 가는 도중에는 높은 고개가 있고, 고갯마루턱에는 술집이 하나 있다지. 그곳의 아주 능글맞은 할멈은 망자에게 술을 마시게 한다면서. 누구든 그 할멈에게 걸리면 술을 받아마시지 않을 수 없는데 그 술을 마시면 생전의 기억은 까맣게 잊게 된다더군. 그래, 그러니 이제 걱정 말고 나에게도 술을 줘. 이렇게 된 바에야 뺑소니 따위, 원망하지 않겠어."

"정신 놓지 말아요. 나는 환상도 아니고, 저승사자는 더더욱 아닙니다."

"개수작 부릴 생각 마!"

나는 점차 흥분하고 있었다. 열 때문인지, 몸이 뜨거워지면서 정신이 가물거렸다.

"당신은 그저, 내 손만 잡으면 돼요. 그전에, 당신의 꼬리뼈를 내놓는다는 간단한 약속만 해주시면 됩니다."

꼬리뼈!

머리가 흔들려 세상 전부가 휘청거렸다. 그리고 그 세상 속에 놈이 서 있었다. 꼬리뼈, 라는 놈의 말에 가물거리던 정신은 칼처럼 매서워졌다. 마침 빗물을 타고 하수구로 쓸려내려오던 줄무늬 새끼고양이 한 마리가 내 신발 코 위로 폴짝 뛰어올라 운동화끈을 이빨로 물어 단단히 고정시켜주었다.

"가만 보고 있으면, 마음달이 떠오르는 것 같아" 하고 중얼거리곤 했던 사람은 한 달 전까지만 해도 병원에서 같이 근무했던 선배 케이였다. 말수가 적고 낯가림이 심하던 케이는 책 읽는 것과 차 마시는 것을 좋아했다. 나는 갑갑한 물리치료실 안에서 덕분에 조금이나마 숨통을 트곤 했다. 그는 물리치료실을 가득 채운 꼬리뼈들을 바라보며 언제나 만면에 홍조를 띠었다.

"사람이면 누구나 각자 하나씩 자신만의 달을 가지고 태어나. 그게 바로 꼬리뼈야. 천골에 이어지는, 여러 개의 미추가 결합된 뼈. 태생기에는 누구나 아홉 개의 미추로 이루어진 꼬리뼈를 가지고 있다는 건 너도 알고 있지? 성장하면서 소실되어버리지만 흔적기관으로는 남아 있지. 난 그게 사람의 마음에 떠오르는 달이라고 생각해. 안타깝게도 우린 늘, 삶이 너무 고되고 팍팍하게 느껴질 때만 고개를 들고 하늘에 매달린 달을 바라보지. 하지만 우리의 마음속에서는 언제나 자신만의 달이 떠오르고 있어. 우리는 스스로 그걸 깨달아야 해."

나는 케이의 남자답지 않은 감상적 고백을 웃음으로 흘려들었다. 케이에게 아름답고 소중한 꼬리뼈가 내게는 온통 불온한 뼛조각들로만 여겨졌기 때문이었다.

"꼬리뼈 속에는 인간이 갖고 있는 아주 원초적인 본능들, 동물적인 습성들, 뭐 이런 것들이 내재되어 있는 것만 같아요. 격한 투쟁심이라든지, 음탕한 욕망이라든지, 피로 범벅된 생존본

능이라든지 하는 것들 말이에요. 인간도 동물이니까요. 동물과 인간이 구분되는 척도는 이성적 사고나 언어적 능력도 있지만 몸의 형태만 놓고 보면 단순히 꼬리가 있다, 없다 아닌가요. 가슴에서 만들어지는 온갖 격정과 욕망, 불안과 공포가 모두 꼬리뼈로 가서 숨는 거예요. 사람들은 누구나 꼬리뼈를 감추고 자신이 온순한 척, 고요한 척, 위선을 떨지요. 모두가 환상이에요. 실재는 없어요."

내가 그의 앞에서 성난 목소리를 키울 때마다 케이는 말없이 나를 바라보며 미소짓곤 했다.

"그래, 그렇게도 생각할 수 있겠구나. 하지만 내 눈엔, 몸속 바다를 밝혀주는 노랗고 환한 꼬리뼈가 보여. 단단히 잠겨진 문 같은 꼬리뼈가 열리면 너무도 고요하고, 또 평온해지지. 그것은 불신도, 미움도, 증오도, 가난도, 환멸도 없는 시간이자 공간이야. 전신의 감각이 무력화되어버릴 만큼 나 스스로의 문을 열어두는 행위지. 꼬리뼈가 열리면, 마음에 달이 뜬다."

그런 케이가 한 달 전부터 아무런 통보도 없이 병원을 나오지 않고 있었다. 전화기는 꺼져 있었고, 물어물어 찾아간 집의 대문은 굳게 잠겨 있었다. 따뜻하고 차분했던 케이. 나는 치료실에서 늘 케이와 함께하며 얻었던 작은 미소와 위안을 잃고 상심해 있던 터였다. 나는 케이의 사진으로 전단지를 만들어 발길 닿는 대로 붙여놓고 다녔다. 와이에게 케이의 일을 걱정하며 상담해봤지만 와이는 그게 자신과 무슨 상관이냐는 듯 시큰둥한 반응만 보일 뿐이었다. 케이, 그는 어디로 사라진 걸까.

발목을 까딱 움직였을 때 줄무늬 새끼고양이는 이미 사라지고 없었다. 혹시나 놈도 사라지지 않았을까, 고개를 드니 코앞에서 놈이 어깨를 들썩이며 한숨을 내쉬고 있었다.

"어서 가시죠. 당신에겐 꼬리뼈가 필요 없잖아요."

"어째서, 그렇다고 생각하지?"

나는 힘주어 반문했다.

"당신이 늘, 그렇게 생각해왔으니까요."

멋지게 휘두르던 장난감 칼을 잃어버린 아이처럼 나는 망연자실해졌다. 소름처럼 돋아났던 마지막 희망이 내게서 등을 돌려 휘적휘적 걸어가는 듯했다.

"꼬리뼈를 내주면, 나도 뱀을 얻게 되는 것이로군."

"뱀의 등뼈는 삼백여 개쯤 됩니다. 세 개에서 여섯 개쯤밖에 되지 않는 그깟 사람의 꼬리뼈보다야 훨씬 이득이지요. 안 그렇습니까?"

차츰 바닥 위로 널브러지는 내 몸 위로 놈의 생기발랄한 목소리가 던져졌다. 내가 나를 환상이 아니라고 믿듯, 놈도 실재인 걸까. 나는 들려오는 놈의 말을 막을 수 있다면 두 귀를 부러뜨리고 싶은 심정이었다. 가까스로 손을 들어올려 두 귀를 잡았다. 그러나 두 귀는 부러지지 않고 그저 물컹물컹 구부러지기만 했다. 좍좍 내려긋던 장대비가 그쳐버린 어두운 이 밤, 아스팔트는 차가웠고 내 몸은 뜨거웠다.

"집에 가야 해. 고양이가 기다려."

꼬리뼈가 아파 제대로 걸을 수 없는 고양이는 다리를 질질 끌면서 병원을 나섰다. 여섯시를 조금 넘긴 시간에 먼저 혼자 집으로 간 고양이는 늦게까지 오지 않는 나를 기다리며 짜증을 내고 있을 것이었다. 하나밖에 없는 아들이 바보 천치에 빙충이라고 찔끔찔끔 눈물도 짜고, 요망스런 계집이라고 와이를 욕하며 바닥을 설설 기고 있으리라. 나는 있는 힘을 다해 몸을 일으켰다. 하지만, 중심을 제대로 잡지 못해 미끄러지면서 팔꿈치에 강한 통증이 느껴졌다. 오래도록 차가운 빗물에 주저앉아 있었던 탓인지 엉덩이도 시큰거렸다.

"그러실 필요 없어요. 어머님은 아주 잘 계십니다."

놈이 능글맞게 웃음을 흘렸다. 온몸이 부들부들 떨리다가 흐무러지기를 반복했다.

"무슨……, 무슨 짓을 했어, 너!"

잡았다 놓은 고무 막대처럼 몸이 휘청댔다. 자꾸 눕고만 싶어졌다. 놈은 육중한 자신의 몸을 움직여 허공에 손가락을 대고 크게 네모를 그렸다. 그러자 네모난 공간 안에서 고양이의 모습이 나타났고, 고양이는 바른 자세로 걸어와 내게 웃으며 손을 흔들었다. 흑백인지 컬러인지도 구분이 잘 되지 않는 흐릿한 고양이의 영상은 그러나, 빠르게 혀를 놀리는 한 마리의 뱀이 고양이의 엉덩이로부터 쑥 빼져나와 있는 모습을 명백히 내게 보여주었다. 고양이는 능숙하게 유(U)자 곡선을 그리며 뱀의 꼬리를 흔들어대고 있었다. 나는 도무지 믿겨지지가 않아 눈물이 날 때까지 두 눈을 비비고 또 비볐다. 저렇게 환하게 웃는 고양이의 얼굴은 이제껏 본 적이 없었다. 내가 대학에 합격했을 때도, 물리치료사 자격증을 땄을 때도, 첫 출근을 하던 날에도, 절뚝이는 다리로 병원에 찾아와 "내 아들, 내 아들!"을 찾아 고래고래 소리를 질렀을 때에도 저토록 빛나는 표정은 아니었다. '뱀의 몸을 얻은 고양이는 행복하구나' 하고, 나는 생각했다. 나는 사막 한가운데에 놓인 선인장처럼 수분을 빼앗기지 않기 위해 두 눈을 부릅뜨고 이를 악물었다.

그리고 마침내 나는 나직한 탄성을 뱉어냈다. 진득한 가래침처럼 나는 흐무러져 바닥에 들러붙었다. 누군가 검은 구둣발로 뚜걱뚜걱 걸어와 나를 짓이겨주었으면, 삶의 저 밑바닥에서 온 힘을 다해 끌어올리듯 카악 칵, 맑고 끈적한 가래를 덧씌워주었으면. 나는 갑자기 밀어닥친 요의에 단단해진 방광을 움켜쥐고 굴렀다. 따뜻한 오줌이 허벅지를 적시고 빗물에 섞여 하수구 빗물받이로 흘러들었다.

"케이도?"

나는 떨리는 목소리로 물었다. 놈은 말없이 그저 고개를 저었다. 어두운 이 밤, 가로등처럼 내 앞을 밝히고 선 놈은 처음 만났을 때와 똑같이, 변함없는 미소로 나를 내려다보고 있었다.

"도대체……, 케이는."

"그러나 꼬리뼈를 내어줄 사람은 무궁무진하지요. 우리는 당신들이 원하는 몸을 내어줍니다."

"적어도, 뱀은 아냐."

"그 무엇이든지요."

비가 내리고, 비가 그치고, 어둠이 밀려오고, 어둠이 사라진다. 꼬리뼈는 살아 있고, 꼬리뼈는 죽어 있고, 내가 존재하고, 내가 존재하지 않는다.

"따뜻하게 데워줘. 아님 차갑게 식혀줘도 되고. 혼곤히 잠이 들도록 꼬리뼈를 만져주면 꼬리뼈가 열려. 몸이 두 동강이 난 듯해. 사람들이 우리에게 꼬리뼈를 맡기는 순간, 그들은 스스로의 문을 열어젖힐 준비를 하고 있는 거야. 우리는 그 문으로 들어가고 이내 그들은 자신만의 달을 마음에 매달지. 사람들은 편안해지고, 온순해지고, 고요해져."

어디선가 조근조근 이야기해주는 케이의 목소리가 들린다. 너무나 소중해서, 열린 꼬리뼈 사이로 들어가버렸나요. 몸을 가르고 들어가 노란 달이 되어버렸습니까, 케이.

"마음대로 해."

나는 허공에 대고 힘없이 말을 던졌다.

"반갑습니다. 당신은 드디어 뱀꼬리왕쥐의 세계로 들어오셨습니다."

그 순간 놈이 보다 가까이 내게로 다가오는 소리가 들렸고, 내 머릿속은 온통 와이, 와이로 얼룩졌다. 꼬리뼈를 내어주고 뱀의 몸을 얻은 나를, 와이는 받아들여줄까. 나는 너에게 두 번 다시는, 병신이 아니게 될까. 처음으로 나를 무언가인 존재로 규정해준 사람인 와이, 그게 병신이란 이름의 존재라 하더라도 나는 상관없었다. 그게 헤어짐의 이유가 될 수는 없었다. 병신일지라도, 와이에게 그리고 세상에게 나는 살아 있는 것이 분명했다. 존재는 거짓이 아닐 것이다.

쿨렁, 몸에서 무언가 빠져나가고 또한 무언가가 들어오는 소리가 들려왔다. 그것은 혼쥐가 아닐 것이며 그러므로 나는 살아 있는 것이며 나와, 나를 이루고 있는 세계 역시 환상이 아닐 것이다. 잃고, 또한 얻는 것, 그것이 바로 삶이 지닌 쳇바퀴의 본질. 무언가를 잃어버렸다는 것을 깨닫는 건 마음이 아니라 몸의 반응. 그것은 앞뒤로 움직이는 그네의 움직임과도 같은 관성. 바람이 머물던 고무의자의 반동이 멎듯 우리네 몸의 반응도 일시적이고 즉각적이다. 변화하고 적응한다. 그것이 우리의 몸, 나의 몸, 너의 몸. 몸, 이처럼 나를 눈물 젖게 하는 것이 또 있을까. 머리카락과 피부, 뼈와 손톱에 깃들인 무수한 '나'의 얼굴들이 몸에 의지해 잃어버린 것들을 채워간다. 텅 빈, 나의 몸. 그 무엇이 들어와 나를 채운다 해도, 변할 것이 있으랴. 나는 여전히 나, 척추가 부러지고 파충류의 표피를 얻어도 나는 여전히 나, 세상을 바라보고 세상에 존재하는 나, 나의 몸.

'당신은 믿지요. 그리고 바라지요. 실재하는 모두가 환상이기를.'

다시 퍼부어대는 빗줄기의 소리를 들었던가, 놈이 유쾌하게 웃는 소리를 들었던가, 나직하게 속삭이는 케이의 목소리를 들었던가, 저 멀리서 날카롭게 손톱을 세운 고양이의 울음소리를 들었던가, 다시금 방 안의 이부자리 속으로 들어와 웅크리고 누운 아버지의 몸 뒤채는 소리를 들었던가.

정신의 불이 끔벅 들어왔다가는 꺼져버린다.

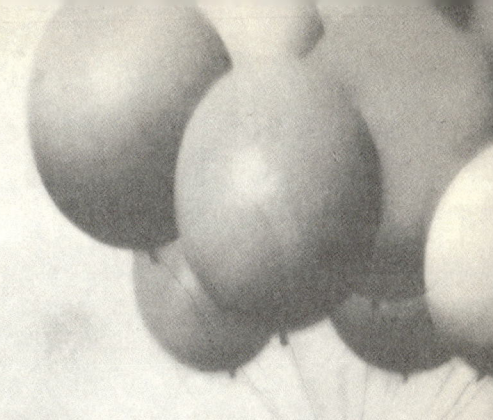

수의 세계

세상에 태어나 0으로 존재했던 사내가 있다.

이 이야기는 그가 태어날 당시

몸 구석구석 숫자가 새겨져 있었던 것에서 비롯된다.

세상에 태어나 0으로 존재했던 사내가 있다.

　이 이야기는 그가 태어날 당시 몸 구석구석 숫자가 새겨져 있었던 것에서 비롯된다. 숫자는, 고딕체로 굵게 지정된 글자처럼 태어나는 순간에 바로 도드라져 보였던 것은 아니지만 아기가 울음을 터뜨린 지 달포가 지났을 무렵에는 점자처럼 오돌토돌하게 튀어나와 누구라도 식별이 가능하리만큼 확연해졌다. 가령 숫자 1은 납작한 콧잔등에서 발그레한 오른뺨을 향해 수줍게 내리그어져 있었고, 숫자 2는 왼쪽 귓바퀴를 뱅 돌아나가는 길목에 날렵하게 자리해 있었다. 마치 문신처럼 아기의 몸에 그려져 있는 숫자들을 가장 먼저 발견한 건 당연히 죽을힘을 다해 그를 세상에 내보낸 그의 어머니였는데 불행히도 말을 하지 못했던 그녀는 단 한마디의 감탄사도 내지를 수 없었다.

맨 처음, 그녀가 발견한 숫자는 3이었다. 그녀는 아기의 참외 배꼽을 바라보며 '정말이지 똥똥한 노란 참외처럼, 톡 볼가져 나와 있는 게 참으로 귀엽구나' 하고 생각할 따름이었다. 그러나 가까이 눈을 들이대고 바라보면 바라볼수록 그것은 숫자 3의 모습과 꼭 닮아 있었다. 곧이어 그녀는 웅얼거리며 왼발의 엄지 발가락과 검지발가락 사이에 놓인 4를 가리켰고, 오른쪽 선홍색 귓불을 감싸고 있는 5를, 척추를 타고 내려오는 6을, 왼손바닥의 생명선 깊숙이 박혀 있는 7을 발견해냈다. 아기의 양발을 싸잡아쥐고 거꾸로 흔들며 마침내 항문에서부터 고환에 이르기까지 얇지만 매끄럽게 이어진 숫자 9를 발견해내었을 때 그녀의 놀라움은 극에 달했다. 그리고 바로 그 순간 그녀의 남편이 시곗바늘처럼 정확히 움직여 일곱시에 집으로 돌아왔다.

'아이의 몸에 숫자가 새겨져 있지 뭐예요.'

가슴이 사느래진 그녀는 재빠르게 손을 움직여 남편에게 말했다. 중학교 수학교사였던 아기의 아버지는 하루 종일 아이들에게 시달려 피곤한 참이었으나 미소를 잃지 않고 "어디 한번 보여줘봐요" 하고 대꾸했다. 농아원 수화 모임에서 만나 늦장가를 든 그에게 발을 동동거리며 달려오는 아내의 모습은 사랑스럽기 그지없었다. 그는 아내가 다가드는 아기를 어르고 달래며 몸의 구석구석을 살펴본 뒤 한참만에야 고개를 끄덕이며 크게 웃었다. 그녀는 남편의 곁에 앉아 침착하게 손을 놀렸다.

'몸에 숫자가 새겨져 있다니 정말 이상한 일이지 않아요? 8은

아무리 찾아도 없지만요.'

그녀는 혹시라도 남편이 보지 못하고 넘어갈까봐 아이의 양쪽 팔을 한껏 쳐들고 턱짓으로 겨드랑이를 가리켰다. 양쪽 겨드랑이에 작은 동그라미가 하나씩 그려져 있었다. 그녀는 그것이 숫자 0이라고 생각했던 모양이었다. 그러나 남편은 눈을 크게 뜨고 한동안 고심하더니 일순 표정이 밝아져 크게 소리쳤다.

"없는 건 0이오. 양 겨드랑이에 그려진 두 개의 0을 붙이면 8이 되는 거니까."

1부터 9까지의 숫자를 몸에 지니고 태어난 아기의 눈망울이 아버지를 향해 반짝이고 있었다. 바로 그때에, 아기의 아버지는 뭔가 불길한 징조가 아닐까 뾰루퉁해져 발을 동동 구르는 아내의 만류에도 불구하고 태어난 지 달포가 다 되어가도록 이름을 갖지 못했던 아이에게 '영'이라는 이름을 지어주며 아이를 들어올려 담쏙 껴안았다.

공영. 아이는 이름을 얻음으로서 비로소 완전한 하나의 '수'가 되었다.

어머니의 염려에도 아랑곳없이 온몸에 숫자를 매단 아이는 무럭무럭 자라났고 시간은 빠르게 흘러갔다. 단지 아이의 몸에서 숫자를 발견한 이후 그의 어머니만이 몇 년간 넘치는 모정으로 인해 근심 걱정에 휩싸였을 뿐이었다. 그녀는 아들이 지닌 숫자의 의미를 파악하기 위해 밤잠을 설쳤고, 용하다고 소문난 점쟁이란 점쟁이는 모조리 찾아가 복채를 냈으며, 비 맞은 땡중에

버선이 닳지도 않은 선무당까지 죄다 찾아다니며 아이 몸에 새겨진 징후에 대해 물었다. 공영의 이야기를 들은 모두가 하나같이 고개를 가로저어 그녀를 울가망하게 만들었지만, 이후 아들에게는 아무런 일도 일어나지 않았고 공영이 건강하게 자라나자 그녀도 차츰 숫자에 무뎌져갔다.

한편 날마다 숫자와 공식에 파묻혀 아이들과 씨름해야 했던 아이의 아버지는 피곤에 절어 집에 돌아온 후에도 소파에 몸을 누인 채 아이의 숫자들을 흐뭇한 눈길로 바라보다가는 혼곤히 잠에 빠져들곤 했다. 혼기를 놓친 탓에 나이 마흔이 다 되어서야 얻은 늦둥이 아들은 그에게 먹지 않아도 배가 부르는 충만함을 가슴 가득 안겨주었다. 때때로 그는 꿈속에서 거대한 숫자의 대열 맨 앞에서 숫자 0이 그려진 깃발을 흔들며 씩씩하게 걸어오는 아들을 보았고, 그런 아들을 향해 손을 추켜올려 화답했다. 그리고 세상 만물이 몸을 일으켜 아들의 발걸음을 축복해주는 광경에 기분이 좋아져 엄지손가락을 세워 '넘버원, 넘버원' 소리를 지르다 잠에서 깨어나곤 했다. 아침마다 아들의 이름을 '공원'으로 지었어야 했던 건 아닌가, 하는 문제로 맨땅 위에 솟아난 잡초를 씹는 것처럼 밥알이 찝찌름했으나 깃발에 그려져 있었던 0을 생각해내고는 이내 얼굴이 해낙낙해지고 마는 그였다.

공영이 자라 열두 살이 된 어느 날, 공영 그 자신의 일생을 규정짓는 커다란 사건이 일어났다고 전해진다. 그것은 그가 세상에 태어나 0으로 존재할 수 있게끔 만들어주었던 일생일대의 일화로 남아 있는데 여느 동화책에서나 발췌했을 법한 이야기로서 '이상한 나라의 공영' 혹은 '공영과 일곱 난쟁이', 아니면 '공영과 사십 인의 도둑'과도 같은 이름을 붙인다 해도 무방할 듯하다. 아무튼, 열두 살의 생일날 아침 공영은 누군가 자신의 머리를 톡톡 때리는 느낌에 눈을 떴다. 그와 동시에 "일어나"라는 누군가의 목소리가 들려왔다. 무서움이라고는 모르던 어린 공영은 천천히 침대에서 몸을 일으켰고, 두리번거렸고, "누구예요?" 하고 물었다.

"여기다, 여기야!"

공영은 자신의 정수리를 향해 내리꽂히는 목소리를 들었다.

"생일 축하한다."

댕글댕글한 목소리의 주인은 믿을 수 없게도 벽면에 가로로 길게 누운 숟가락이었다. 대대손손 물려내려왔다는 숟가락은 길이가 일 미터 오십 센티미터나 되는 거대한 몸집을 지닌, 집안의 부적과도 같은 물건이었다. 공영은 발뒤꿈치를 들어 고개를 바싹 들이대었다. 그러자 기다렸다는 듯이 숟가락의 둥근 부분에서 수염이 다옥한 할아버지가 늙숙한 얼굴을 쑥 내밀었다. 공영은 다시 "누구예요?" 하고 물었고, 대답이 돌아왔다.

"네 할애비다!"

"할아버지가 왜 숟가락에 들어가 있어요?"

"나를 잘 들여다봐라" 하고 숟가락이 말했고, "뭘요?" 하고 공영이 되물으며 두 눈을 들이댔다.

"들여다본다는 건 꼭 가까이에서 바라보는 걸 의미하는 것만은 아니란다."

공영은 입술을 내밀고 숟가락을 바라보다가는 침대에서 껑충 뛰어내려 뒤로 걸어갔다. 맞은편 벽면에서 공영이 바라본 숟가락은 믿기지 않는 모습으로 변해 있었다. 숟가락의 둥근 머리 부분이 볼록 삐져나와 있고, 가로누운 몸통 부분에는 기다란 금이 그어진 채였다.

"2다!"

공영이 천진하게 소리쳤고, 숟가락은 흠흠하게 웃었다. 그와 동시에 바닥에서 "어이쿠" 하는 소리가 들려와 공영은 다급히 왼발을 들어올렸다. 부드러운 나비 문양 카펫에서 튀어나온 또 다른 늙다리 영감이 수염을 매만지며 잔미운 표정으로 공영을 흘겨보고 있었다. 공영은 쭈그리고 앉아 늙다리 영감이 어느 순간 홀연히 숫자 3으로 바뀌는 모습을 흥미롭게 지켜보았다.

"안녕, 꼬마야."

귓가로 흘러든 목소리에 깜짝 놀라 공처럼 튀어오른 공영이 황급히 뒤로 돌아섰다. 벽면에 거꾸로 매달려 잘 말려진 갈빛의 꽃다발 속에서 자글자글한 주름의 할머니가 손을 흔들었다. 그러나 할머니 역시 이내 사라지고 금방이라도 공영의 머리 위로 쏟아질 듯 다다귀다다귀 붙어 벽에 매달린 숫자 8의 모습만이 눈에 들어왔다. 어린 공영은 "우와, 우와" 소리를 지르며 숟가락에게 달려가 상글상글 웃었다.

"이게 다 뭐죠?"

"숫자."

말이 떨어지기가 무섭게 공영이 되받아쳤다.

"나도 몸에 숫자가 있어요."

"우린 모두 숫자야. 난 네 할아버지고, 꽃다발의 8은 네 할머니, 카펫의 3은 네 증조할아버지가 되시지. 넌 온 집 안 곳곳의 네 할아버지와 할머니 들께 인사를 드리게 될 거란다."

공영은 고개를 끄덕인 후 숟가락에게 얼굴을 다붓이 대고 물었다.

"나도 죽으면 숫자가 되나요?"

"아무렴. 세상이 모짝 결딴난대도, 그건 변함없는 이치지."

공영은 호기심에 충만한 눈빛으로 사위를 톺아보았다. 방 안의 모든 물건들이 상긋방긋 웃으며 손을 흔들고는 곧 저마다의 숫자로 변해가는 모습을 공영은 지켜보았다.

"그런데 왜 이제야 제게 나타나신 거죠?"

숟가락은 길게 늘어뜨린 수염을 쓰다듬으며 대답했다.

"우린 언제나 이 자리를 지키고 있었지. 다만 네가 알아보지 못했을 뿐이란다. 그래서 우린 네가 열두 살이 되기만을 기다려 왔지 뭐냐."

"왜요?" 하고 묻는 공영의 표정이 새무룩해졌다.

"나는 그 동안 무지 심심했단 말예요."

"존재하는 숫자 중에서 가장 위대한 수는 60이다. 한 수가 잘

나누어지면 약수가 생겨나고 약수가 많아지면 적용하기가 쉬워
지지. 한 시간이 60분으로 나누어지고, 일 분이 다시 60초로 나
누어지는 것은 바로 그런 이유 때문일 게다."

"아, 60의 약수는 열두 개지요?"

공영의 두 눈이 반짝거렸다.

"그래. 1, 2, 3, 4, 5, 6, 10, 12, 15, 20, 30, 60. 훨씬 크면서도
약수는 여덟 개밖에 되지 않는 100과 비교해본다면 60은 분명
위대한 수다. 그중 12는 60의 약수이면서, 또한 1, 2, 3, 4, 6, 12
라는 여섯 개의 약수를 가지고 있지. 같은 10의 단위이면서도
숫자 10이 네 개의 약수를 가지고 있는 것만 봐도 12는 분명 우
수한 수야. 열두 살이라면, 숫자를 받아들이기 좋은 나이다."

한 시간 가까이 숟가락이 공영의 두 손을 답싹 쥐고 이야기를
나누었을 때 공영의 어머니가 방문 앞에서 문고리를 비틀었다.
방 안의 모든 숫자들이 재바르게 사라졌다.

'어서 일어나 밥 먹어야지, 아들아. 오늘은 네 열두번째 생일
날이잖니.'

공영의 어머니는 왼쪽 손을 들어 주먹을 쥐되, 엄지를 검지와
중지 사이에 끼우더니 곧이어 작게 브이를 만들 듯 엄지와 검지
를 맞물려 보였다. 말을 하지 못하는 그녀는 손가락을 이용하여
아들의 열두번째 생일을 축하해주었다. 그녀의 왼손은 일 단위
와 십 단위를, 오른손은 백 단위와 천 단위까지도 말할 수 있었
다. 손이 몸의 몇몇 부분과 함께 취하는 다양한 자세를 통해 그

보다 더 큰 단위의 숫자까지도 표현할 수 있었으므로 그녀는 손
가락만으로도 간단한 계산에는 별 어려움 없이 살아온 터였다.
때때로 그녀는 가계부를 정리하면서도 자신의 손가락 계산법을
십분 이용했는데 그것은 바로 손가락의 마디와 관절을 활용하는
방법이었다. 각각의 손가락의 마디를 나누어 단위를 정하고 수
의 위치를 기억해 손가락을 움직임으로써 그녀는 숫자의 복잡한
지도를 머릿속으로 빠르게 그려나갈 수 있었다.

'고마워요, 엄마' 하고 숟가락에서 날렵하게 몸을 떼어낸 공영
이 손을 움직이며 대답했고, 그녀는 생일을 맞이한 아들을 따뜻
하게 안아주었다.

열두 살 생일 이후, 공영은 수가 있는 공간과의 대화를 계속
했다. 공영을 둘러싼 공간은 곧 숫자의 방이었고, 수는 곧 그의
조상이었다. "네 할애비다!" 혹은 "할미다, 용석아!" 하는 목소
리들이 간간이 공영의 잠을 깨우거나 공영의 외출을 막곤 했지
만 공영은 수를 찾아내는 일이 즐거웠고, 더불어 자신의 몸에
돋아 있는 숫자들이 흥겹게 여겨졌다. 그렇기에 세상이 거대한
수의 공간으로 다가온 순간부터 공영에게 세상 모든 사물은 숫
자로 기억 혹은 추억되었으며, 기록 혹은 언어화되었다. 눈에 보
이는 모든 사물들은 언제, 어느 순간이든 내재된 숫자의 속성을
감추지 않았고 거대한 수의 파도에 휘감긴 공영 역시 그곳으로
의 돌진을 멈추지 않았기 때문이었다. 수의 세계에서 보낸 공영
의 유년을 기억하는 일화에는 여러 가지가 있는데, 이를테면 이

런 이야기라고 생각해도 좋다.

공영이 열다섯이 된 어느 찌는 듯한 더위의 여름날, 백사장 없는 바다로 놀러간 공영은 때마침 파도를 타고 밀려든 자루 없는 쇠스랑에 발톱이 없는 발이 찍혀 하얀 피가 주르륵 흘렀다. 공영이 깜짝 놀라 허겁지겁 바닷물로 얼굴을 씻으니 볼칵볼칵 쏟아지던 피가 멈추었는데 그때 다리 없는 꽃게가 다가와 반갑게 울며 인사를 했다. 너는 9로구나, 공영이 알은체를 하니 맞아요, 나는 머리가 무거워 항상 비뚝비뚝 걸어요, 하고 웃으며 하소연을 했다. 그 말을 듣고 잠시 생각하던 공영이 벙시레 입을 벌려 그럼 물구나무를 서서 걸으면 되지 않니, 하고 대답하자 꽃게가 붉은 울음을 울며 그런 쉬운 방법을 몰랐군요, 하고 대꾸하고는 없는 다리로 박수를 짝짝 쳤다. 공영은 두 눈으로 물구나무를 서서 걸어가는 꽃게에게 즐겁게 살아, 하고 소리쳤고 꽃게는 걸어가다 말고 돌아와 매듭 없는 보따리가 파도를 타고 밀려오면 절대 손대지 마세요, 하고 일러주었다. 얼마 안 있으니 과연 보따리 하나가 둥실둥실 밀려왔는데 공영은 고민에 고민을 거듭하니 일순 머리가 가뿐하고 개운해져 보따리를 덥석 집어들어올렸다. 그러자 그 순간 불에 달군 엿가락처럼 보따리가 흐무러져 내리더니 공영의 지문 없는 손바닥 위에 1부터 3, 6, 9를 지나 0까지 새빨간 숫자 열 개가 남아 달싹달싹 춤을 추었다더라, 와 같은 이야기가 그것이다.

그리고 공영이 스물하나가 된 어느 날, 마침내 사랑조차 그에겐 숫자로 다가왔으니 이 또한 당연지사 짚고 넘어가지 않을 수 없는 이야기다.

"한눈에 들어온 그녀의 매끈한 몸매, 그녀를 향해 다가갈수록 옆구리에 딱 붙은 가녀린 팔과 가지런히 모아진 두 다리는 더욱 도드라져 보였어요. 태어날 때부터 몸 곳곳에 1부터 9까지 새겨져 있었던 게 제 운명이라면, 그녀와의 만남 또한 그럴 수밖에 없도록 만들어져 있었을 거예요, 분명."

또한 공영은 그녀를 처음 만나게 된 날을 회상하며 이렇게 덧붙였다고 전해진다.

"이제 내 이름은 그녀를 만나 더욱 완벽해지게 되었어요."

안타깝지만 꿈에 그리던 이상형의 여자를 만났다 해도 그때의 공영은 그야말로 평범한 청년이었을 뿐이었다. 숫자의 신비에 흠뻑 취해 남들보다 훨씬 수학을 좋아했다는 점이 특이하다면 특이하달까. 그러나 그것조차 그리 뛰어날 것 없는 재능과 실력을 지니고 있었을 따름이었다. 공영의 아버지는 생각지도 못했던 아들의 평범함에 메마른 입술을 깨물면서도 어쩔 수 없는 주름의 무게에 키가 줄어들고, 그의 어머니 또한 세월의 물살에 발을 적신 채 붉은 노을을 바라보며 눈물짓는 중이었던 탓에 이제 공영의 몸에 새겨진 숫자에 의미를 부여하는 정상적인 이는 아무도 없다고 여기면 될 터였다. 그렇기에 공영은 누가 봐도 있는 듯 없는 듯 눈에 띄지 않는 평범한 학생이었고, 주민등록증을 가지고 다니면서도 투표는 하지 않는 그런저런 사회의 구

성원이었고, 지하철에 불이 나거나 빌딩이 쓰러지거나 큰 해일
이 밀려와 목숨을 잃는다 해도 쉽사리 신원을 파악해낼 수 없는
정말이지 일반적인 대한민국 갑남을녀 중의 한 명이었다. 그러
나 공영이 지녔던 비범한 평범함에 관한 이야기는 지금도 여전
히 뭇사람들에 의해 회자되고 있으며 공영과 학창 시절을 함께
했던 친구들의 이야기만을 대략 간추리면 다음과 같다.

'공영은 한마디로 말짱 공이었어요. 공(空). 난 공영이 우리
반이었는 줄도 몰랐습니다. 한번은 대청소를 하던 날이었는데
내가 모르고 공영의 책걸상을 소각장에 갖다버렸지 뭡니까. 한
학기 내내 그 자리가 빈자린 줄 알았다면 믿겠소? 원 세상에,
클클.(구민회 의장 나선택/가명, 줄반장 경력 7회, 분단장 경력
4회, 선도부장 경력 1회에 빛나는 눈부신 통솔력)'

'난 그 아이의 평범한, 지극히 오디너리한 옷차림이 맘에 들
지 않았어요. 자고로 패션의 미학은, 고정관념을 깨는 과감한 믹
스매치에 있다 이 말입니다. 청바지에 흰 티셔츠만을 고집한 공
영의 패션은 뭐랄까요, 머리를 감지 않았을 때만 모자를 활용하
는 지루하고 졸린 교과서적 아이템이라고나 할까요. 제발 믿으
세요, 언밸런스만이 21세기를 이끌어나갈 수 있는 패션 철학이
라는 것을!(남대문시장 디자이너 이뷰리/가명, 부디 시즌이 바
뀔 때마다 코디 리스트 작성하는 걸 잊지 마세요)'

'시골길이 있어요. 난 걷고 있고, 참새가 짹짹 울고, 강아지가
달려옵니다. 주위는 고즈넉하고, 해가 지고 있어요. 상상이 되시

죠, 어느 것 하나 특별하달 것 없는 시골 풍경 말이에요. 내 생각에 공영은, 누구나 보았고 또 누구나 아는 주위의 풍경과 다른 점이 아무것도 없었어요. 서 있으면 그림, 걸어가면 이상한 그림, 뭐 그랬죠.(대학로 화가 한붓/가명, 종이를 준비한다 붓을 든다 그린다, 마이 스따일)'

'평범한 삼각형 그릴 줄 아세요? 세상엔 정의 내려진 삼각형이 아주 많아서 그것들을 피해 평범한 삼각형을 그리기가 더 어려워요. 평범한 삼각형은 길이가 같은 변이나 크기가 같은 각이 있어서는 안 되고, 직각이나 둔각을 가져서도 안 되거든요. 하지만 내가 보기에 공영은 그 누구보다도 평범한 삼각형을 잘 그렸다고 확신해요. 아마도 공영은 너무나 평범했기 때문에, 평범한 삼각형을 잘 그렸던 게 아닐까요?(내 나라 경제 살리기 동호회 자문 오불황/가명, 대학 시절 유일한 F학점 과목 실기 과제, 평범한 삼각형 그리기)'

'뭐 저도 공영의 귓바퀴와 귓불, 콧잔등에 그려진 숫자들이 신기하게 여겨지긴 했지만서도 뭐 다 그런 게 아니겠습니까, 산다는 게. 일상적이고 진부하죠. 공영의 숫자들은 뭐, 대일밴드 같은 거라고나 할까요. 그래요, 상처에 칭칭 감아놓은 대일밴드. 처음에야 뭐 공기가 통하지 않아 갑갑하고 의식도 되고 그렇지만 시간이 지나면 자연스레 몸의 일부처럼 착 달라붙어 뭐 전혀 개의치 않게 되는 거 말입니다. 공영도, 공영의 숫자도 감아놓은 둘레를 따라 새까맣게 때가 끼어 있는 흔한 살색 대일밴드 같았

어요. 뭐 그다지 특별할 것 없는, 눈에 띄지 않는.(약사 마누라
둔 셔터맨 마이신/가명, 일단 들어만 오시면 무조건 음료 제공.
탈명수, 원빈-디, 비타 제로 중 택일)'

이렇듯 너무도 평범해서 오히려 주목을 받을 정도였던 공영은
대학에서 수학을 전공하던 시절, 드디어 꿈에 그리던 운명의 여
자를 만나게 되고야 마는데, 그 만남으로 인해 그의 인생이 뿌
리째 흔들리게 되었다는 사실은 더 말해 무엇하랴. 공영이 그녀
에게 반한 이유는 바로 그녀의 이름에서부터 시작되는데 얼토당
토않게도 그녀의 이름은 '하나'였다. 그녀의 성이 김, 이, 박, 최,
정, 강, 조, 윤, 장, 임 등속의 우리나라 십대 성씨 중의 '하나'였
는지, 천방지축마골피를 거쳐 제갈, 선우, 망절, 서문, 황보, 독
고, 동방 중의 성씨를 가진 '하나'였는지는 전해지는 바가 없다.
그녀는 단지 '하나'로만 일컬어져왔다. 어쩌면 그녀의 성씨가 무
엇이든 공영이 상관하지 않았기에 잘 알려지지 않았는지도 모른
다. 다만 중요한 건 그녀의 이름이 '하나'라는 점이었고, 공영이
'하나'로서 딱 어울리는 여자는 그녀뿐이라고 생각했으므로 그
는 그녀에게 그 어떤 사족도 붙여지길 원하지 않았다. 훗날 몇
몇 재기발랄한 이들이 그녀의 이름을 두고, 십팔만 사천육백이
십일 명의 자손이 번창중인 우리나라 성씨 순위 34위의 하(河)
씨도 아닌 고작 134위의 하(夏)씨에 아리따울 나(娜)의 이름을
쓰는 '하나'라고 왜자겼지만 그저 웃고 넘기는 수다에 그쳤을
뿐이었다.

어쨌거나 위에서도 말했다시피 공영은 그녀의 일직선으로 곧게 뻗은 매끄러운 몸매, 옆구리에 딱 붙은 기다란 팔, 가지런히 모아져 벌어진 틈이라고는 볼 수 없는 날씬한 다리에 맨 처음 시선을 빼앗겼지만 단지 외양만으로 그녀에게 사랑의 감정을 느꼈다고 여긴다면 오산이다. 학과 내에서 시시때때로 발휘되는 그녀의 명석함과 매사 거침없는 산술적 태도는 공영의 마음을 차지하기에 충분했고 무엇보다 때마침 우라푼-오코사에 푹 빠져 있던 공영으로서는 '하나'라는 이름의 그녀에게 매료되지 않을 수가 없었던 것이다.

공영은 단순히 세는 것을 제외하고라도 일상에서 가장 간편하게 사용할 수 있는 수학적 명수법으로서 이진법을 가장 사랑했다. 오직 0과 1만을 사용하는 이진법을 고대성과 현대성이 합쳐진 가장 완벽한 수학이라고 여겼기 때문이었다. 그중에서도 공영은 가장 오래된 이진법인 토러스해협 원주민들의 우라푼-오코사 명수법에 마음이 들떠 잠을 이루지 못하는 날들이 많았는데, 더욱이 '하나'라는 이름의 그녀를 만난 뒤에는 공영이 밤을 지새우는 횟수가 빈번해졌다. 우라푼-오코사 명수법은 '하나'와 '둘'이 번갈아가며 이름을 이룬다. 1은 우라푼, 2는 오코사, 3은 오코사-우라푼, 4는 오코사-오코사, 5는 오코사-오코사-우라푼, 6은 오코사-오코사-오코사, 이런 식이다. 우라푼-오코사 명수법에 관한 이야기를 처음 들은 사람이라면 누구나 공영의 이름은 0이므로 이 명수법에는 활용되지 않는 숫자인데 왜 공영이 이 명수법을 그녀와 연관지어 생각하고는 사랑에 빠졌는가, 하는 질문을 던져오게 마련이다. 그러나 공영의 생각은 전연 달랐다. 0은 모든 숫자의 근원이자 1의 존재를 가능하게 만드는 최초의 수였다. 1은 0으로 인해 존속되는 수였고, 0은 1이 있어 존재가치를 인정받는 셈이었다. 그러므로 공영에게 우라푼은 0이 내재된 수로 읽혀졌고, 우라푼-오코사 역시 공영의 존재를 반복해서 인식시켜주는 명수법으로 다가왔던 것이다.

그녀의 이름인 '하나'와 자신의 이름인 '영'은 마치 운명의 회오리와도 같이 강한 구심력을 지니게 되리라, 공영은 기대와 자신감으로 하루하루 가슴이 부풀었다. 그리고 그녀를 사랑하게 된 순간부터 공영의 삶은 꽤 오랜 기간 1과 0의 연속이었다고 전해진다. 그것은 '예'와 '아니오'의 연속으로도 해석되었고, '삶'과 '죽음'의 연속으로도 받아들여졌으며 '행운'과 '불행'의 연속으로도 읽혀졌고, '하늘'과 '땅' 혹은 '빛'과 '어둠', 혹은 '유(有)'와 '무(無)'의 연속으로도 이야기되었다. 그만큼 공영에게 있어 그녀의 존재란 상상을 초월하는 만큼의 크기와 무게를 지니는 것이었고 그렇기에 공영의 눈물겹도록 절절한 사랑 이야기는 많은 이들의 입에서 입으로 전해져내려오고 있다.

공영이 '하나'에게 표현한 사랑은 비공식적 어록으로 만들어졌는데, 중요한 대목만 간추리면 아래와 같다.

'빈 심연과 음울한 사막이 0을 나타낸다면 그것을 채워줄 매우 강력한 신의 정신과 빛은 1이야.(뒤돌아가는 그녀를 향해 학

생회관 앞의 비탈길을 뛰어내려가다 엉덩방아를 찧는 순간의 차디찬 발화, 12월 겨울)'

'너는 내 안에서, 수, 순환소수로 연속되고 있어. 네가 내 안으로 걸어들어온 바로 그 순간부터 말이야.(유리수의 권위자인 어느 한 수학 박사의 강연 도중 벌떡 일어나 그녀에게 외친 공영의 공허한 발화, 3월 봄)'

'너를 만나기 전에 나는 n이었는데 너를 만난 후에 나는 비로소 $n+1$이 되었어.(학회실을 나서는 그녀를 붙잡으려 몸을 날리다 그녀의 핸드백에 머리카락이 끼어 한 뭉텅이나 뽑혀나가면서도 고백을 멈추지 않았던 공영의 씁쓸한 발화, 8월 여름)'

'두, 둘은 하나의 반복이야. 마찬가지로 너는 그 어떤 커다란 수라도 만들어낼 수가 있지. 정말이지 나는 네가 위대하다고 생각해.(그녀에게 떠밀려 낙엽 위를 뒹굴다 입가에 개똥을 묻혀가면서도 꿋꿋이 행했던 공영의 소심한 발화, 11월 가을)'

'많은 그리스 사상가들에게 '하나'는 수가 아니었어. 그것은 존재이자 실존이었지. 수는 '하나 이상'에서 출발했던 거야. 하지만 그 어떤 수의 체계도 1이 없이는 이루어질 수 없었지. 마찬가지로 0이 없는 수의 세계도 상상할 수 없고. 그러니까 하나야, 우린……(말하는 도중 입속으로 그녀가 뭉친 눈덩이가 처넣어졌던 공영의 안타까운 발화, 2월 다시 겨울)'

그러나 안타깝게도 공영의 사랑은 일방통행으로 그치고야 말았으니 출처는 확실하게 밝힐 수 없지만 그 까닭을 핵심만 추려

보자면 대강 이렇다.

"수를 공부하고는 있지만, 나는 수를 믿지 않아. 수의 세계가 현실과 다르기 때문이지. '네 명의 사람이 있다'라는 명제가 가능하려면, 사람들 각각을 구분하려 해서는 안 되고, 동시에 그들 하나하나가 서로 같지 않게 만들어야 하는데 실제로 그것은 불가능하거든. 제곱이 곱셈의 반복이고 곱셈이 덧셈의 반복이듯, 내게 생은 그저 일상의 반복일 뿐이야. 수도, 사랑도, 나는 신뢰하지 않으니까 이제 다시는 내 앞에서 알짱대지 마."

그녀는 결연히 공영을 밀쳐냈고, 공영은 0이 1과 결합하지 못했다는 충격에 휩싸여 한동안 방에 틀어박혀 밖으로 나오지 않았다. 숟가락 할아버지가 머리를 쑥 빼고 근심어린 표정으로 공영의 머리맡을 지켰지만 공영은 우울의 늪에서 헤어나오지 못했다. 방 안에 가득 들어차 있는 수의 조상들이 공영을 걱정했다. 그도 그럴 것이 공영은 태어나 처음으로, 수란 무엇이며 그것은 무엇을 위해 존재하는가에 대한 의문을 가지게 되었기 때문이었다.

"인간들은 불을 보존하는 것처럼 숫자를 보호하는 법을 인내하며 이해해야 했단다. 수란, 인간의 사고를 확장시키고 문명을 발전시키는 데 없어서는 안 될 그 무엇이었으니까 말이다."

숟가락이 수염을 매만지며 걱정스런 목소리로 공영에게 누차 이야기했음에도 불구하고 공영은 고개를 외로 틀며 도무지 수긍하려 들질 않았다.

"1이 0을 부정했어요. 이건 수에 대한 근원적인 회의를 몰고 오기에 충분하다고요. 내 인생에서 더이상, 숫자 따위가 무슨 의미가 있을 수 있단 말이에요?"

공영의 중얼거림에 방 안의 모든 조상들이 가슴을 치고 혀를 찼다. 시계추의 1할아버지는 자꾸만 앞으로 고꾸라질 듯 휘청거렸고, 밑바닥이 새까맣게 타버린 주전자의 6할머니는 연신 물을 엎질렀으며, 책상 위에 놓여진 지구본의 9할아버지 역시 놀라 머리가 팽팽 돌아가는 바람에 어지럽다고 소리를 질러댔다. 방 안의 그 누구도, '너는 단지 여자에게 차였을 뿐인 거야'라는 말을 차마 입 밖으로 내놓을 수 없었기 때문이었다. 그들 모두가 한마음으로 공영을 사랑하고 있었다.

"단지 이름 때문이라면, 이 할미가 우리나라의 모든 '하나'들을 찾아주마" 하고 두터운 전화번호부의 8할머니가 빠른 속도로 몸을 뒤척이다 가엾게도 한쪽이 찢겨나가는 아픔을 겪었지만 공영은 눈길도 주지 않았다. 자신의 몸에 새겨진 숫자들, 그리고 자신의 눈에 보이는 세상의 모든 숫자들이 공영은 버겁고 힘겹게만 느껴졌다. 머릿속에서 온갖 숫자가 뒤엉켜 혼란스러웠다. 때문에 공영이 이불을 뒤집어쓴 채로 꼼짝하지 않는 시간들은 꽤 오래 이어졌다.

그러던 어느 날엔가 참다못한 숟가락이 "인간은 결국 모두 수로 돌아가는 거야. 인간이 죽으면 자연으로 돌아간다는 말은 결국, 자연수로 돌아간다는 것에 다름아니란 말이다, 이 녀석아!

네놈이 계속해서 수를 의심한다면 나와 내 선조들을 모독하는 것으로 알고 다시는 네 눈앞에 나타나지 않겠다"라며 흥분을 이기지 못하고 소리를 빽 질렀을 때 공영은 그제야 정신이 번쩍 들었다. 숟가락은 그간의 마음고생으로 기진맥진해져 부식된 은반지처럼 흉물스러운 빛을 띠고 있는 참이었다. 공영은 몸을 일으켜 숟가락에게 다가가 열없이 입을 맞추었다.

"여행을 다녀올까 해요, 할아버지."

가슴을 쓸어내리는 숟가락을 뒤로하고 공영은 짐을 챙겼다. 그러고는 온 세상 구석구석의 수를 찾아 걸음을 떼었다. 떠나는 공영을 붙들고 그의 부모가 과연 그의 손을 쉽게 놓아주었는지 아니면 몇 번이나 혼절했는지, 공영의 여행길이 험난했는지 평탄했는지, 공영이 여행한 기간이 단 하루였는지 일 년 혹은 십년이었는지에 관한 기록은 남아 있는 바가 없다. 그 대목 역시 남의 이야기로 주전부리 삼기를 좋아하는 뭇사람들에 의해 수많은 억측과 소문만이 난무하고 있을 뿐 정확한 사실은 전해지지 않는다. 그러나 공영이 여행중에 세 가지의 수를 만났다는 일화만은 고스란히 남아 오랜 세월이 흐른 후에도 많은 이들에게 회자되었는데 그것은 다음과 같은 이야기다.

여행중에 공영은 어느 시골길을 걷다 바위틈에 걸터앉았다. "웬 개불알쌍놈이 궁뎅이를 함부로 놀려?" 소리에 놀라 엉덩이를 떼고 튀어올랐을 때는 이미 분을 짙게 바르고 머리가 헝클어진 여자가 이마를 매만지고 있었다.

"간만에 마실 좀 나왔더니만."

온통 찢어지고 더러운 옷을 걸친 채 바위에서 스르르 연기처럼 피어오른 여자는 뾰족한 덧니를 빛내며 매서운 눈길로 공영을 바라보았다. 그와 함께 "누구야, 누구?" "우리를 보고 있는 거야, 지금?" 하며 호기심 어린 표정의 여자들이 순식간에 공영의 주위로 오도당오도당 몰려들었다. 흙에서, 자갈에서, 나뭇가지에서, 여자들은 발 디딜 틈 없이 다가와 팔짱을 낀 채 공영을 에워쌌다. "누구야, 당신?" 하고 딱딱 요란한 소리를 내며 껌을 씹는 주걱턱의 여자가 노란색 하이힐로 공영의 어깨를 내리찍었다.

"나, 나는 그냥 지나가는 사람입니다. 여행중이에요."

공영이 어깨를 움츠리며 떨리는 목소리로 대답하자 기십 명의 여자들이 깔깔대며 코웃음을 쳤다.

"흐응, 팔자 좋군."

여자들은 모두 옷이 더럽고 아무렇게나 찢어진 상태였으나 대부분 이삼십대의 젊은 나이였다. 공영은 그네들의 몸에서 언뜻언뜻 스치고 지나가는 숫자의 모양을 보았다. 그러나 그들의 숫자는 색이 너무 흐릿해 제대로 알아볼 수 없었고, 또 어떤 것은 마구 뒤섞이고 엉클어져 더더욱 숫자를 가늠하기 어려웠다. 침착하자고 되뇌며 공영이 입을 떼었다.

"당신들은 왜…… 죽었어요?"

그 순간 여자들의 얼굴에서 표정이 사라졌다. 주걱턱이 껌 풍선을 크게 불어 공영의 얼굴 가까이에 대고는 터뜨렸다. 딱, 소리가 나기도 전에 공영의 뺨에서 바람 소리가 났다.

"꺼져" 하고 주걱턱이 말했다.

"우린 남자라면 신물이 나거든. 정 어울리고 싶거든 이 꼴같잖은 거나 떼고 다시 오든지."

덧니가 난폭하게 바지 앞섶을 휘어잡는 바람에 공영은 진땀이 났다. 공영이 얼굴만 하얗게 질릴 뿐 별다른 대꾸가 없자 그네들은 지루해 못 견디겠다는 듯한 표정으로 하나둘씩 본래의 자리로 되돌아갔다. 공영은 숫자를 찾기 위해 눈을 번득였다. 덧니가 3, 주걱턱이 7이었다.

"날 데려가줄래요?"

힘없이 돌아선 공영은 낯선 여자의 목소리에 놀랐다. 바다의 모래사장에서나 볼 수 있을 법한 흰 자갈이 공영의 발치에 놓여 있었다. 자갈 밖으로 몸을 반쯤 빼낸 긴 생머리의 여자가 양볼을 붉게 물들이며 조심조심 입을 움직이고 있었다.

"실은 미치도록 사랑하면서도, 우린 우리의 몸을 신뢰하려 들지 않아요. 우린 차갑게 짓밟혔죠. 다들 찢겨진 몸을 어루만지며 아파하고 있어요."

붉은 볼이 조용조용 속삭였다.

"우린 무참히 죽어 소수로 남았죠. 1과 자신을 제외한 그 어떤 수로도 나누어지지 않는 소수 말예요. 대부분이 3, 아니면 7뿐이죠. 11, 13, 17, 19, 23…… 때로 아파하고 분노하는 만큼에 따라 더 큰 수가 되기도 하지만 그조차도 결국 소수일 뿐이에요. 스스로를 용서하지 않으면, 결코 빠져나올 수 없는 굴레 같은 거요."

"난 언제 끝날지 모르는 여행중이라서, 당신을 책임질 수 없어요."

공영의 말에 붉은 볼은 "괜찮아요, 온몸에 가시가 박혀 있는 듯한 이 아픔만 진정된다면 나 스스로 당신에게서 떠날게요" 하고 대답했다. 공영이 고개를 끄덕이자 붉은 볼은 곧 작고 흰 자갈로 스며들었고 공영은 그녀를 주워 주머니에 담았다. 공영의 눈에 들어온, 자갈에 새겨진 붉은 볼의 숫자는 59였다.

다시 길을 걷다 공영은 어느 작은 마을에 도착했다. 집들이 드문드문 자리를 잡고 있었으나 사람이 살고 있지는 않은 듯 텅 비어 있었다. 공영은 마을을 돌아다니며 사람을 찾았지만 아무도 볼 수 없었다. 밤이 되어 어쩔 수 없이 주인을 모르는 빈집에 들어가 오지 않는 잠을 청하려 누웠는데, 그때 공영의 귀에 어디선가 저벅저벅 발걸음 소리가 들려왔다. 공영은 문을 열고 밖으로 나가보았다. 담벼락에서, 화단에서, 빨랫줄에서, 그리고 저 멀리 마을의 입구 동백나무에서도 사람들이 고개를 내밀고 있었다. 공영은 뛰쳐나와 급히 신발을 구겨신었다.

"나는 공영이라는 사람입니다. 실례가 되지 않는다면 이야기 좀 나눌 수 있을까요? 이봐요, 잠깐만요."

공영이 숨이 턱까지 차올라 말을 걸었지만 그네들은 모두 공영을 외면했다. 공영은 더이상 쫓아가 캐묻기를 포기했지만 특이할 만한 점은, 그들이 모두 뒤로 걷고 있다는 것과 한결같이 평범하지 않은 신체적 조건을 지니고 있다는 것이었다. 그들은 피부색이 하얗거나 검었으며, 그렇지 않은 사람들이라 할지라도 몸이 뒤틀리거나 부패되었거나 화상을 입었거나 팔다리를 잃었거나 그도 아니면 보고 듣고 말하지 못했다. 공영은 입이 떡 벌어졌다. 도무지 그들에게 어떻게 다가서야 할지 막막했다.

"재밌어요? 보고 있으니 우리가 우습나요?"

돌멩이 하나가 공영의 머리를 때리고는 바닥으로 떨어졌다. 얼굴이 찌푸려진 공영은 고개를 들어 나무 위에 거꾸로 매달려 자신을 노려보고 있는 한 소년을 바라보았다. 검은 얼굴의 소년은 두 다리로 나뭇가지를 감싸고는 한 짝밖에 없는 오른팔을 사용해서 돌멩이를 던지는 중이었다.

"왜요, 내가 깜둥이라 대답하기도 싫은가보죠?"

소년은 바닥으로 폴짝 뛰어내려왔다. 꽤 안정감 있는 착지였다.

"그렇지 않아" 하고 공영이 대꾸했고, "그렇지 않아" 하고 소년이 입을 삐죽이며 공영을 똑같이 따라했다. 소년은 그대로 뒷걸음질쳐 공영을 떠나버릴 태세였다. 조급해진 공영이 소년에게 바투 다가섰다.

"어떻게 당신이 우리를 볼 수 있는지는 모르지만, 절대 우리에게서 뭔가를 얻으려고 하지 말아요. 더불어 호의를 베풀겠다는 따위의 표정도 짓지 말아요. 역겨우니까."

공영은 할 말을 잃었다. 소년의 벽이 너무도 단단하고 차가워, 손이 내밀어지지 않았다. 그때 붉은 볼이 빠른 속도로 공영의 주머니에서 빠져나와 슬픈 얼굴로 소년을 불렀다. 소년은 깜짝 놀라 달려왔고 이내 붉은 볼의 품에 안겨 펑펑 울음을 쏟아냈다. "엄마, 엄마" 하며 어깨를 들썩이는 소년의 곁에서 공영의 눈시울이 붉어졌다.

"너를 찾고 있었단다, 아들아."

붉은 볼은 굵은 눈물을 흘리며 소년을 꽉 안아주었다.

"엄마 그렇게 가고 나서 내가 실수로 불을 냈어요. 집이 타고, 아버지가 타고, 나도……"

소년은 말을 잇지 못했고 붉은 볼은 연신 고개를 끄덕이며 아들의 어깨를 손으로 쓸었다. 이윽고 오랜 시간이 지나 다소 진정이 된 소년이 따뜻한 눈길로 공영을 바라보았다. "고맙습니다" 하고 입을 뗀 소년은 공영이 원하던 이야기를 들려주었다.

"여기 있는 우린 모두 허수예요. 가상의 수이지만 허수는 분명 실재하는 수랍니다. 실수와 다르지 않아요."

공영은 잠자코 듣기만 했다.

"그거 알아요? 시곗바늘의 방향을 구십 도씩 두 번만 바꾸면 원점을 중심으로 반대의 위치에 있게 된다는 걸요. 허수는 단지 그런 이치일 뿐이죠."

소년이 이해하겠냐는 듯한 표정을 지었다.

"아무런 편견 없이 인간 대 인간으로 우리를 똑바로 바라볼 수 있나요? 혼혈은 신체적 장애도 그 무엇도 아니에요. 마찬가지로 팔다리가 없거나 보고 듣고 말하지 못하는 것 역시 조금 불편하달 뿐 사람들이 피해야 할 질병은 아니지요. 우리는 그저 대부분의 사람들이 분포되어 있는 지점의 반대편에 위치해 있을 뿐이에요. 하지만 아무도, 우리를 있는 그대로 바라보고 받아주려 하질 않아요. 부끄러워하고, 감추고 싶어하죠. 우리가 이렇게 명백히, 존재하고 있는데도 말이에요."

먼지처럼, 소년의 목소리에서 슬픔이 묻어나왔다. 공영은 소년의 눈망울에서 −1이 나타났다 지워지는 것을 보았다. 곧이어 붉은 볼은 공영에게 감사의 인사를 한 뒤 소년의 손을 꼭 잡고 어디론가 걸어갔다. 공영은 그들의 뒷모습이 완전히 사라져 보이지 않을 때까지 손을 흔들었다. 또다시 발걸음을 옮기는 공영의 두 다리에 힘이 실리고 있었다.

걷고 또 걸어 마지막으로 공영이 도착한 곳은 이름을 알 수 없는 도시였다. 손으로 꼽을 수도 없이 늘어서 있는 간판들이 눈을 휘둥그렇게 만드는 곳이었다. 오색찬란한 조명과 뜻 모를 이름들이 한데 뒤섞여 번쩍이고 있었다. 공영은 꾀죄죄한 얼굴로 휘적휘적 거리를 걸었다. 아무도 공영에게 시선을 두지 않았고 공영 역시 지쳐 있었던 터라 말할 기운이 남아 있지 않았다. 그런데 그 혼잡스러운 거리에서 유난히 공영의 귀에만 크게 들려오는 목소리가 있었다.

"난, 여기에 사람이 살기 시작하고 저잣거리가 세워졌을 때 맨 처음으로 내걸린 간판이야. 그 간판에 들어왔으니 내가 가장 나이가 많지."

"난, 여기로 가장 처음 흘러들어왔던 사람이 애당초 가지고 들어왔던 간판이야. 그 사람이 간판을 만들기 시작했을 때 들어왔으니 내가 가장 나이가 많은 셈일세."

공영은 두리번거리던 끝에 시장 골목 끝에 세워진 간판들이 입씨름을 하고 있는 광경을 목도했다. 골목의 끝에는 포목점, 양장점, 정육점이 자리하고 있었다. 숨을 헐떡이며 공영이 달려갔을 땐 또다른 간판 하나가 슬피 우는 시늉을 하고 있었다. 앞서 말한 포목점과 양장점의 간판이 우는 이유를 물으니 정육점의 간판이 대답했다.

"난, 여기로 가장 처음 흘러들어왔던 사람의 할아비 되는 사람일세. 자네 말을 들으니 내 손자 녀석이 생각나 참을 수가 있어야지."

그건 셋 중에 정육점의 간판이 가장 나이가 많다는 뜻이나 다름없었다. 포목점과 양장점의 간판은 입술을 삐죽이고 눈살을 찌푸리면서도 뭐라 대꾸할 수가 없었다. 그들은 서로 마주 보며 한동안 배꼽을 잡고 킬킬댔다. 공영도 그들의 나이 자랑에 웃음이 나면서도 애써 참고는 가까이 다가가 물었다.

"어째서 간판에 들어가계세요?"

공영이 또랑또랑한 눈을 굴리며 물으니 셋은 깜짝 놀라 간판

속으로 숨었다가는 잠시 뒤에 빼꼼 고개를 내밀었다. "저는 공영이라고 합니다" 하고 공영이 덧붙이자, 셋은 동시에 입을 벌려 똑같이 말을 했다.

"언젠가는 내 이런 녀석이 올 줄 알았지."

공영은 빙긋이 웃고는 그들의 다음 말을 기다렸다. 그들은 오랜 시간, 서로 침묵을 지켰다.

"그땐 그것만이 최선이라고 생각했어." 포목점이 말했다.

"후회하지 않겠다고 셀 수 없이 다짐했더랬지." 양장점이 말했다.

"우린 우리 스스로를 버렸다고 믿었지만 세상엔 결코 포기할 수 없는 것도 있다는 걸 알게 된 셈이야." 정육점이 말했다. 그들의 이야기는 침묵보다 더 아프고, 무거웠다. 공영은 입술을 깨물며 고개만 끄덕거렸다.

"내 스스로 나의 시간을 멈추었다고 생각했을 때, 믿을 수 없게도 나는 다시 시작되고 있었단다. 벌을 받은 셈이지. 결국 이렇게, 무한대로 남겨져 생 위에 던져졌으니까 말이다" 하고 정육점이 한숨처럼 또 이야기를 내뱉었다.

"무한……대요?"

공영의 입이 딱 벌어졌다. 그 순간 세상이 끝나는 시점에서는 누구나 수(數)가 되는 하나의 방법과 무한이 되는 가능성이라는 또하나의 방법, 둘 중에 하나를 선택해야만 한다던 숟가락의 말이 뇌리를 스치고 지나갔다.

"가능성을, 택하신 거로군요."

공영이 감탄했다. 하지만 그들은 고개를 가로저었다.

"단지 수로서 살아가기에 부끄러웠을 뿐이야."

그들을 뒤로하고 마침내 공영은 긴 여행의 종지부를 찍었다고 전해진다. 그후 집으로 돌아온 공영은 숟가락의 품에 안겨 긴긴 잠에 빠져들었다고도 하고, 장장 삼십 년의 세월이 지나서야 잠에서 깨어난 공영이 눈을 뜨자마자 한순간에 백발로 변해버렸다고도 하고, 얼마 지나지 않아 공영이 여행길에서 만난 수많은 수들이 공영을 찾아와 함께 행복한 노년을 보냈다고도 하고, 그러다가 더 늙고 힘이 빠진 후에도 공영은 세상 곳곳에 숨겨진 수들을 발견해내기 위해 또다른 여행을 떠났다고도 하고, 여행길에서 공영은 마침내 온몸에 전율이 느껴지는 운명의 상대를 만났는데 그 아리따운 할머니의 이름이 또다시 '하나'였다고도 하고, 기쁨에 찬 공영이 '하나' 할머니와 함께 집으로 돌아오는 길에 더욱 많은 수를 지닌 사람들의 이야기를 끌어안았다고도 하고, 다시 돌아온 공영을 맞이한 이들은 세월이 흘러 숫자로 변해버린 공영의 부모님이었다고도 하고, 평생 아이들에게 수를 가르쳤던 아버지와 지문이 닳도록 손가락으로 수를 헤아렸던 어머니가 함께 들어간 그 숫자란 바로 죽어서도 금슬 좋게 아들을 하나씩 나누어 가진 8이었다고도 하고, 아무튼 공영에 관한 이야기는 끝도 없이 이어진다.

그중에서 가장 확실한 것은 공영이 그의 삶에서 마지막으로 숟가락과 나누었다는 대화에 관한 부분이다. 공영은 살아오며 숟가락에게 가장 궁금하게 여겼던 질문을 던졌다.

"할아버지, 할아버진 왜 하필이면 숟가락에 들어가셨소?"

숟가락은 허허 웃으며 "이놈 보게" 하고 공영의 머리칼을 쓰다듬었다. 반백이 된 손자가 귀여워 어쩔 줄을 모르겠다는 표정이었다.

"아주 먼 옛날, 조상들은 수를 적을 마땅한 물건을 가지고 있지 않았단다. 살아 있을 때는 몸에 적고, 그게 여의치 않으면 죽은 사람의 뼈에 숫자를 적었지. 그러다가 오랜 세월이 지나 그 뼈는 숟가락으로 만들어졌다. 수는 사람에 의해, 그리고 사람을 위해 존재해왔다는 걸 보여주는 증거이지. 그 수를 품고, 숟가락도 오늘날까지 사용되어왔어."

숟가락의 말을 들으며 공영은 미소를 지었다. 숟가락은 자장가를 부르듯 공영을 무릎에 누이고 이야기를 계속했다.

"인도에서 0은 공간, 하늘, 하늘의 지붕, 대기와 에테르를 의미했지. 나는 네가 자랑스럽단다."

숟가락은 공영의 눈 깊숙한 곳을 들여다보았다.

"동시에 공(空)과 부재를 의미하기도 했어요, 할아버지. 무(無), 혹은 하찮은 요소도 말이에요. 나는 말입니다, 할아버지, 내가 늘 아무것도 아닐까봐 마음을 졸였어요" 하고 공영이 나직하게 고백했다.

"아무것도 아닌 것도 결국은 '아무것도 아닌 게 있다'가 성립

하는 거란다."

공영은 볼우물이 파이도록 숟가락을 바라보며 오래도록 웃고
는 처음이자 마지막으로 어리광을 부렸다.

"할아버지, 나는 얼만큼 있지?"

"영만큼! 영만큼 있지!"

숟가락이 재빨리 대답했고, 그 순간 공영의 눈이 감겼다. 숟가
락은 눈가를 훔치며 또다른 수의 모습으로 숟가락의 곁에 다시
돌아올 공영의 얼굴을 따뜻하게 쓰다듬었다.

공영. 그는 태어나 0으로 규정지어졌지만 바로 0만큼 존재한
사내였다.

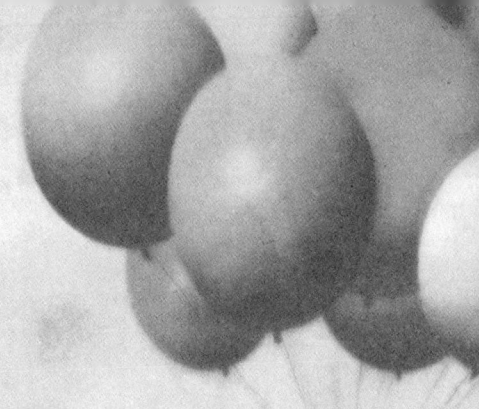

거인이 온다

진화예요. 뭐라 말씀하신다고 해도 정말이지 이건,

역진화라고밖에는 표현할 수 없습니다.

1. 앉은시조

다음 문항에 답하세요.

1. 당신은 과거지향적 인간입니까, 미래지향적 인간입니까?

2. 당신은 혹시 소멸한 고대, 사라진 옛것에의 그리움을 간직하고 있습니까? 시조새와 공룡, 혹은 고구려와 조선왕조에 이르기까지 돌아갈 수 없고 또한 돌이킬 수 없는 어떤 것에 대한 향수를 느낄 때가 있습니까? '예'라고 대답했다면 3번 문항에, '아니오'라고 대답했다면 4번 문항에 답하세요.

3. 그것은 언제이며 그 이유는 무엇입니까?

4. 당신은 무엇이든 쉽게 기억하고 쉽게 잊는 편입니까, 아니면 그 반대입니까?

5. 당신은 스스로에 대해 얼마나 알고 있다고 생각하십니까?

설문지를 받아들고 죽 훑어보는 내내 콧등이 따가웠다. 이따위 종이 나부랭이를 들고 멀뚱히 글자를 읽어내려가고 있는 모습이라니, 나 자신이 한심스럽다 못해 웃음이 났다. 나는 왜 치과 진료실의 의자에 앉아 이따위 설문에 응해야 하는지를 잠시 고민했다. 그것은 이내 의사를 향한 신경질로 바뀌었다. 이름과 성별, 나이를 묻는 기초적인 신분확인절차를 거쳐 내가 답해야 하는 문항들은 하나같이 어이없고 이상야릇한 것들이었다. 요즘 세상에 치과가 이렇게나 고차원적인 정신세계를 탐구하는 허무맹랑한 곳인지 미처 알지 못한 내게 잘못이 있는 걸까 하는 고민이 밀려들었다. 그러나 고작 사랑니 하나를 빼는 일에 나 자신이 과거지향적인가, 미래지향적인가 하는 성향을 이곳에서 대답해야 할 필요는 없다고 나는 생각했다. 게다가 시조새와 고구려라니, 쇼를 마치고 난 뒤 조롱을 당한 광대처럼 참을 수 없는 화가 치밀었다. 턱을 움직이는 동작 하나하나에 신경조직 모두가 얽히고설키는 듯 가뜩이나 온몸이 예민해져 있는 터였다.

"답해주시면 좋겠습니다. 선생님께도, 그리고 제게도 조금이나마 도움이 될지 모르니까요."

"시조새가 날아들어 제 치통을 쪼아먹기라도 한답니까?"

"솔직히 말씀드리죠. 놀라지 마세요. 이건 진화입니다. 못 믿으시겠지만 정말이지 이건, 진화라고밖엔 할 수 없습니다."

의사는 양어깨를 들썩이며 점차 목소리를 키웠다. 서른 중반도 채 되어 보이지 않는 젊은 의사가 말 같지도 않은 소리를 지껄이고 있다는 생각이 들었다. 나는 자꾸만 코웃음이 나서 미간을 찌푸렸다.

"자식 같아서 하는 말이니 너무 고깝게 듣지는 말아요. 고구려가 멸망하지만 않았어도 당신의 고 주둥이는 만주 벌판을 날아갔을 거야, 이 사람아."

새하얀 수증기가 솟아오르는 가습기를 바라보면서 나는 대놓고 이기죽거렸다. 의사는 개의치 않는다는 듯 빠르게 내 말을 받았다.

"제가 기자였다면 선생님의 이름을 신문에 실었겠죠. 방송국 피디라면 〈세상에 이런 일이〉 같은 프로그램에 모시고자 제의했을 겁니다. 그러나 저는 치과의사이기 때문에, 단언컨대 이것이 인류의 역(逆)진화라고 말씀드리겠습니다."

"이 사람이 정말…… 당신 지금 나하고 농담 따먹기 하자는 거요?"

의사의 눈빛이 터무니없이 진지해서 갈증이 날 정도였다. 기어이 턱으로 진득한 침이 흘러내리자 나는 엉덩이를 붙이고 앉아 있을 수가 없을 정도로 짜증스러워졌다.

"별, 별 꼴같잖은 놈을 다 보겠군!"

나는 주먹으로 쾅, 책상을 내리치며 일어섰다. 하지만 잔뜩 부어오른 잇몸의 통증 탓에 몸이 휘우듬하게 기울고 말았다. 나는 입술을 꼭 다문 채 의사를 노려보았다. 약솜을 한 뭉치나 입 안에 쑤셔넣은 터라 더이상은 입을 벌리는 것조차 기운이 달렸다. 핏물이 자꾸만 느질는질 새어나와 목 안이 물컹거렸다. 붉게 달아오른 얼굴은 화끈거리고, 잔뜩 힘을 주었는데도 양껏 부은 턱이 사선으로 기울어졌다. 이대로 뒤돌아 진료실을 나간다고 해도 아무도 나를 붙잡는 사람은 없을 것이었다. 등뒤에는 개인별 고객 차트를 품에 안고 다소곳이 나를 병원의 출구로 안내해줄 간호조무사가 서 있었다. 진료실의 문을 나서면 '치료비는 현금결제신가요, 카드결제신가요' 하는, 데스크 직원의 낭랑한 목소리가 들려올 터였다. 두터운 회전문을 돌아 병원 문을 나서면 걸음을 떼기도 힘들 정도로 쏟아붓고 있는 거센 눈발 속에 파묻혀버릴 것이었다.

'애송이 같으니, 요즘 세상엔 이깟 것들도 의사라고⋯⋯'

나는 계속되는 흥분으로 어깨를 들썩이면서도 현관에 나와 우산을 건네던 아내의 거대한 검은 팔목을 떠올리고 있었다. 열없이 우산을 들어올리는 아내의 일그러진 얼굴을 올려다보지 못하고 대꾸도 없이 현관문을 닫고 나온 것이 내내 마음에 걸렸다. 아마도 아내는, 내가 엘리베이터를 타고 아파트를 빠져나와 집에서 멀어질 때까지 우산을 들었던 그 자세 그대로 꼼짝도 하지 않았으리라. 아내의 쉰 목소리와 부은 목, 메마른 입술 같은 것들을 떠올리니 마음이 무거워지기 시작했다. 불어난 몸집과 뒤틀린 다리, 스티로폼같이 푸석한 살결까지 머릿속에 들어와 옴 짝거리는 듯했다. 의사란 작자의 되도 않는 말에 한없이 달아올 랐던 나는 콧등을 때리는 굵은 눈송이처럼 순식간에 끝도 없이 차가워졌다.

"제 말을 좀 들어보세요. 쉽게 말씀드리자면 이런 겁니다."

의사는 흰 가운 주머니에 올곧이 꽂혀 있던 펜을 꺼내 뚜껑을 열었다. '뽁' 하고 빠지는 펜 뚜껑의 소리가 눈으로 들어오는 것 만 같다고 느끼는 순간 의사의 팔목에 채워진 금시계가 책상 조 명에 닿아 빛을 냈다. 유난스레 번들거리는 의사의 이마 또한 불편하다 못해 날카로워진 마음을 괜스레 건드렸다.

"앉으시죠."

의사는 자못 상기된 표정으로 나를 재촉했다. 그러고는 내가 앉거나 말거나 상관없다는 투로 책상 위에 출무성하게 쌓여진 환자 차트 맨 밑에서 종이를 한 장 꺼냈다. 백지 위로 방금 전에 뿌리째 뽑힌 내 사랑니가 올라왔다. 핏물을 깨끗이 닦아낸 희고 작은 사랑니는 매우 날카롭고도 뾰족한 느낌이었다. 그것은 너 무도 견고해 보여서 마치 내 것이 아닌 다른 누군가의 뼛조각처 럼 보였다. 나는 박물관에 전시된 오래된 물품에 정신이 팔려 세상이 휘청거리기라도 하듯 엉겁결에 의자에 엉덩이를 다시 붙 이고 앉았다.

2. 이제 보니 꽤나 소심

　이곳에 찾아오게 된 건 순전히 치과의사 최의 추천 때문이었다. '나이 쉰에 사랑니가 났다고 하면 웃을 거요?' 하는 내 물음에 기분 좋은 미소를 지어 보였던 최는 '어디 한번 구경이라도 해볼까' 하는 말로 나를 진료의자에 앉혔다. 여느 때처럼 치과에 감도는 소독약 냄새가 코끝을 당겨왔지만 이제는 이러한 몸의 반응도 오랜 친구의 익숙한 제스처처럼 나른하게 느껴지는 참이었다. 이십 년을 드나든 최의 치과는 얼마 전 실내 인테리어와 직원들의 유니폼을 산뜻하게 바꾸어놓은 것만 빼고는 달라진 것이 없는, 내게는 편안함 그 자체였기 때문이었다. 최는 능숙하게, 그러나 평소와는 다른 꼼꼼함으로 내 사랑니를 살폈다. 입 안의 상피를 벌려 잇새를 더듬는 핀셋의 감촉이 낯설지 않았다. 그러나 잠에 빠져들 것만 같은 최의 손길과 눈의 피로를 덜어주는 진료의자의 조명에서 벗어나 마주한 것은 의미를 알 수 없는, 알쏭달쏭한 최의 표정이었다. 어딘지 모르게 긴장감이 감도는 침묵은 꽤 오래 이어졌다.

　"그렇게 사랑스럽다면 당장이라도 내 사랑니를 뽑아 자네의 잇속에 재배열해도 괜찮아."

　불편한 분위기를 바꾸어보기 위해 건넨 내 농담에 최는 미소 지었지만 예의 그 표정만은 사라지지 않았다.

　"내 잇속으로 홀랑 집어넣어버리기엔 뭔가 들척지근하단 말이지, 좀."

최는 사랑니를 뽑을 생각이 전연 없어 보였다. 핸드피스로 간단히 구강의 청결상태만 확인해주었을 뿐 더이상의 치료는 이어지지 않았다.

"사진 좀 찍어보지. 이번에 새로 들여놓은 건데, 꽤 괜찮아."

대신 내 입을 한껏 벌리게 한 후 덴탈 디지털카메라의 셔터를 눌렀다. 눈을 감았는데도 링 플래시가 입 안 구석구석에서 작게 폭발하는 것이 느껴졌다. 내가 움찔거리자 회전의자가 끽끽 소리를 내며 돌았다.

"충치는 없을 텐데, 이제 보니 꽤나 소심한 친구였군그래."

카메라를 거둔 최에게 나는 턱뼈를 좌우로 움직이며 뭉글뭉글한 미소를 지어 보였다. 그러나 평소의 그답지 않게 돌아오는 반응은 시큰둥했다.

"이 사람아, 지금 이곳에서 도망치지 않고 있는 것만도 내가 소심하지 않다는 증거라고 할 수 있네."

고개를 한 번 갸우뚱거리는 것으로 최의 진료는 끝이었다. 나는 으레 그러했듯이 치료비를 제외한 기본상담료 삼천원만 미스 김에게 건네고는 치과를 나섰다. 그리고 일주일 후, 최는 전화를 걸어와 다른 병원을 소개해주겠노라고 말했다. 무슨 일이냐는 내 물음에 최는 다만, 좀더 큰 병원에서 이를 뽑는 게 좋을 것 같다는 말로만 얼버무리고는 서둘러 전화를 끊었다. 마침 전화기 옆에 부착된 주간일정표가 눈에 들어왔다. 최의 병원이 휴진을 하는 목요일 저녁에 빨간 동그라미가 그려져 있었다. 그주에 함께 대폿집에나 들르자던 약속을 미처 챙겨물을 새도 없이 끊어진 전화에 나는 간헐적으로 신호음을 내뿜는 수화기를 들고 망망히 눈을 껌뻑거렸다.

"김계장, 민원 접수 확인 어떻게 된 거야!" 하는 진과장의 신경질적인 음성이 귓불의 심지를 당긴 건, 전화기를 내려놓는 바로 그 순간이었다. 나는 주간일정표의 흰 바탕을 수놓고 있는 청색 문안을 바라보며 메마른 입술을 맞물었다. '도시 전체를 푸르게 만들겠습니다' 라는 문구와 함께 행정 1부의 푸른도시국 직원들 전체가 벙시레 웃고 있는 사진의 홍보용 캘린더였다. 오른쪽 잇몸이 부어오른 것을 가리기 위해 진과장의 머리통에 바싹 얼굴을 붙인 채로 어색한 미소를 내뿜고 있는 내 모습이 눈에 들어왔다.

최와의 약속이 틀어졌다 싶은 참에 나는 도로 민원 접수창구의 유대리와 약속을 잡았다. 살비듬처럼 듬성듬성 흩뿌리는 눈발이 찬바람에 섞여 휘도는 저녁에 나는 봉숭아물을 들인 손톱 같은 작은 포장마차에서 유대리를 만났다. 그 동안 내린 눈이 잔뜩 언 채로 천막지붕 위에 쌓여 있던 포장마차는 금방이라도 폭삭 주저앉아버릴 것처럼 위태로워 보였다. 신년을 앞두고 연일 드센 눈줄기가 이어지고 있는 가운데 덩달아 민원도 부쩍 쏟아져들어오고 있었다. 민원은 주로 제설작업과 도로정비에 관한 문의내용이었다. 홈페이지의 '서울 시장에게 바란다' 게시판은 서버가 불안정해질 만큼 많은 시민들의 거센 항의에 맞부딪혔고, 민원 처리 온라인공개시스템은 불어나는 민원을 감당치 못해 처리속도가 지지부진했다. 진과장은 전화와 인터넷, 팩스로 접수된 '모든 민원의 문서화, 모든 민원의 조속한 해결'이라는 신임 시장의 캐치프레이즈에 발맞추어 부하 직원들을 시종 을러대고 있는 중이었다. 승진을 노리며 발을 동동 구르는 진과장이 그러거나 말거나, 꿈쩍도 하지 않던 내가 머리칼을 쥐어뜯게 된 것은 행정 1부인 푸른도시국이 행정 2부의 도시계획국과 협력하여 접수된 도로 민원을 즉각 해결하라는 공문이 내려오면서부터였다.

"민원이라는 걸 다 받아주면 어디 끝이 있답니까. 정말이지 이건 물 쏟아붓는 연놈들 쳐다보면서 아가리를 벌린 채 밑 빠진 독에 웅크리고 앉아 있는 기분이라니까요."

해를 넘기면 나이 서른도 꼭 허리춤에 닿는 유대리는 연거푸 소주잔을 비워냈다.

"물은 물대로 다 맞는데, 당최 독이 차야 말이지요."

헛웃음을 소주와 함께 목구멍으로 흘려넣으면서도 가슴 한구석이 개운치 못했다. 막바지로 치닫는 12월의 눈발 아래 주거니 받거니 뜨거운 잔을 채우는 동안에도, 입 안에서는 술과 함께 마음마저 모래알처럼 까끌거렸다.

"도로교통과에서 맡아야 하는 민원까지 우리 도시계획국이 맡고 있는 실정이에요, 계장님. 요즘 같아선 아주 돌아버리겠습니다."

"내가 자네한테 면목이 없어. 조금만 더 같이 고생하자고."

잇몸을 뚫고 올라온 사랑니를 최가 빼주지 않은 덕분에 잇새로 바람을 휘휘 들여놓으며 얼굴을 찌푸리는 횟수가 더욱 잦아졌다. 유대리는 눈동자가 벌게지도록 술을 마시고는 고드름이 부러지듯 툭, 고개를 떨어뜨렸다. 나는 유대리를 끌어당겨 어깨에 바싹 붙이고 포장마차를 빠져나왔다. 눈은 여전히 그치지 않은 채로, 먼지처럼 부유하고 있었다. 나는 뜨거운 뺨에 닿는 찬바람이 나쁘지 않다고 생각했다. 몇 걸음 걷다 돌아보니 포장마차는 손바닥으로 꾹 누른 중절모처럼 천장이 움푹 파여 있었다. 눈의 무게 탓에 천막이 주저앉았나 하는 호기심에 발뒤축을 들어 흘긋거렸지만 자세히 보니 천막지붕 위의 눈이 움싹 파헤쳐져 사라지고 없었다.

다리가 휘청거린다손 치더라도 술에 취해 헛것을 보고 있는 것은 아니었다. 나는 재차 눈을 감았다 떴다. 포장마차로 들어설 때 보았던 천막지붕 위의 눈이 어느샌가 말끔히 치워져 있는 것처럼 보였다. 종내 눈이 있었는지 없었는지조차 헷갈렸다. 가까이 가보려 했지만 헌 옷가지처럼 자꾸만 흘러내리는 유대리 때문에 그럴 수 없었다. 나는 고개를 흔들어 가물거리는 눈꺼풀을 끌어올렸다. 아무려면 어떠랴, 눈앞에 보이는 것을 그대로 보인다고 할 수 없는 곳이 바로 이곳, 내가 서 있는 자리일진대. 겨울 공기를 가르고 날아든 칼바람이 옷깃을 파고들었다. 발갛게 달아오른 뺨이 얼얼하도록 매서운 추위였다.

"눈을 쓸려면 몽땅 다 털어버리든가 대체 저게 뭐야, 흉하게……"

나는 술에 취해 중얼거리며 헛헛하게 돌아섰다. 그러고는 축 늘어진 유대리의 가방을 다시 한번 고쳐 메고 눈 내린 밤의 도로를 허청허청 걸었다. 제설작업에 속도가 붙었는지 연일 이어지는 폭설에도 불구하고 도로는 제법 말끔해 보였다. 나는 조금 걷다 후끈거리는 잇몸의 통증을 이기지 못하고 다시금 멈춰 섰다. 입을 크게 벌리고 하염없이 떨어지는 눈송이를 받아삼키고 또 삼켰다.

3. 그만 좀 합시다

최가 소개해준 병원의 치과원장이 꽤나 명망 있는 의사라는 걸 알게 된 것은 병원을 찾아간 날 대기실에서였다. 나는 엉덩이가 암반짝만하게 벌어진 여자들의 복달복달한 수다놀음을 들으며 하염없이 손으로 턱을 문질러댔다. 마른침이 목울대를 타고 넘어가는 순간에도 살을 찢고 돋아난 사랑니의 통증은 계속되어 눈자위가 얼얼하게 붉어져왔다. 하다못해 '예약하신 대기손님 들어오세요' 하는 간호조무사의 낭랑한 목소리마저 통증처럼 귓불을 흔들었다. 그러나 내가 마주한 건 굵은 안경알을 코끝에 걸치고 진료기록을 들여다볼 법한 늙은 원장이 아닌 새파랗게 젊디젊은 신출내기였다.

"제 설명을 잘 들으셔야 합니다."

의사는 펜대 끝부분을 세워 내 사랑니를 건드리며 눈을 치켜떴다. 나는 시큼한 비린내를 참지 못하고 앙다물었던 솜뭉치를 토해냈다. 간호조무사가 재빨리 다가와 턱밑으로 양철 쓰레기통을 받쳐주었다. 그리고 상냥한 몸짓으로 다시 깨끗한 솜을 뭉쳐 어금니 안쪽으로 깊숙이 찔러주었다. 통증으로 미간에 절로 주름이 졌지만 참을 수 없던 피비린내는 조금 가신 듯 했다.

"화내지 마시고, 힘드시면 그냥 제 말만 들으세요. 자꾸만 입을 벌려 턱을 움직이면 계속해서 피가 흐를 테니 말입니다."

의사는 번쩍거리는 금시계가 채워진 손목을 흔들며 나를 바라보았다. 끽끽대는 의자 탓에 나는 엉덩이만 옴짝거리고 있는 중이었다.

"출혈이 계속되면 좋지 않아요, 선생님."

간호조무사는 다시금 또각또각 발을 움직여 차트를 안고 뒤로 돌아섰다. 나는 조무사의 흰 단화 뒤축을 눈으로 쓸며 손바닥으로 턱을 받쳤다. 사랑니를 뽑아내는 순간의 감격과 감동은 어느덧 그 무게를 한참이나 덜어낸 터라 나는 아픔만을 느끼며 얼굴을 일그러뜨렸다. 조무사가 진료실의 문을 열고 밖으로 나가자마자 의사는 크게 숨을 내쉬었다.

"진화예요. 뭐라 말씀하신다고 해도 정말이지 이건, 역진화라고밖에는 표현할 수 없습니다."

의사는 눈썹을 꿈틀거리며 처음에 내게 했던 말을 반복했다.

"이 설문지를 누군가에게 실제로 사용할 수 있으리라고는 생각조차 하지 못했던 일이었어요. 제 가슴이 다 벌렁벌렁합니다."

의사는 불안한 듯 눈동자를 굴리면서 내가 무성의하게 휘갈겨 쓴 설문지를 계속해서 들추어댔다. 나는 부풋한 의사의 말이 계속해서 당황스럽다 못해 우스워졌다.

"그래, 퇴화가 아니고?"

나는 의사의 눈을 빤히 바라보며 되물었다.

"돌연변이는 아닌가? 인류의 역사에 길이길이 남을 만한 진화가 확실한가 말이오."

나는 재차 따져 물었다. 입을 떼지 않고는 견딜 수 없을 만큼, 의사의 말은 황당하고 이물스러웠다.

"이건 사랑니가 아닙니다, 선생님. 그래요, 확실히 말씀드리면 분명한 퇴화지만 현대의학으로 볼 때 이건 분명히 보다 다른 의미에서의 진화예요. 좀더 실험하고 연구해볼 필요가 있습니다만…… 그러나 선생님, 죄송하지만 선생님께서 조금만 도와주신다면 우리는 현대인의 역진화 현상에 대해 증명해 보일 수 있을 것입니다. 이건 어쩌면 21세기의 또다른 질병의 출현으로도 볼 수 있어요. 우리 모두 바짝 긴장해야 합니다."

의사의 말을 듣고 있자니 혹여 지금 정신병원에 와 있는 것은 아닌가, 스스로가 의심스러워질 지경이었다. 울룩불룩한 알사탕이 입 안에서 겹겹이 구르는 것만 같은 통증이 느껴졌다. 나는 손으로 턱을 감싸쥔 채로 얼굴을 찌푸렸다. 더이상은 아무런 말도 듣고 싶지 않았다. 나의 몸짓과 표정 하나하나를 주시하고 있는 저 간절하고도 집요한 눈빛이라니, 기가 찼다.

나는 콧김을 내뿜으며 창밖으로 시선을 돌렸다. 작지도, 크지도 않은 진료실은 벽면을 가득 채운 커다란 통유리가 인상적이었다. 가물가물 진눈깨비를 날리던 잿빛 하늘은 어느덧 또다시 굵은 눈송이를 뿌려대고 있었다. 도로교통과에 전화를 넣어 제설차 지원을 강화하라는 진과장의 지시를 깜빡한 채 외근이랍시고 자리를 비웠구나, 하는 생각에 절로 한숨이 나왔다. 제설작업에 관한 민원도 미처 문서화시켜놓지 못했다는 생각에 다다르자 더이상은 이 말도 안 되는 농담 따먹기에 시간을 빼앗기고 싶지가 않아졌다. 나는 혀를 움직여 입에 문 솜뭉치를 뱉어냈다. 피와 침이 뒤섞인 채 쓰레기통에 엉겨붙어 흉물스러웠다.

"눈이 많이 오네요, 의사 양반."

의사는 두 눈을 껌뻑거리며 순진한 표정으로 나를 바라보았다. 그 모습을 보고 있자니 혀뿌리에서부터 지독한 화가 치솟았다. 진화라니, 이 정신나간 작자가 지금 무슨 소리를 하고 있는 건지 도통 짐작조차 할 수 없었다.

"이봐요, 사람 지치게 좀 하지 말아요. 근무시간에, 그것도 산 채로 눈사람 돼가며 고작 진화니 뭐니 당신 헛소리를 들으려고 이곳까지 찾아온 줄 아는 거요?"

생게망게한 소리에 내가 흥분하자, 의사는 이내 차갑게 눈을 번득였다. 나는 잠시 말을 멈추었다가는 곧 어르고 달래듯 목소리를 낮췄다.

"안 그래도 지금 충분히 이 아프고, 머리 아파요. 게다가 나는 웬만한 농담엔 웃을 기운도 없이 하루 종일 바쁘기까지 한 공무원이란 말이오. 그만 좀 합시다."

"선생님."

"난 선생이 아니란 말요!"

신경질적인 내 목소리가 진료실 벽면을 두드리고는 사그라졌다. 순간 의사의 표정이 딱딱하게 굳었으나 금방 다시 부드러워졌다. 그 순간 바지 주머니 속에서는 '호출' 두 글자를 찍어대며 전화기가 부들부들 몸서리를 쳐댔다.

"죄송합니다. 최박사님께 익히 들어 알고는 있었지요. 시청에 근무하신다고요. 최박사님은 제가 매우 존경하는 분입니다. 편하게 대해드리라고 신신당부하셨는데, 죄송합니다."

웃음기 어린 의사의 얼굴에 씩씩거리며 나를 찾고 있을 진과장의 얼굴이 겹쳐 보였다. '눈 오는데 우산 가져가요' 하고 핏기 없는 팔목을 들어올렸던 아내의 갈라진 음성도 얼핏 들려오는 듯했다. 나는 머리 위의 눈을 털어내듯 세차게 고개를 가로저었다.

4. 올해의 적설량 제로

바지런한 유대리의 발품 덕분에 어느 정도의 민원은 대강 해결되고 있는 듯 보였다. 중복된 민원을 제외하고 시간 여유만 넉넉히 주어진다면 구정 연휴 전까지는 유대리의 손에 의해 말끔하게 민원처리보고서를 완성해 제출할 수 있을 터였다. 그럼에도 불구하고 시시때때로 이어지는 진과장의 호출이 부담스러운 이유는 불특정다수에게서 쏟아져들어오고 있는 민원들을 아직 손도 대고 있지 못하기 때문이었다. 실명제로 시행되고 있는 인터넷 민원 접수는 그 출처를 알 수 있는 경우가 대부분이었지만 어느 날부턴가 봉투 겉면에 보내는 사람의 이름이 적혀 있지 않은 우편물이 속속 날아들고 있었다. 편지지를 비롯한 필체 역시 하나같이 다른 이의 것이었으나 그 내용만은 모두가 같았다.

누군가 눈을 먹어치우고 있어요.

소인이 찍힌 우체국에 일일이 전화를 넣었지만 등기가 아닌 이상 우편물 접수자의 행방을 알 길은 없었다. 눈을 먹어치운다, 라는 장난스런 내용의 엽서와 전보, 편지들로 인해 연말에 골머리를 앓게 될 줄은 상상조차 하지 못했던 일이었다. 미해결된 민원이 쌓여갈수록 진과장의 악다구니는 더더욱 날카로워지고 있었다. 우박처럼 들이붓는 진과장의 목소리를 견디다 못해 나는 결국 의자를 박차고 일어섰다.

"계장님, 이러지 마세요."

누가 전화를 걸었는지 유대리가 숨을 몰아쉬며 내 팔을 붙들었다. 멀뚱한 눈빛들의 직원들 틈바구니를 비집고 달려온 유대리의 헝클어진 넥타이가 눈에 들어왔다. 나는 아무렇지도 않게 두툼한 점퍼의 단추를 목까지 단단히 채워걸고 모자의 끈도 바싹 조였다. 돋보기와 측량자를 주머니 깊숙이 찔러넣고 가죽장갑까지 챙겨들자 유대리의 얼굴이 단단히 얼었다.

"제설작업을 좀 해대야 말이지요. 요즘 세상, 장비도 번지르르하잖아요. 개개인이 집 앞에 소금이며 흙을 잔뜩 뿌려대는데다 눈삽으로 퍼내고 빗자루로 쓸고, 온갖 방법들을 총동원하는 판이고요. 어디 길거리에 눈 쌓일 틈이나 있겠냐 이 말입니다. 이까짓 허위 민원들, 어디 한두 번 받아봅니까. 제가 알아서 잘 처리할 테니 이러지 마세요."

큰소리를 치던 유대리는 직원들이 수군대며 각자의 자리로 돌아서자마자 "저 좀 봐주세요, 제발" 하고 울먹이듯 속삭였다. 나는 허리춤에 매달리는 유대리의 어깨를 가볍게 두드렸다.

"그런 거 아냐. 자네도 알지? 나이 오십에 만년 계장, 그게 나야."

진과장에 대한 오기와 반항심도 없다고는 말할 수 없었다. 그러나 더욱 마음을 움직인 건 순전히 호기심 탓이었다. 눈이 자꾸만 사라진다는, 누군가 눈을 먹어치우고 있다는 민원들은 정말 사실일까. 우리네 발밑에서, 정말 누군가 들어앉아 눈덩이를 뭉쳐 덥석 베어물기라도 하는 것일까. 적지 않은 수의 우편물들이 한결같이 '사라지는 눈'에 대해 이야기하고 있었다. 장난 신고, 허위 민원이라 치부해버리기에 그들의 목소리는 너무도 크고 진지하게 느껴졌다.

올겨울 들어 눈이 많이 내리자 지레 겁을 먹은 사람들은 제설작업에 관한 문의와 요청으로 인터넷 홈페이지와 시청 전화를 마비시켰더랬다. 그러나 곰곰 생각해보면 시간이 지날수록 눈이 내리되 쌓이지 않는다는 제보만이 쇄도했으니 이게 도무지 어찌된 일인지 나는 의아해졌다. 한평생의 공무원 생활에 이런 얼토당토않은 일은 또 처음이었다. 시간이 흐르고 민원이 쌓여갈수록 미심쩍은 부분도 없지 않았다.

그것은 종내, 크게 두 가지 이유로 압축되었다.

첫째, 올해의 적설량 제로.

"예, 전화 바꿨습니다. 그럼요, 아무리 눈이 많이 왔다고 해도 적설량은 기록되지 않을 수 있습니다. 관측소 주위 지면의 이분의 일 이상이 눈으로 덮여 있어야 적설 측정이 가능하기 때문이죠. 여보세요? 듣고 계세요?"

눈이 쌓인 깊이를 측정하여 그 양을 나타낼 때 적설량이라는 용어를 사용한다는 부가적인 설명까지, 안내원 여자는 덧붙였다. 눈이 계속해서 내리고 있는데 적설량은 측정되지 않는다, 라는 이야기는 자못 아이러니했다. 그러나 어쩌면 그 말은 사실일지도 몰랐다. 기실 따지고 보면 눈은 내리는데 쌓이지 않는다는 말을 믿을 수 없는 이유는 어디에도 없었다. 있어도 없는 듯이 살고 있는 사람도 부지기순데 그깟 눈이 쌓이지 않는다는 게 뭐 그리 대수로운 일이란 말인가. 세상엔 군이 설명하거나 증명해낼 필요가 없는 것들도 존재하게 마련이라고, 나는 고개를 주억거렸다. 지나는 발짝에 채인 더러운 눈 한 덩이 찾아볼 수 없는 이 겨울의 거리가 자꾸만 나를 그러한 생각의 추위 속으로 내몰았다.

둘째, 제설공사 가동률 제로.

"장난해요? 지금 장난합니까? 내가 서울시 제설작업 따내려고 고생한 게 얼만데, 청소차며 살수차며 새로 들여놓은 게 다 얼만데, 지금 사람 염장 지르는 거예요 뭐예요! 빡빡히 손가락 빨면서 금쪽같은 내 겨울, 다 보내고 있는 사람이에요, 내가!"

차라리 찾아가지 않은 게 다행이랄 만큼, 흥분으로 목이 다 쉬어버린 업체 사장과의 통화는 당황스럽다 못해 경악스러웠다. 제설작업에 만전을 기했다며 큰소리를 쳐댄 유대리의 보고는 거짓이었다. 나는 너무도 놀라 실밥이 풀리듯 온몸의 기운이 스르륵 풀린 탓에 한동안 마음의 바늘귀를 찾기 위해 허둥대야 했다. 소주잔이 아닌 자판기 커피 종이컵을 앞에 두고 유대리와 마주앉은 자리에서 자꾸만 마른침이 식도를 타고 내렸다. 내겐 언제나 매사 실쌈스러웠던 유대리는, 붉으락푸르락한 낯빛으로 말없이 고개만 떨어뜨릴 뿐이었다. 제설작업비용에 따른 결산서 작성 건은 따져 묻지 않는 것이 낫겠다고 생각하며 나는 결국

쌉쌀히 웃었다. 어금니에 몽글몽글하게 침이 고이기 시작한 건
바로 그 즈음이었다.

5. 내 것이니까, 내가

"진화라, 아주 오랜만에 듣는 고릿적 유머인걸. 좋아, 진화라
고 해두지. 이 나이 먹도록 아무것도 한 게 없다고 생각해왔는
데, 그렇다면 내 인생도 뭐 그다지 쓸모없는 인생은 아닌 셈이
로군그래."

나는 이제 되는 대로 지껄여주리라 생각했다. 의사는 눈썹 한
올도 꿈틀거리지 않겠다는 듯 단호한 얼굴로 입을 다물었다.

"그렇다고 생각하지 않나?"

얼굴 근육이라도 뒤틀렸으면 하는 바람과는 달리, 의사는 흥
미롭다는 표정으로 말없이 깍지를 꼈다.

"그래 그럼 이렇게 얘기해보면 어떨까. 당신의 말대로라면 나
는 진화했고, 바꿔 말해 당신은 아니지. 간단하게 정리해본다면,
내가 당신보다 훨씬 우월한 인간이라고 할 수도 있겠군?"

의사는 빙긋 웃어 보이더니 이내 너털웃음을 터뜨렸다. 나는
아무렇지도 않게 터져나오는 의사의 웃음에 코를 떼여 이마가
간지러워졌다.

"공룡형인이라는 게 있지요. 쉽게 말해 공룡에서 진화한 인

간, 이라는 뜻입니다. 호모사피엔스와 비슷한 뇌와 체중을 지녔는데 눈동자에서 발산되는 기이한 시선이 인상적이죠. 인간이되, 전체적으로는 공룡에 가까운 인상입니다."

의사는 매우 천천히, 또박또박 설명했다.

"그래서 당신은 지금, 내가 바로 그 공룡형인이란 말을 하고 있는 거요?"

온몸의 세포들이 돋아오르는 기분에 내 숨은 거칠어졌다.

"아닙니다. 앞서 말씀드린 공룡형인은 1982년에서야 학계에 등장한 이론일 뿐이지요. 저는 단지 이빨에 관한 말씀을 드리고플 뿐입니다. 제 소견으로 볼 때 선생님이 사랑니라고 말씀하시는 이것은, 1822년에 발견된 '이구아노돈의 이빨'과 동일합니다. 그것은 아주 거대한 이빨 화석이지요. 매우 오래되었지만 세상 어느 생물체의 이빨과도 닮지 않은, 파충류로 추정될 뿐인 이빨 화석 말이에요. 아직 확증할 수는 없지만……"

의사는 책상 위에 널브러진 종이 한 장을 집어들고 이구아노돈의 거대한 이빨을 직접 그려 보이기 시작했다. 그것은 원통형 삼각뿔처럼 아주 단단히 중심을 잡고 서 있는 모습이었는데 끄트머리가 뒤쪽으로 날렵하게 구부러져 그 무엇이라도 한번 찍히면 절대 빠져나갈 수 없을 듯 날카롭고 강인해 보였다. 언뜻 코뿔소의 뿔과도 같은 모양의 이구아노돈 이빨이 내 붉은 잇몸에서 돋아났다니 믿어지지가 않았다. 얼음이 갈라지듯 정수리에서 '쩍' 소리가 들려왔다. 그 어떤 말의 조각도 입 밖으로 튀어나오지 않았다. 나는 그저 멍하니 앉아 벙긋거리는 의사의 입만 바라볼 수밖에 없었다. 한껏 상기된 얼굴로 이구아노돈을 이야기하는 사이, 간간이 번득이는 의사의 뾰족한 덧니만이 성급하게 내 눈동자를 뒤흔들었다. 나는 순간, 이구아노돈의 이빨을 잇몸에 쑤셔 박고 쿵쿵쿵 사막의 모래 위로 달려나가는 의사의 모습을 상상했다.

"이제 감이 좀 잡히시나요? 저 역시도 믿을 수가 없어요. 사람의 잇몸에서 이구아노돈의 이빨이 뚫고 올라오다니요. 이건 대단히 놀라운 일입니다. 일대 사건이죠, 선생님. 공룡의 이빨이라니요, 놀랍지 않습니까!"

나는 의사의 입속에 날카로운 눈의 파편이라도 찔러넣고픈 충동에 휩싸였다. "제발 그만 좀 해둬!" 하고 있는 힘껏 소리를 내질렀지만 그것은 마른침과 함께 삼켜져 심장을 따갑게 훑을 뿐이었다. 서서히 흥분하기 시작하는 의사의 얼굴 위에 먹지를 대듯 아내의 모습이 새까맣게 내 시야를 뒤덮었다.

그런 눈으로 보지 마…… 나는 괴물이 아냐.

나는 희끄무레한 낯빛으로 겨우내 집 안에서만 웅크리고 있던 아내를 떠올렸다. 밥 한 숟갈 제대로 넘기지 않고 잠 한숨 이루지 못한 채 뒤척이던 아내의 모습이 불현듯 진료실 통유리를 투과했다. 병원에 다녀온 날이면 더더욱 난폭해져 고함을 지르고 손사래를 치던 아내가 눈물처럼 아른거려 나는 아프게 숨을 들이쉬었다. '여보, 내 몸이 자꾸만 이상해져' 하고 아내가 고개를 갸웃거렸을 때는 이미 늦어 있었다. 거인증 판정을 받고 돌아온 아내는 집 안 곳곳의 물건을 모조리 내던졌다.

"다행히 내장은 비대해지지 않고 있어요."

당혹스러운 표정으로 건넨 의사의 당부는 소용이 없었다. 아무것도 담겨 있지 않은 텅 빈 아내의 동공을 바라보며 나는 그 누구보다도 냉정해져야 한다고 생각했다.

"마음을 편히 가지시고, 안정을 취하셔야 합니다."

하지만 아내는 자꾸만 키가 컸고, 등뼈가 솟아올랐고, 얼굴이 어그러졌다. 머리칼이 뭉텅이로 빠졌으며 이가 뽑혀나갔고, 손발톱이 나선으로 휘어졌다. 내 체구의 일점오 배 이상으로 몸집이 불거진 아내는 자신의 기이한 모습을 견딜 수 없어했다. 집 안의 거울이란 거울을 곱다시 깨뜨리며 아내는 울부짖었다. '괜찮다, 아내는 괴물이 아니다'라고 나는 생각했다. 아내가 그 어떤 얼굴을 하고 있어도, 그 어떤 모습으로 내 앞에서 선다 해도 아내는 아내일 뿐이라고, 달라지는 것은 아무것도 없다고, 그렇게 여겼다. 아무렇지도 않은 얼굴로 아내를 마주하기 위해 나는 열심히 일하며 바쁘게 움직였다. 동료와 부하 직원 들 앞에서 큰 소리로 웃고 이야기했다. 그러나 나는 술 약속이 있거나 야근을 한다는 이유로 더욱더 집으로 들어가는 시간이 늦었고, 그럴수록 자꾸만 아내의 모습을 바로 보기가 힘들어졌다. 열쇠로 현관문을 열고 들어가 그저 눈을 감은 채로 새벽을 맞는 나날이 이어졌다. 정신을 놓아버린 듯 눈물만 흘려대는 아내에게 나는 차츰 지쳐갔다. 같은 공간에서 숨을 쉬는 사실 자체가 버거워질 만큼 무기력한 시간들이 흘러갔다.

"커지고 커지다 차라리 펑, 터져버린다면 좋을 텐데…… 그러면 당신도 더이상 이렇게 황망한 꼴은 보지 않아도 될 텐데, 응? 응?"

버둥거리는 아내의 팔다리를 움켜잡아 침대에 눕히며 혀끝을 잘근잘근 깨물어대던 나날엔 오히려 쉽게 잠에 빠져들었다. 기이하고 흉측하게 뒤틀린 입으로 들이쉬고 내쉬는 아내의 숨이 수면제처럼 내 눈꺼풀을 끌어내렸다. 언제나 밝고 명랑했던 아내의 처녓적 모습이 꿈결처럼 내 목 언저리에서 머물다가는 자취를 감추곤 했다. 간헐적으로나마 어금니에 격렬한 통증이 찾아든 건, 집 천장에 닿을 뻔했던 아내의 키가 더이상의 성장을 멈추었던 겨울의 초입 무렵이었다.

"치의학회에 연락을 취하겠습니다. 선생님, 저…… 번거로우시겠지만 일주일 후에 다시 한번 와주실 수 있겠습니까?"

한순간에 괴물이 되어버린 자신을 바라본 아내의 심정이 이러했을까. 가슴이 쿵쾅거리기 시작했다. 정신없이 퍼붓는 눈발이 세상을 온통 희게 포장해 묶어놓은 듯 유리창 밖으로는 아무것도 보이지 않았다. 너무 희어서 오히려 깜깜하게 느껴지는 이 순간의 겨울이 너무도 참혹해, 나는 어서 이곳을 빠져나가야겠다고 생각했다.

"선생님, 이렇게 가시면 안 됩니다."

진화니 퇴화니, 인류의 역사니 일대 사건이니, 그런 것엔 일말의 관심도 없었다. 한평생 몸뚱이 하나 추스르는 데만도 버거웠던 내게는, 나랏돈을 먹으며 부끄럽지 않게 사는 데만도 힘에 부쳤던 내게는 그따위 것에 신경쓸 여력이 없었다. 나란 인간이 존재하고 있다는 사실 외에는 그 어떤 사회적 이슈나 역사적 사건에도 신경쓰지 못한 채로 그저 살아왔을 뿐인 생이었다. 그러므로 나는 통증으로 한껏 부풀어오른 내 잇몸에서 사랑니만 빼면 그만이었다. 이를 뽑아낸 자리만 아물면 아내도, 민원도, 끔찍했던 이 겨울도, 다만 계절의 경계에서 머물다 가는 몸살 정도로 생각할 수 있을 터였다.

"이건 내 것이니까, 내가 가져갈 거요."

나는 책상 위에 놓인 내 사랑니를, 아니 이구아노돈의 이빨을 낚아채 손에 쥐고 일어섰다.

"죄송하지만 그건……"

"진화니 뭐니 당신이 쓰는 추리소설에 가담할 생각은 눈곱만큼도 없어!"

나는 통증으로 얼얼해진 턱을 움직여 입술을 씰룩이며 잰걸음으로 진료실을 빠져나왔다. 자리에 앉아 차트에 코를 박고 있던 간호조무사가 얼굴을 들었지만 눈을 맞추지 않고 그대로 출구를 향해 나아갔다. 닳아빠진 뒤축으로 찔꺽찔꺽 두 발을 끌고 다니던 아내의 신발이 눈처럼 희고 예쁘던 조무사의 단화와 겹쳐 콧등을 활시위처럼 당겼다.

6. 나 홀로 행진

고개를 젖혀 하늘을 바라볼 수조차 없이, 눈은 실처럼 하늘과 땅에 붙박여 있었다. 나는 어깨를 건드리는 눈의 손길을 헤치며 사람들 틈에 끼어 걸었다. 우산 없이 걷는 이는 오직 나뿐인 듯 보였다. 간혹 우산살이 엉켜 실랑이를 벌이는 이들의 풍경이 목 덜미를 타고 내려가는 얼음덩어리처럼 서늘하게 다가왔다. 비릿한 핏덩어리가 자꾸만 목을 타고 흘렀다. 나는 핏물과 어지러움을 함께 게워내며 귓바퀴를 타고 돌던 의사의 목소리까지 덤으로 씹어 뱉어냈다. 차갑게 언 아스팔트 위로 토사물이 쏟아지자 흰 연기가 뿜어져올랐다. 시큼하고도 달달한 냄새가 추위를 타듯 콧속으로 비집고 들어왔다. 휘청대는 다리를 추슬러 일어서자 주머니에서 위잉, 진동이 울렸다. 최의 문자메시지였다.

> 이봐어서병원에서
> 나와내생각이너무
> 짧았어날용서하게

나를 이 병원으로 보내놓고 최가 마음졸였을 걸 생각하니 기분이 울적했다. 최는 이미 모든 걸 다 알고 있었던 걸까. 이십년 지기 친구의 잇몸에서 공룡의 이빨이 돋아났다는 사실을 최는 어떻게 받아들였을까. 나는, 나는 어떤 표정으로 최의 앞에

98

서야 하는 걸까. 황망한 마음을 감추지 못한 채로 옷깃을 툭툭 쳐대며 다시 걸었다. 눈발의 갈고리에 목덜미가 찍혀 움직이듯 걸음걸이는 흐느적거렸다.

'죄송합니다'를 연발하며 걷는 발밑에 역시나 눈은 쌓여 있지 않았다. 분명 눈이 내리는데, 꼭 쥔 주먹을 주머니 깊숙이 숨기고 걷는 길에 눈은 없었다. '우산 가져가요' 하던 아내의 목소리가 귓바퀴에서 맴돌아 걸음은 더욱 빨라졌다. 보폭에 맞춰 잇몸의 통증이 찔꺽찔꺽 울려왔다.

"거, 사람 참. 조심 좀 하슈!"

비틀대다 어깨를 맞부딪친, 꾀죄죄한 행색의 키 작은 걸인은 어딘지 모르게 차고 서늘한 느낌을 풍겼다. 온몸에 눈을 뒤집어쓰고 걸어가는 그의 뒷모습을 바라보며 나는 한동안 걸음을 뗄 수가 없었다. 두 눈을 껌벅거리며 망연히 서서 바라본 걸인의 바지 한쪽은 텅 비어 있었다. 흐드러지게 휘어도는 눈발에 감기던 걸인의 바지 한쪽이 방향을 알 수 없이 불어오는 눈보라와 함께 깃발처럼 나부꼈다. 나는 그 순간, 어릴 적 학교 가는 길의 물웅덩이에서 보았던 외다리조개를 떠올렸다. 가까이서 보면 그저 검고 더러운 물풀일 뿐이었던 외다리조개는 그러나, 멀리서 보면 사람의 몸통은 없고 한쪽 팔만 하늘을 향해 높이 뻗은 기이한 형상이었다. 물웅덩이 바닥 역시 한쪽 다리로 짚고 서 있을 외다리조개를 상상할 때면 나는 꼭 나쁜 꿈을 꾸었다. 몸통이 거세된 채 한쪽 팔만으로 세상과 소통하는 외다리조개가 가 없고도 무섭게 느껴졌기 때문이었을지도 모르겠다. 나는 확실한 이유를 알지 못한 채로 언제나 크게 심호흡을 하고 물웅덩이 위를 빠르게 뛰어 지나치곤 했다. 그것이 세상을 향한 불온한 시위이자 서글픈 항변은 아니었을까, 하고 생각하게 되었을 때는 내가 이미 뼛속 깊이 온전한 어른이 되고 난 후였다. 그리고 그때부터 나는 그 어느 곳에서도 구원을 바라는 깃발과도 같이 한쪽 팔을 흔들었던 외다리조개와 마주치지 못했다.

"당신의 한쪽 다리에 공룡의 이빨을 박아주면, 그러면 되겠습니까."

걸인이 사라져 보이지 않을 때까지 나는 가슴 가득 허망함을 품고 중얼거렸다.

"그러면 당신도, 당신도 진화할 수 있을 테지. 이게 바로 인류의 역사적인 발견이자 진화의 상징인 이구아노돈의 이빨이란 말이오, 외다리조개 선생."

어릴 적 보았던 외다리조개의 한쪽 팔처럼 나도 누군가에게 손을 내밀 수 있다면 좋으련만. 누군가 차갑게 언 내 손을 덥석 잡아 녹여준다면…… 눈시울이 뜨거워진 채로 나는 다시 지벅지벅 걸음을 떼었다. 안개의 숲을 걷는 듯 시야가 희붐했다. '괜찮으세요?' 하는 누군가의 목소리가 얼핏 들려온 것 같았다. 나는 개의치 않고 걷고 또 걸었다. 유대리가 있는 시청으로 가야 하는 걸까, 아니면 아내가 있는 집으로 발길을 돌려야 하는 걸까, 그도 아니라면 미안하다고 말하는 최가 있는 병원으로 향해야 하는 걸까에 관해 잠시 고민했으나 답을 내지는 못했다. 그러나 어디라면 어떠랴, 발길 닿는 곳이 곧 내가 가고자 하는 곳. 한 치 앞도 보이지 않는 눈발 속에서 걷는다는 건 어쩌면, 측량자보다도 더 세밀한 마음의 눈금자를 들이대는 일일지도 모른다는 생각이 들었다. 주위가 사라지고 나만 오롯이 남겨지는 것, 사위가 어두워지고 나 홀로 행진하는 것. 이것이야말로 깊이를 측정할 수 없는 존재의 적설이 아닐까.

시간이 흐를수록 날씨는 더욱 거칠어졌고, 걷기가 어려워졌다. 앞으로 나아가고 싶어도 잘 내디뎌지지 않는 발걸음이 앞서 걸어간 걸인의 그것과 다를 바가 없었다. 어쩌면 나는 진화와 동시에 급속히 퇴화중인지도 모를 일이었다. 젊은 의사가 말한 역진화란 정확하고도 올바른 진단이었는지도 몰랐다. 지금 내가 걷고 있는 이 걸음이 옳다고 말할 수 있는 용기를 가진 자, 누가 있으랴. 내가 가는 이 방향이 맞다고, 내가 분명 이 땅 위에서 숨쉬며 살아가고 있다고, 그 어떤 이가 당당히 말해줄 수 있을까. 치의학회 의사들에게 둘러싸여 시대의 돌연변이로 낙인찍힌다 해도 어쩔 수 없는 일이 아닌가. 내가 나인 것은 분명했으나 눈 내리는 이 겨울 속의 내게 아무도, 아무것도, 확실한 것은 없었다.

사람이 보이지 않는 길까지, 구두 뒤축이 닳아 없어질 때까지 걷고 또 걸으리라고 나는 생각했다. 드센 눈발을 머리에 이고 나는 휘청거렸다. 한 치 앞도 보이지 않는 폭설이 몰아치고 있었다. 그리고 드디어 구둣발에 감기는 아스팔트가 점차 부드러워지기 시작했다. "눈이 쌓이고 있다" 하고, 나는 중얼거렸다. 어쩐지 심장이 터질 듯 두근거렸다. 눈이 쌓인다는 사실이, 내린 눈을 밟고 걷는다는 사실이 내게 알 수 없는 충만함을 가져다주었다. 어지럼증에 몸이 자꾸만 기울면서도, 주머니 속에 감춰진 측량자를 만지작대는 손이 떨리고 있었다. 나는 나 외의 다른 사람은 애당초 없었던 것만 같은 도로를 온 힘을 다해 걸어 인적이 드문 어두운 골목으로 찾아들어갔다.

7. 도대체 누구일까

어느새 제법 함박눈이 쌓여 바닥을 하얗게 뒤덮고 있었다. 나는 입꼬리를 올린 채로 아무도 밟지 않은, 숫눈길 위에 납작 엎드렸다. 뱃가죽이 눈길에 바투 달라붙은 듯 차가웠으나 나는 더욱 바짝 몸을 바닥에 밀착시켰다. 나는 두 다리를 움찔대며 팔을 뻗어 측량자를 바로 세웠다. 그 순간 바닥의 한부분이 옴팡 꺼져들었다. 도통 어찌된 일인지 갈피를 잡을 수 없었다. 나는 두 눈을 희번덕거리며 헐겁게 매달린 눈밭의 엷은 막을 조심스레 헤쳤다. 그와 동시에 나의 시야는 믿을 수 없는 광경으로 뒤섞이고 얼크러졌다. 검실검실한 광경에 입이 딱 벌어졌다. 작은, 그러나 무수한 공룡들이 옹긋옹긋 모여앉아 눈을 뭉쳐 허겁지겁 입속으로 집어넣고 있었다. 나는 얼먹은 표정으로 옴짝달싹 못한 채 하염없이 그들을 바라볼 수밖에 없었다. 손가락조차 까닥여지지 않았다. 지반이 무너지면 어떤 광경이 전개될지 모르는 상황이었다. 그들은 누가 뭐랄 것도 없이 계속해서 눈을 뭉쳐 입에 넣었다. 머리 위로 떨어져 얼굴에 달라붙는 눈도 떼어 쉴 새없이 입으로 가져갔다. 마치 빵을 베어물기라도 하는 듯, 눈 먹는 공룡들의 표정은 편안하고도 안락해 보였다. 저들은 도대체 누구일까…… 나는 하염없이 거울을 바라보고 선 어린아이처럼 그들을 들여다보았다. 엎드린 채 바닥의 눈을 그러쥔 손아귀에 땀이 솟았다.

부은 잇몸에서 또다시 통증이 전해진 순간에서야 나는 무언가 뜨겁게 뺨을 달구고 있다는 것을 알아차렸다. 붉어진 눈자위에서 짠물이 그렁그렁 솟아나고 있었다. 나무 스케이트로 종일 얼음을 지치다 문득 사위가 어두워졌다는 것을 알아버린 유년의 그 어느 날처럼, 둑길 너머 나를 부르며 찾던 어머니의 목소리가 들려왔을 때 왈칵 울음이 솟던 그 어느 날처럼, 나는 어쩐지 자꾸만 뜨겁게 목이 메었다. 무어라 논리적으로 이유를 설명할 수는 없었다. 어디선지 모를 내 안의 서러움이 봇물처럼 툭, 터져나오는 느낌이었다. 나는 그저, 발록한 틈새로 하염없이 그들을 바라보는 나 자신이 한없이 처량하게 여겨졌다. 이렇게 몰래 훔쳐보고 있다는 사실이 못내 미안해질 만큼 저들의 모습이 평화로워 보였기 때문일까.

당신들이었군요.

아무런 추위도 느껴지지 않았다. 나는 꼼짝도 하지 않고 바닥에 붙박인 채로 그들을 바라보았다. 아스팔트 밑바닥에 공룡들이 들어앉아 눈을 모조리 먹어치우고 있다는 말을 그 누가 믿어줄까 생각하니 우스워졌다. 나는 콧물을 훔치며 희미하게 미소지었다.

차디찬 바닥에 닿은 손이 얼어 잔뜩 곱은 채로 나는 단단히 바닥 위에 엎드려 있었다. 눈은 계속해서 내리고, 인적 없는 골목의 밤은 한껏 이울어져가고 있는 터였다. 이제 어디로든 다시 걸어가야 했다. 내가 사람이든, 공룡형인이든 혹은 그 무엇이든 상관없었다. 순식간에 거인이 되고 괴물이 되어도 내가 살아 있다는 사실만 분명하다면 걷는 걸음을 멈춰서는 안 될 것이었다. 조심스레 일어나려는 찰나에 바닥이 움찔거리며 그들의 머리 위로 눈덩이가 떨어져내렸다. 정신없이 눈을 퍼먹던 공룡들이 코를 킁킁거렸다. 그 순간 옴큼옴큼 눈을 뭉치며 위를 올려다본 그들 중 하나와 눈이 마주쳤다. 순식간에라도 왁작 달려들 법한 표정으로, 그들은 웃는 듯 우는 듯 나를 향해 천천히 입을 벌렸다. 온몸으로 눈을 받아내며 엎드려 있는 나에게로 눈 한 줌을 움켜쥐어 건네며 그들은 곧 천천히 허리를 펴기 시작했다.

춤추는 핀업걸

마땅한 대답도, 그 어떤 소음도 들려오지 않았다.

나는 배꼽 깊숙이 내가 지닌 가장 큰 성량을 끌어올려

다시 한번 소리쳤다. "애니바리 엘스?"

나는 두 팔 벌려 가로막았다.

"가지 마."

"비켜, 이년아."

그리하여 내 나이 열넷에, 엄마는 달력으로 들어갔다. 벗어던진 스타킹과 찢어진 치마가 바닥에 나뒹굴었다. 엄마는 해변 백사장을 가로질러 날 선 바위에 누웠다. 보랏빛 제비꽃을 따서 입에 물고 한껏 가랑이를 벌렸다. 엄마의 자태는 매우 아찔했고, 한편 눈이 부셨다. 나는 얼굴의 반을 덮도록 오른쪽 머리칼을 내려 매만졌다. 한쪽 눈이 보이지 않는다 해도 상관없었다. 보고 싶은 걸 다 보고 살 수는 없었다.

나는 곧잘 묻곤 했다.

"엄마는 왜 거기 들어가 있어?"

그럴 때마다 엄마는 코웃음을 쳤다.

"니미, 어디 있는 게 뭐 그리 중요해?"

속이 훤히 다 들여다보이는 흰색 셔츠만을 걸친 엄마는 더욱 대담하게 가슴을 풀어헤쳤다. 봉긋 솟아오른 젖무덤이 유난스레 출렁였다. 엄마의 금빛 머리칼이 농염한 허리를 휘감았다.

나는 눈살을 찌푸렸다.

"욕 좀 하지 마."

"언제 욕을 했다고 이래, 애가?"

"욕했잖아. 니미, 니미라고."

"생사람 잡지 마."

엄마는 왼고개를 틀었다. 그러고는 날아가는 갈매기에게 허벅지를 들어 보이며 방싯방싯 웃었다.

"니 에미, 니 에미라고, 요 앙큼한 년아."

엄마가 왜 달력으로 들어가는지 나는 알 수 없었다. 다만 엄마는 내게 굳이 그것을 숨기려들지 않았고, 나 또한 그런 엄마의 모습을 피하거나 부정하지 않았다. 가게와 집은 층수만 다를 뿐 목과 가슴처럼 붙어 있었다. 엄마는 계단을 오르내리며 때를 가리지 않고 달력으로 들어갔다. 아버지가 돌아오면 뭐라고 설명해야 할지 잠시 고민이 되었지만 그만두기로 했다. 집 나간 아버지가 돌아오는 건, 이 지구의 술이란 술은 모조리 동이 난 이후일 거라던 엄마의 말이 생각났기 때문이었다. 술은 찰랑찰랑 병 속에 담겨 있고, 아버지가 세상에 차고 넘치는 그 술들을 다 마신다는 건 불가능했다.

나는 한결 마음이 가벼워졌다. 혹여 아버지가 세상의 모든 술을 다 마셔버린다 할지라도 돌아오면 그뿐이었다. 가게엔 이미 궤짝으로 술이 쟁여져 있었다. 나는 아무렇지도 않게 머릿속에서 고민을 지워버렸다. 아버지가 영영 돌아오지 않는다 해도 내겐 상관없었다. 아버지가 돌아오든, 돌아오지 않든 엄마가 달력으로 들어가는 건 막을 수 없을 것 같았다. 가게에서 소주병의 개수를 헤아리던 엄마가 갑자기 사라져 보이지 않는다거나, "애새끼가 가게는 팽개쳐두고 어디 처자빠져 내다보지도 않아!" 하고 현관문을 들어서던 엄마의 악다구니가 더이상 들려오지 않을 때면 나는 그저 생각하기로 했다.

엄마, 또 달력으로 들어갔구나!

그래서 나는 아주 자연스레 달력으로 들어가는 방법을 알게 되었다. 그것은 지극히 쉽고도 간단한 일이어서 방법이라고까지 말하기조차 민망할 정도였다. 하나, 숨을 크게 들이쉬었다가 내뱉는다. 둘, 마음에 드는 달력을 어깨 너비로 집어 허리춤까지 들어올린다. 셋, 왼쪽 다리를 넣는다. 넷, 오른쪽 다리를 넣는다. 다섯, 엉덩이와 가슴, 머리순으로 들어간다. 여섯, 다시 숨을 크게 들이쉬었다가 내뱉는다.

달력으로 들어가는 과정 중 첫번째 단계와 마지막 단계는 누구라도 무심코 지나치기가 쉬울지 모르겠다. 하지만 호흡은 달력으로 들어가는 과정 중에서 가장 기초적이면서도 중요한 그 무엇이었다. 언젠가 엄마는, 숨을 가슴까지 끌어올렸다가 천천히 내쉬는 호흡의 단계를 잊고 달력으로 들어갔다가 창창한 나이 서른아홉에 비명횡사할 뻔했다.

"네 엄마 어디 갔는지 빨리 말해! 거짓말하면 아줌마가 가만 안 있을 거야!"

아줌마들이 몰려와서 내 어깨를 움켜쥐었을 때였다. 흰 거품이 발밑에서 부서지는 6월의 망망대해였는지, 보기만 해도 아찔한 12월의 눈 쌓인 뾰족바위였는지는 기억나지 않는다. 하지만 엄마는 부서진 조각배처럼, 부러진 고드름처럼 위태롭고도 날카로운 생의 위험한 순간들을 달력 속에 들어앉아 가까스로 넘겼다.

"엄마 어디 가셨니"에서 "이년이 누굴 호랑말코로 아나!"까지 목소리의 톤과 얼굴 표정의 변천사를 보여준 집주인 아주머니는 바락바락 악다구니를 쓰는 아줌마들을 배수진처럼 쳐놓고 의기양양하게 내 목덜미를 잡아챘다. 나는 고개를 저을 뿐, 아무런 말도 내뱉지 않았다. 아줌마들이 숨을 몰아쉬며 문 밖으로 몰려나갔을 때는 이미 집 안이 엉망진창이 되어버린 후였다. 그제야 다리 한쪽을 절뚝이며 달력에서 빠져나온 엄마는 무표정한 내게 고래고래 욕설을 퍼붓다 이렇게 덧붙였다.

"제길, 이래서 준비운동이 중요해."

달력에 들어가 있는 엄마 탓에 나는 대부분의 시간을 가게에서 보냈다. 작은 버섯들처럼 드문드문 집들이 늘어선 주택가에 자리잡은 동네의 슈퍼마켓이란, 아쉽지만 전혀 '슈퍼'하지 않은, 고작 '구멍가게'일 뿐이었다. 카운터에 등받이 없이 놓여 있는 플라스틱 의자가 내가 가진 공간의 전부였다. 팔을 들 기운도 없이 가게에 앉아 마냥 눈으로 파리를 쫓는 것조차 지겨울 때면, 나는 색색의 사람들과 온갖 문구들을 바라보며 쫄쫄쫄, 시간을 구정물처럼 흘려보내곤 했다. 가게엔 매일 끊임없이 온갖 종류의 포스터가 유입되었다. 갖가지 주류 홍보 포스터와 함께 과자와 음료, 아이스크림, 쌀과 과일, 야채 등속의 이루 헤아릴 수 없는 전단지들이 속출했다. 이미 붙어 있는 종이 위에 또다른 종이가 덧붙여지는 일이 부지기수였다. 감당할 수 없는 광고지들이 덕지덕지 붙어 있는 가게의 유리창을 바라보고 있노라면 나는 거대한 종이 동굴 속에 웅크리고 있는 것만 같은 기분이 들었다. 때로 나는, 안이 보이지도 밖을 볼 수도 없는 이 가게 안에 앉아 있는 것이 오히려 마음 편했다. 이렇게나 쉽게 내가 감춰질 수 있다는 사실이 놀라웠다고나 할까. 푸르거나 때로는 흰 마스크를 쓰고, 머리칼을 길게 늘어뜨린 내게는 정확히 봐야 할 것도, 확실한 판단을 내려야 할 일도 없었다.

"오백원이요."

쩔렁, 누군가가 음료수 한 캔과 바꾸어간 동전을 금고에 넣고 나는 그저 가게에 앉아 있으면 되는 일이었다. 가져간 것이 음료수 한 캔이든 껌 한 통이든, 혹은 과자 한 봉지, 자두 두 알, 부추 반 단, 일회용 칫솔 두 개들이 한 세트이든, 내겐 상관없었다. 나는 중학교에 들어갔어야 했지만 그러지 못한 열네 살이었고, 이 나이 또래의 여자아이가 구멍만한 가겟방에 앉아 무엇을 팔든 관심을 가지는 이는 아무도 없었다. 그 여자아이가 꼭 몸의 절반만큼 조로(早老)를 앓고 있는 환자라 해도, 그들은 고개를 갸우뚱거리고 말면 그뿐이었다.

내가 세상에 태어나 시간을 보내는 방법은 두 가지였다. 정상의 속도, 그리고 정상보다 빠른 속도. 정상보다 느린 속도로 살고 있는 사람을 나는 가끔 텔레비전에서 보았다. 느린 것은 빠른 것보다는 덜 두려운 일일 것이었다. 어느 한쪽만이 목적지를 알 수 없는 곳을 향해 빠르게 달려나간다는 사실에 나는 진저리가 쳐지곤 했다. 내 몸에서는 시곗바늘의 속도가 다른 두 개의 시계가 째깍거리고 있을 뿐이라고, 나는 생각했다. 의사는 '래민 A'라는 유전자 변이에 대한 이야기로 말문을 열었더랬다. 나는 엄마의 눈치를 살피며 그저 속으로만 중얼거렸다.

생물은 어렵구나.

"따님의 세포분열속도가 보통 사람보다 훨씬 빠른 탓이에요. 세포는 일정 기간 세포분열을 통해 새로운 세포를 만들고 소멸하는데, 조로증 환자의 경우엔 세포분열도 빠르지만 그만큼 세포가 죽는 속도도 빠르죠."

의사의 펜이 손목에서 빠르게 휘돌기를 반복했다.

"쉽게 말해요."

엄마는 짜증스럽다는 듯 하품을 해댔다.

"세포가 빨리 죽고 또 빨리 생기니까 남들보다 피부노화가 빨리 온단 뜻이에요. 남들보다 삼십 년은 빨라요."

의사의 걱정스런 표정에 대고 엄마는 "야, 나보다 빨리 늙어서 어쩌니?" 하고 실실거렸다. 나는 머리칼을 내려 얼굴을 가린 채 한쪽 눈으로만 의사와 엄마를 번갈아 보았다. 하지만 의사에게서는 그 이상의 설명을 들을 수 없었다. 어느 병원에 가도, 어느 의사를 만나도, 이야기는 고작 수업시간에 나올 법한 유전자 돌연변이 이론에 그칠 뿐이었다. 왜 몸의 절반만 노화가 진행되는지, 어째서 발가락부터 다리, 음부, 가슴, 목, 얼굴, 머리카락까지 오른쪽만 남들보다 삼십 년이 빠른 속도로 늙어가는지, 이유를 말해주지 않았다.

"인구 사백만 명당 한 명꼴로 발생하는 희귀병이죠. 하지만 따님의 경우는 오른쪽 몸만 조로인, 더더욱 난감하고 알 수 없는 경우인데……"

치료방법 따위는 기대조차 할 수 없었다.

나는 옷을 갈아입을 때마다 음부의 왼쪽에만 돋아난 음모를 만지작거리며 한참을 들여다보았다. 오른쪽은 이미 터럭이 많이 빠져버린 탓에 시커멓고 쭈글쭈글했다. 내 몸의 시간이 왜 다르게 흘러가는지 알 수 없었다. 마치 나 아닌 또다른 사람과 함께 살고 있는 것만 같은 기분이었다. 내 몸의 시간을 온전히 나 혼자 차지할 수 없다는 사실을 나는 이해하지 못했다.

언젠가, 가게의 한쪽 벽면을 메운 여성용 패드를 손가락으로 꾹꾹 찌르던 나를 보며 엄마는 얼굴을 찡그렸다. 나는 남의 안부를 묻듯 심드렁하게 말했다.

"난 평생 이걸 못 써볼 거야."

엄마는 소주병이 가득 채워진 박스에 의기양양하게 올라가 있었다. 매실로 빚은 과실주가 출시되었다며 홍보용으로 가져온 포스터를 미처 붙이지 못하고 박스 위에 던져놓은 탓이었다.

"그림까지 그려져 있는데 쓸 줄 모를까봐?"

엄마는 새끼손가락으로 귀를 후비며 대꾸했다.

"우라질, 매실주라고 꼭 연두색 실크드레스여야 하는 이유는 뭐니. 아무튼 색깔 참 촌스러워."

유방을 살짝 가리고 허벅지까지 흘러내린 원피스를 입은 엄마가 치마를 홀랑 뒤집어 보였다. 어깨선을 드러낸 엄마의 몸매는 비할 데 없이 희고 실팍했다. 탱탱하고 매끈한 엄마의 살결에 나도 모르게 손을 뻗다 깜짝 놀랐다. 다급하게 손을 거두고 살이 움푹 패어 광대뼈가 흉측하게 도드라진 오른쪽 뺨을 매만졌다. 주름지고 메마른 피부는 타고 남은 재처럼 퍼석거렸고, 검버섯이 돋아난 터라 더욱 어두웠다. 반짝반짝하게 코팅된 포스터 속에서 엄마는 행복한 표정으로 웃었다. 보호색을 지니고 나무 잎사귀 새로 숨어든 벌레처럼 평온해 보였다.

한두 시간 정도가 흘러도 엄마가 달력에서 나오지 않으면 나는 온 가게 구석구석의 '구멍'을 찾아 메우는 일을 시작했다. 구멍가게엔 말 그대로 구멍이 많았다. 구멍 속엔 날카로운 더듬이를 세운 바퀴벌레가 있고, 소리내지 않고 돌아다니는 생쥐가 있고, 떼 지어 먹잇감을 찾아 활보하는 개미의 무리가 있고, 두툼한 먼지에 싸인 채 널브러져 있는 나방과 차마 만지고 싶지 않을 정도로 변색된 십원 혹은 백원짜리가 있었다. 온갖 생물과 벌레에 대해 나는 호기심을 가졌다. 몰래 이동하고, 재빨리 달아나며, 무엇보다 사람의 눈에 띄기를 원하지 않는 그들의 속성이 내 마음에 든 까닭이었다. 나는 책을 찾아 그들의 이름을 외우고, 특징을 알아두었다. 그들은 내 곁에 있기도 했고, 혹은 내 곁에 없기도 했다. 나 또한 그들을 내버려두거나 지켜보았으며, 혹은 살리거나 죽였다. 나는 죽은 벌레를 물에 깨끗이 씻어 열쇠를 채워 잠그는 서랍 맨 마지막 칸에 넣어두었다. 그것들은 엄마의 매니큐어를 지우는 아세톤으로 범벅된 채 빳빳이 굳어 서랍 속에서 흉흉하게 나뒹굴었다.

뱃장나무벌레는 개중 내가 가장 세심하게 공을 들여 관찰하고 채집한 뒤 표본으로 만든 것이었다. 짚신처럼 생긴 이 검푸른 벌레는 몸의 앞과 뒤, 즉 배와 등의 색깔이 전연 달랐다. 뱃장나무벌레의 몸속 시간도 나처럼 다르게 흘러가고 있는 걸까. 나는 까닭 모를 동질감에 사로잡혀 그의 거뭇한 등짝과 푸르스름한 뱃가죽을 하염없이 뒤집어보며 하루를 보내곤 했다. 그럴 때마다 나 역시 배꼽 아랫부분이 참을 수 없이 가려워졌다. 그건 어떤 절실함과도 같은 가려움이었다.

서랍 맨 마지막 칸에는 그것들 말고도 또다른 것들이 함께 있었다. 초등학교에 입학했을 때 왼쪽 가슴에 매달았던 생애 첫 이름표와, 아버지가 집을 나가기 바로 전날 마셨던 소주병의 뒤틀린 뚜껑이 그런 것들이었다. 내가 가진 모든 것들은 중요한 것이기도, 한편 하찮은 것이기도 했다. 그것들은 알록달록한 보석상자에 넣어두기에도, 쓰레기통에 함부로 처넣기에도 애매모호한 것들이었다. 할 수만 있다면 나는 내가 가진 것과 내가 갖지 못한 모든 것들을 서랍 속에 몽땅 우그려넣고만 싶었다. 나는 구멍을 메우다 발견한 모든 소소한 것들을 집어넣었다. 서랍이 그득하게 차오를수록 나는 '좀더, 좀더' 하는 마음으로 개미의 맥없는 행렬이나 하루살이의 단조로운 비행을 눈으로 밟았다.

"하이, 제인. 하우 아 유?"

학교엔 가진 못했으나 나는 책을 펴들고 중얼거리는 것이 좋았다. 교과서에 나오는 영어 문장을 곱씹으며 구멍을 찾는 데 열중하다보면 다르게 걷는 몸속 시곗바늘의 속도가 들려오지 않았다.

"아임 파인, 땡스. 앤드 유?"

구멍을 찾으면 바퀴벌레와 나방을 긁어내고 싹싹 먼지를 발라 낸 뒤 바로 메워버렸다. 때로는 손가락만한, 때로는 손가락 마디 만한, 때로는 지문처럼 얇고 비스듬한 균열과도 같은 틈조차 나는 긁고, 바르고, 메웠다. 포스터가 겹겹이 발라지고, 작은 전단지와 스티커까지도 덧붙여졌다. 엄마는 시시때때로 가게가 너무 어둡다며 불평했다.

"젠장, 형광등이 왜 이따위야."

나는 아무런 대꾸도 하지 않았다. 엄마는 자꾸만 촉이 높은 비싼 전구로 갈아끼웠지만 가게는 대체로 어둡고, 건조했다. 그리고 시끄러웠다. 나는 내가 가진 것들 중에서 엄마는 중요한 것일까, 하찮은 것일까 생각해보곤 했다. 그럴 때마다 그 생각의 말풍선 속으로 뱃장나무벌레가 스멀스멀 기어가곤 했다. 그것은 곧 서랍 맨 마지막 칸으로 들어가 몸을 누인 채, 비틀어진 소주병의 뚜껑을 안고 뒹굴었다. 미세한 먼지 입자처럼 답은 잡을 수 없는 그 무엇이었다. 다만 하나의 거대한 구멍과도 같은 어두운 가게 속에서 달력으로 들어간 엄마는 눈이 부시다고, 나는 생각했다. 또다른 핀업걸들 역시 마찬가지였다.

때때로 나는 엄마와 핀업걸들이 벌이는 왱댕그랑한 드잡이질을 빈번하게 목격하곤 했다. 물론 그것은 가게를 정리하고, 셔터를 내리고, 집에 올라와 잠자리에 들기 직전까지 계속될 때도 있었다.

"아줌마, 어딜 또 기어들어와. 비좁아 죽겠어."

"이년이, 평생 한번 쥐보지도 못한 년이 누구보고 나가라 마라야?"

"이 아줌마가 진짜…… 여긴 내 바다란 말이야!"

"지랄, 니 바다 굵어 좋겠다, 이년아."

접싯물에 처박아도 당최 뵈지 않을 년, 이라는 말이 검푸른 바닷물에 파동을 만들고서야 싸움은 마무리되곤 했다. 통통한 알몸에 망사 미니 원피스를 걸친 작달막한 키의 여자가 숨을 씩씩 고르며 뒤돌아앉는 것이 그 다음 순서였다. 그러면 엄마는 작달막의 항복에 매우 의기양양해져서 겨드랑이가 한껏 드러나도록 기지개를 켠다든가, 옷매무새를 다듬는 척 손을 움직인 뒤 은근슬쩍 브래지어를 벗어 바닷물 속에 퐁당 빠뜨렸다. 그러면 나는 붉디붉은 엄마의 미소를 내 눈꺼풀에 얹고 사부자기 잠의 세계로 빠져들곤 했더랬다. "오래 앉았으면 새도 살 맞는다고, 이짓도 오래 못 해먹겠네, 진짜" 하고 왜퉁스럽게 대거리를 하는 작달막의 목소리를 자장가 삼아 나는 깜빡 눈을 감았던 것이다.

"새가 뭘 맞는다는 거야!"

그러나 귓바퀴를 뱅그르르 도는 앙칼진 소리에 선잠을 자게 되는 날도 가끔씩 있기는 했다. 평소에는 마냥 간드러지는 '새'의 목소리는 컨디션이 좋지 않은 날엔 허공에 휘두르는 칼날처럼 아찔한 바람 소리를 냈다. 작달막과 새와 엄마가 밤새워 다투지 않기를, 나는 그저 기운 없이 바랄 뿐이었다.

우리집엔 엄마를 제외하고 도합 세 명의 핀업걸이 낮과 밤을 활보했다. 밤마다 파도가 넘실대는 좁다란 바다를 두고 엄마와 입씨름을 하곤 했던 '작달막'은 그중에서도 가장 나이가 많은 여자였다. 외까풀이지만 눈이 크고 동그란 그녀는 한눈에 봐도 미모가 뛰어났다. 발그레한 볼과 통통한 입술이 매력적인 그녀는 그러나 키가 너무도 작달막하고 살집이 있어 언제나 엄마에게 놀림을 받곤 했다. 그때마다, 키 일 미터 삼십 센티미터가 채 되지 않는 작달막은 짠물이 그렁그렁한 눈으로 골이 올라 나를 바라보았다.

"괜찮아. 엄지공주는 정말 엄지손가락만했어."

내가 기계처럼 매번 똑같은 말을 반복하는 것을 알 텐데도 작달막은 안도의 한숨을 내쉬었다. 그러고는 살포시 수줍은 웃음을 흘리면서 왜틀비틀 걸어가 바닷가 바위에 몸을 숨겼다. 밀려오는 파도를 바라보며 나는 작달막의 조그만 체구에 숨겨져 있을 속내를 가늠해보았다.

언젠가 나는 "질문 하나 해도 돼?" 하고 말을 건넸던 적이 있다. 작달막은 때마침 숫자 31을 입에 물고 7월에서 8월로 달력을 넘기느라 애를 쓰던 중이었다. "되고말고. 물어봐" 하고 작달막이 시원스레 대답했다.

"왜 달력으로 들어갔어?"

한동안 작달막은 달력의 종이를 넘기는 일에만 골몰했다. 나는 슬며시 작달막이 달력을 넘기는 것을 도와주며 참을성 있게 기다렸다. 달력이 넘어가는 동안 째깍거리는 시곗바늘의 걸음 소리가 유난히 크게 들려왔다.

"왜, 너도 들어올래?"

작달막은 두 눈을 깜박거리다가 한쪽 눈을 찡긋해 보였다. 나는 어깨를 으쓱해 보이고는 더이상 아무것도 묻지 않았다.

또다른 핀업걸 '새'는 엄마가 어느 골목 담벼락에선가 떼어왔을 법한, 이제는 그 누구도 벽에 붙여놓지 않을 법한, 유행 지난 포스터 속에서 살았다. 노란 유채꽃이 한가득 피어 있는 곳을 배경으로, 가슴에 새를 문신한 여자가 옷조각으로 겨우 유방만 가린 채 거뭇한 사타구니를 드러내고 앉아 있었다. 자세히 들여다보니 평균 이상의 키와 늘씬한 몸매를 지닌, 이목구비가 큼직큼직한 미인이었다. 맨 처음 우리집 벽에 그 포스터가 붙었을 때, 나는 눈이 시리도록 환한 유채꽃과 당당하게 벌린 새의 깜깜한 음부에 한동안 시선을 빼앗겼다. 새까맣게 돋아나 있는 음모는 구불구불했고, 또한 무성했다. 나는 움직이지 않고 새를 바라보았다. 새는 머쓱하게 딴청을 부리다가는 내가 오랜 시간 미동도 않고 서 있자, 하는 수 없다는 듯 나를 향해 손가락을 두어 번 까딱거렸다.

"아…… 이래서 조기교육이 중요한 건데."

폭, 한숨을 내쉬며 내게 처음으로 건넨 새의 말은 그것이었다.

나는 왜 그녀가 가슴에 새를 그려넣었는지가 매우 궁금했다. 그녀는 거침없이 입술을 뗐다.

"새는 걷는 순간에도 땅에 발을 딛지 않는다. 믿지 않겠지만 뭐, 그냥 내 생각이야. 새는 자유로워서 땅에 붙박이지 않아. 난, 다시는 내 몸을 땅에 내려놓지 않을 거야. 하고많은 것들 중에 새를 문신한 건, 그 결연한 의지의 표상이라고 할 수 있지."

나는 새의 말을 들으며 빙긋 웃었다. 무슨 말인지 알아듣지 못했기 때문이었다. 새도 마냥 나를 따라 웃어주었다. 나와 새는 더이상의 대화를 이어가지 못한 채 계속해서 상글방글 웃어댔다. 그러다 때마침 지나가던 엄마가 눈썹을 꿈틀거리며 심드렁하게 한마디 했다.

"지랄."

그것으로 상황은 간단명료하게 종료되었다. 그러나 그후 내게는 지나는 새들의 다리를 유심히 관찰하는 버릇이 생겼다. 참새고 비둘기고 가릴 것 없이 눈에 보이는 모든 새들은 날렵하고도 재바르게 땅을 딛고 걸었다. 그들의 두 다리는 작달막의 발가락처럼 작고 몽톡했지만 꼿꼿하게 하늘을 향해 발을 굴렀다. 강물의 수면 위로 뜨는 물수제비처럼 그들의 두 다리는 언제나 빠릿빠릿하게 움직였다. 가끔 나는 새가 네모난 코팅 종이를 박차고 날아갈까 엉덩이를 긁으며 지켜보곤 했다. 하지만 새는 사시사철 노랗게 피어 있는 유채꽃의 목을 따서 귀에 꽂아보고 냄새도 맡아보고 꽃을 짓찧어 손톱에도 올려놓으며 만사태평이었다. 가

끔씩 새는 유채꽃을 조심스레 자신의 성기에 끼우고 한참 들여
다보길 좋아했는데, 엄마는 언제나 그런 새의 모습을 바라보며
불만스러운 얼굴로 입술을 씰룩였다.

"오라질, 개 팔자가 따로 없네."

작달막과 새는 엄마의 엉머구리를 고스란히 받아내면서도 매
니큐어를 칠하거나 발톱을 깎는 등 무심히 시간을 죽였다. 간혹
밤마다 들려오는 드잡이 소리나 깔깔대는 웃음소리에 설핏 눈꺼
풀을 밀어올릴 때도 있었지만 나는 으레 잠의 무게를 이기지 못
하고 돌아누웠다.

때로는 엄마의 목소리에 귀를 기울이며 오지 않는 잠의 얼굴
을 마주하려 애쓰기도 했다. 마침 그날 오후 아버지의 전화가
걸려왔던 터였다. 온종일 심란했던 나는 늦게까지 잠을 이루지
못했다. 두런두런 거실에서 들려오는 말놀음에 귀를 기울이며
나는 꽃가루처럼 들러붙은 아버지의 한숨을 털어버리느라 몸을
뒤치던 중이었다.

"한 남자가 술에 잔뜩 취해 비틀비틀 마을로 걸어들어왔어.
그런데 시골이라 가로등도 없어 어두컴컴하고, 마침 궂은 장마
철이라 흙바닥이 온통 질퍽거렸지."

엄마는 잔뜩 목소리를 낮추고는 킬킬거렸다. 작달막과 새도
피식피식 웃음을 참으며 "그래서, 그래서" 하고 맞받아치는 소
리가 들려왔다.

"쑤시지 말고 가만있어봐. 그래 술도 옴팡 마셨겠다, 취해 진흙탕에 곤두박질을 쳤어. '어이쿠' 소리에 놀란 여편네들이 헐레벌떡 뛰쳐나왔단 말이야."

"그래서, 그래서."

"조용히 좀 해. 너 때문에 얘기가 안 이어지잖아."

"오살할. 둘 다 국으로 처박혀 있으라고."

"이제 더는 처박힐 곳도 없다, 뭐."

"어디까지 얘기했지…… 응, 그래 딱 보니까 진흙을 온몸에 처발랐으니 누군지 당최 알 수가 있어야지. 그래서 여편네들이 남자의 아랫도리를 까보기로 했어."

나는 웃음을 참느라 배를 쥔 채로 꽁알거리는 작달막의 모습을 상상했다.

"딱 까놓고 보니까 한 여편네가 나서서 말을 해. '응, 우리 남편은 아니네.' 그러니까 또 한 여편네가 나서는 거야. '그래, 네 남편은 아니다, 야.' 그랬는데 한 여편네가 또 한 발짝 나와 당당하게 얘길 하지 뭐야. '에이, 다들 돌아갑시다. 우리 마을 남자는 아니니까' 하고."

엄마의 얘기가 끝나자 폭소가 터졌다. 새는 웃음이 목에 걸린 듯 끅끅댔다. 작달막은 '어우, 야해. 어우, 배 아파'를 연발하며 발을 굴렀다. 거실 벽면에 매달린 달력 안에서 그들은 그렇게 바닷바람을 맞으며 많은 밤을 지새우곤 했다. 밤의 파도가 밀려와 거품을 내고, 어둠 속에서 유채꽃이 호랑호랑 흔들렸을 것이다. 엄마는 '쉬쉬' 손가락으로 입을 막으며 내 방을 흘깃거리면서도 웃음을 참지 않았을 것이다. 나는 피식, 베개에 웃음을 묻히며 모로 누웠다.

잠에 빠져들기 위한 밤의 방은 내게 매우 적막했으나 한편으론 온통 소음으로 가득 차 있었다. 마스크를 벗고 누운 내 몸에서 시간은 보폭을 달리해서 걸었다. 한쪽은 똑, 딱. 그리고 다른 한쪽은 똑딱딱, 똑딱딱. 걷는 속도가 다른 발소리를 아무런 저항 없이 들어야만 하는 일은 생각보다 고되고 힘이 들었다. 나는 희미한 가로등 불빛이 새어들어오는 컴컴한 방에 누워 어둠과 빛으로 양분되어 있는 내 몸을 오래도록 더듬었다. 그것은 서글프고 우울한 일이었다. 하다못해 눈물마저도 한쪽에서만 흘러내렸다. 눈물은 닦아주지 않아도 스스로 제 한 몸 숨길 줄을 알았다.

그런데 믿을 수 없게도 엄마는 일주일 전에, 열네 살의 나와 검푸른 바다의 작달막과 노란 유채밭의 새를 두고 감쪽같이 사라졌다. 온 집 안 곳곳에 걸려 있는 달력과 주류 홍보 포스터, 연예인 화보, 하다못해 두루마리 화장지까지 줄줄 풀어 샅샅이 훑었으나 엄마는 끝내 나타나지 않았다. 나는 머리를 감싸쥔 채 엄마가 입버릇처럼 달고 살았던 '지랄, 어디 가서 확 뒈져버리든가 해야지'나, '쓰벌, 옷 벗고 가랑이나 벌리고 살아야 안 되겠다'와 같은 말들을 곰곰이 떠올렸다. 정말이지 어느 선술집의 붙박이 핀업걸로라도 나선 것일까. 나는 고개를 갸웃거리며 엄마의 행방에 관한, 무수한 경우의 수들을 생각해보았다.

그중에 한 가지 경우의 수는, 아빠를 찾아간 게 아닐까 하는 것이었다.

그중에 또 한 가지 경우의 수는, 뛰쳐나간 핀업걸 '지겨워'를 쫓아간 게 아닐까 하는 것이었다.

그중에 또다른 한 가지 경우의 수는, 엄마는 정말로 그저 사라져버린 게 아닐까 하는 것이었다.

머리를 굴리면 굴릴수록 나는 담담해졌다. 침착해지는 수밖에 사실 별다른 도리가 없기도 했다. 어디 가서 엄마를 찾을 수 있을까 고민하면서도 엄마의 말처럼 '국으로' 집 안에 처박혀 있는 것이 최선이 아닐까 하는 생각 또한 들었다. 하루 종일 엄마의 행방을 찾아 온몸의 신경을 곤두세우다 싸릿싸릿한 배를 움켜쥐고 화장실로 달려가는 나날이 이어졌다. 나는 매일 가게 문을 열고, 구멍을 메우고, 가게 문을 닫고, 집으로 올라가 잠을 잤다. 점차 구멍은 눈에 띄지 않았고, 종내 하루에 단 한 개의 구멍을 찾아내는 것조차 힘에 부쳤다. 시뻘게진 눈을 비비며 집에 돌아오면 작달막과 새가 아무렇지도 않게, 달력과 포스터 속에서 여느 날과 다름없는 나날을 살고 있었다. 나는 자꾸만 아랫배가 아프고 간지러웠다.

집으로 걸려온 전화 한 통으로, 엄마가 아빠를 찾아간 게 아니라는 건 이내 밝혀졌다. 아빠는 전화를 걸어와 다짜고짜 소리를 질러댔다.

"이 망할 년이 아주 서방을 물에 만 밥으로 알아!"

요지는 대강 이러했다. 아빠는 으레 그랬듯 귓불까지 술이 차오른 채로 또다른 선술집에 들어갔다. "아줌마, 여기 술!" 하고 소리치는 동시에 벽에 걸린 달력에서 엄마가 싱긋 웃었다. 아빠는 고장난 스프링처럼 의자에서 튕겨올라왔으나 엄마는 미동도 하지 않았다.

"맙소사, 저년이 내 마누라라니!"

엄마는 짙은 풀빛의 탱크 위에 앉아 있었다. 까무잡잡한 허벅지에 총구를 겨누고 도도히 턱을 치켜든 채였다. 엄마가 아빠를 향해 혹은 술집의 모든 남자들을 향해 눈꺼풀을 찡긋거렸을 때 아빠의 흥분은 극에 달했다. 아빠의 목소리 너머는 매우 시끄러웠다. 나는 보지 않아도 잿빛의 벽을 붙잡고 "이런 십장생의 배를 가를!"이라고 소리질러댈 아빠의 모습과 "미쳐도 술값 내고 미쳐! 그게 바로 곱게 미치는 거야"라고 맞받아칠 주인 여자의 모습을 상상할 수 있었다. 수화기 속 아빠가 있는 곳은 짐승의 우리처럼 으르렁거리는 세상이었고, 나는 작달막과 새의 곁에 서서 고요하게 그 세상과 교신했다. 나는 허벅지에 검은색 가터벨트를 찬 엄마가 아빠의 성기에 총구를 겨누는 장면을 상상했지만 그런 일은 일어나지 않은 것 같았다.

다음날 아빠는 다시 전화를 걸어와 달력 속에 들어 있던 여자는 엄마가 아니었다고 고백했다. "그럼 무엇을 본 거죠" 하고 나는 묻고 싶었다. "아니요, 아빠가 본 여자는 엄마가 확실해요"라고 나는 말해주고도 싶었다. 하지만 입술이 떨어지지 않았다. 나는 인사도 없이 조용히 수화기를 내려놓았다. 아빠는 "잠깐만"이라고 소리쳤을까. "애야, 밥은 먹었니"라고 곱씹어 중얼거렸을까.

전화는 두 번 다시 울리지 않았다.

'지겨워'는 우리집에 제 발로 걸어들어왔던 유일한 핀업걸이었다. 토끼 모양의 머리띠를 한 백인 여자 지겨워는 어디서 배웠는지 말끝마다 꼭꼭 '지겨워' 소리를 붙이곤 했다.

"아줌마, 정말 웃기다. 아유, 지겨워."

"형광등은 또 왜 이리 어두워. 지겨워, 지겨워."

뭐 대강 이런 식이었다. 지겨워는 이름을 부르듯이, 물을 마시듯이, 오줌을 누듯이, 하품을 하듯이, 코를 후비듯이 '지겨워'를 연발했고, 그것은 곧 '밥 먹었니' 혹은 '안녕' '배고파' '졸려' '피곤해'처럼 일상적인 대화가 되었다. 한번은 나보고, "애, 너 치마에 쥐꼬리가 매달렸다. 정말 지겨워, 깔깔" 하고 말해 나를 화나게 만들었던 적이 있었다. 나는 그후로 그녀와 단 한 번도 눈을 맞추지 않았다. 벌어진 참외 속처럼 지저분한 그녀의 잇새가 나는 처음부터 맘에 들지 않았고, 그녀의 흰 피부색과 토끼 머리띠가 싫었다. 하지만 엄마는 그런 내게 다가와 "저 머리띠

뺏어줄까?" 하고 샐샐거렸다.

　지겨워가 입버릇처럼 말하던 '지겨워' 소리는 그러나 얼마 가지 않아 집 안에서 더이상 들려오지 않았다. 토끼 모양의 머리띠를 내 방 책상 위에 얌전히 올려둔 채로 지겨워는 사라졌다. 가게에서 올라온 내가 사라진 지겨워를 찾아 집 안 곳곳을 돌아다녔을 때, 엄마와 작달막과 새는 모두 달력과 포스터 안에서 곤히 잠이 든 채였다. 왜 하필 이 머리띠를 나에게 주고 떠난 걸까. 나는 의문이 들었다. 지겨워는 내가 이 머리띠를 가지고 싶어할 거라고 생각했던 걸까, 하고 오래도록 머리를 굴렸지만 답을 알 수는 없었다. 다만 분명한 건 붉디붉은 노을의 그림자가 거실의 바닥에 널브러져 있던 어느 날, 넘친 쓰레기통같이 지저분한 우리집은 온통 잠으로 얼룩져 있었고 지겨워는 사라졌다는 것이었다. 그리고 엄마의 장롱은 내장을 쏟아내고 널브러진 돼지처럼 흉물스러워져 있었다.

　"달력에서 나오는 것도 마음대로 할 수 있는 거지, 엄마?"

　나는 잠에서 깬 엄마에게 토끼 모양 머리띠를 내밀었다. 엄마는 사라진 통장과 도장을 찾아 두 눈을 뒤집어깠다. 엄마가 엄마 마음대로 달력으로 들어갔듯이, 지겨워는 지겨워 마음대로 달력에서 나온 것일 뿐 대단할 건 없다고 나는 중얼거렸다. 들어가는 사람이 있으면 나오는 사람이 있는 법이었다. 도덕 교과서에서 공자나 맹자가 읊조리는, 세상 사는 이치와 다를 게 하나도 없었다. 사라진 엄마의 돈 역시 달력에서 나와 제 발로 걸

128

어갔다고 생각하면 그뿐, 나는 고개를 주억거렸다. 지겨워는 엄마의 장롱을 뒤지면서도 '지겨워, 지겨워'를 입에 달았을까. 나는 시간이 흐르면 흐를수록 지겨워가 깔깔거리며 말했던 '지겨워, 지겨워' 소리가 어쩐지 '슬프다, 슬프다'가 아니었을까 하는 생각을 지울 수가 없었다. 마음이 껄끄러워 잠이 오지 않았다. 그러나 자정을 넘기면서까지 방바닥에 울음을 쏟아놓은 엄마는 딱 한마디를 던져놓고는 베개를 껴안고 모로 스러졌다.

"정말이지, 지겨워 죽겠어."

스스로 달력에서 벗어난 지겨워를 엄마가 찾아냈을 거라는 생각은 들지 않았다. 나는 끊임없이 엄마의 행방을 찾아 머리를 굴렸다.

"맙소사, 저년이 내 엄마라니!"

상상 속에서 나는 날카로운 소리를 내지르며 얼굴을 감싸쥐는 연습을 했다. 밥을 먹으면서, 혹은 화장실에서, 허벅지에 가터벨트라도 차고 있는 양 손가락으로 '빵!' 하고 총 쏘는 흉내를 냈지만 막상 엄마를 만났을 때 써먹을 수 있을 것 같지는 않았다.

"이년이 어디서 못된 것만 배워 처먹어가지고는!"

엄마의 욕지거리를 다시 들을 수만 있다면 엄마가 핀업걸이라는 사실 따위는 아무래도 좋겠다고 나는 생각했다. 그러나 막상 나 또한 아빠처럼 어느 선술집에라도 들어가 벽에 걸린 엄마를 마주한다면, 그때가 온다면 나는 정말 어떻게 해야 할까 하는 고민이 밀려들었다. 썩어들어가는 오른쪽 뺨을 가리기 위해 얼굴의 반을 머리카락으로 덮은 것도 모자라 마스크까지 쓴 나. 그런 내 앞에 싱싱한 활어처럼 펄떡거리는 엄마가 매끈하고 풍만한 유방을 드러낸다면, 가랑이를 벌리며 숨을 몰아쉰다면, 나는, 나는……? 상상은 잔인했으나 내겐 너무도 절박했다.

엄마는 그저 사라져버린 것일 뿐일까, 하고 나는 생각했다. 가게의 모든 구멍은 메워졌고, 달력과 포스터 안에도 엄마는 들어 있지 않았다. 아빠가 본 것은 그저 그런 평범한 핀업걸이었고, 엄마가 지겨워와 함께 있다는 것 역시 확인할 길이 없는 추측이었다. 그러니 남은 건 맨 마지막 경우의 수뿐이었다. 엄마는 정말로 뜻 없이, 이유 없이 사라져버린 것일지도 몰랐다. 눈에 보이지 않고 사라져버리는 게 이토록 쉬울 수 있다는 걸 인정만 한다면 사실을 납득하기는 어렵지 않은 일이었다. 남들보다 삼십 년을 빨리 걷고 있는 내 오른쪽 몸의 시간처럼 내 곁에 있던 엄마도 어딘가로 빨리 걸어가버린 걸까, 하고 나는 생각했다. 보통 속도보다 삼십 년이 빠르게, 엄마는 내게서 떠나버린 걸까, 그런 걸까. 나는 혼란스러웠으나 그렇게 생각하지 못할 이유는 없었다. 엄마가 죽지 않고 다만 사라져버린 것이 어쩌면 다행일지도 몰랐다. 언젠가는 돌아오리라는 희망을 갖고 기다린다면, 내 한쪽 몸이나마 엄마를 기다려준다면, 그리 불행한 삶은 되지 않을 것이었다.

그렇다 해도 나는 마냥 안심하고 있을 수만은 없었다. 왼쪽과 오른쪽, 어느 방향에서 걷고 있는 시간의 속도를 믿어야 하는 건지 도무지 알 수 없었기 때문이었다. 확신할 수 없는 시간은 쉬지 않고 내 몸을 타고 흘렀고, 또한 앞으로도 그러하리라. 왼쪽의 시간대로라면, 엄마는 결코 나를 떠나서는 안 되는 것이었다. 이렇게 감쪽같이 행방이 묘연해져서는 안 되는 것이었다. 그러나 같은 방식으로 오른쪽의 시간대로라면, 엄마가 사라진 건 당연한 결과인 걸까…… 바짝바짝 마르는 입술을 달싹여 나는 중얼거렸다. 손가락 마디마디 끝이 저려왔다. 쉽사리 답을 내기는 어려웠다. 아무것도 모르겠다고, 나는 그 무엇도 알지 못하겠다고, 고개를 저으며 눈을 감았다.

엄마는 도대체 어디로 가버린 것인지.

나는 작달막과 새와 함께 하루하루를 보내며 그저 엄마를 기다릴 수밖에 없다고 여겼다. 그러나 작달막과 새마저도 보이지 않는 시간이 점차 늘어났다. 포스터를 들여다보고, 달력을 떼어 날짜를 꼽아봤지만 그들의 자취 또한 찾을 수 없었다. 나는 발을 동동거리다가는 잠에 빠져들었다. 푸르거나 때로는 흰 마스크를 쓰고, 숱 없는 오른쪽 머리칼을 늘어뜨린 열네 살의 여자아이가 사라진 핀업걸들의 행방을 쫓는 일은 너무도 어려운 일이라고 나는 스스로 위안하려 애썼다.

"엄마가 사라졌어요."

경찰서에 찾아가 입을 떼었을 때 내게 돌아온 건 '실종신고서'라고 씌어진 종이 한 장뿐이었다. 나는 엄마의 직업 혹은 특징란에 '핀업걸'이라고 써야 할지 말아야 할지에 관해 고심했다. 전화번호를 남기려다 나는 종이를 구겨버렸다. 아빠가 집을 나갔을 때 고시랑거렸던 엄마의 말이 생각났기 때문이었다.

"술 떨어지면 돌아오겠지."

엄마는 뭐가 떨어져야 집으로, 내게로 돌아올지 알 수 없어 나는 막연히 슬퍼졌다. 달력과 포스터 안의 온갖 공간 속에서 엄마는 마냥 평화롭고 안온할 것만 같은 생각이 들었다. 내 오른쪽 몸의 시간이 다 떨어진 후에야 엄마는 돌아오려는 걸까…… 반쪽짜리 딸에게?

"나도 핀업걸이 될 거야."

어둡고도 밝은 방에 이불을 펴지 않고 모로 누워 나는 다짐하듯 입술을 앙다물었다. 왼쪽으로만 눕는 것에도 이젠 이력이 났다. 너무나 빠른 노화 탓에 오른쪽 어깨는 한껏 이울어져 있었다. 무릎과 골반과 어깨가 시큰거려 흐무러지는 탓이었다. 버석거리는 머리칼로 온종일을 가려진 채 빛을 받지 못한 오른쪽 뺨은 늘 멍이 든 듯 시퍼렜다. 허벅지 사이로 손을 집어넣어 긁으며 나는 그러거나 말거나 내일부터 당장이라도 달력으로 들어가는 연습을 시작해야겠다고 중얼거렸다.

"망사스타킹을 신고, 가터벨트를 차야지."

벌어지지 않은 입술에서 종내 비죽비죽 웃음이 흘러나왔다.

반쪽이나마 정상인 건지 나는 소리쳐 묻고 싶었다. 내 몸의 그 어느 쪽도 온전하지 않은 것만 같았다. 더이상은 왼쪽, 오른쪽의 시곗바늘이 움직이는 소리에 귀 기울일 수 없었다. 전화선을 뽑아놓은 채로 가게 문을 열지 않은 지도 오래되었고 작달막도, 새도, 여전히 내 앞에 나타나지 않고 있었다. 나는 부러 그들을 찾지는 않았으나 작달막과 새와 지겨워가 우리집에 머물렀던 것인가, 하는 사실조차 의심스러웠다. 크게 신경쓸 일은 아니라고 나는 나를 다독거렸다. 엄마가 사라지는 판국에, 그깟 퇴업걸 몇쯤 보이지 않는 게 대수란 말인가. 내 몸이 점점 잠자리의 마른 날개처럼 버석거리는 것만 같은 느낌에 나는 옴짝달싹할 수가 없었다.

나는 자주 꿈속에서 엄마와 만났다. 절반의 몸으로 엄마를 맞이하는 장면을 목도하는 일은 너무나도 고통스러웠다. 잠에서 깰 때면 정수리에서 머리칼이 한 움큼씩 빠져나왔다. 더듬이를 잃어버리고 태초의 감각을 익히는 벌레처럼 내 걸음걸이는 자꾸만 멈칫거렸다. 엄마를 만나는 꿈을 꾸고 나면 그다음은 토끼였다. 겨울이면 눈처럼 희디흰, 봄이 오면 풀밭의 초록과 같은 보호색을 지닌 눈덧신토끼. 그는 앞발을 들어 춤을 추다가도 불쑥 코앞으로 다가와 쫑긋쫑긋 귀를 움직였다.

"너를 보여라."

"내가 나야."

"너는 누구지?"

"네가 보는 그대로."

"거짓말 마."

"진실이야."

"너를 보여."

"내가 나."

그 앞에서만은 내 목소리가 커졌다.

"내가 나! 내가 나!"

흘러내리는 땀 탓에 양 뺨 위에 들러붙은 머리카락이 성가셨
지만 그 순간만큼은 나의 오른쪽 몸도, 떠돌이 아빠도 생각나지
않았다. 흥분하는 내게 다가온 눈덧신토끼가 손을 잡아끌었다.
나는 종내 그와 함께 앞발을 들고 춤을 추기 시작했다. 쿵, 짝.
쿵짝짝 쿵짝짝. 움직이는 왈츠의 음표들을 쫓아 둥싯둥싯 엉덩
이를 흔드니 어쩐지 흥에 겨워 웃음이 났다. 등줄기에 땀이 솟
을 때까지 나는 내가 아닌 듯이 몸을 흔들고 또 흔들었다. 박자
에 맞춰 리듬을 타는 동작을 반복하는 동안 눈덧신토끼는 노랫
말처럼 나를 향해 흥얼거렸다.

"너를 보여라. 너는 누구지? 너를 보여. 너를 보여."

나는 눈을 감고 스텝을 밟았다. 쿵, 짝. 보이지 않아도 춤을
출 수 있었다. 쿵짝짝 쿵짝짝. 보이지 않아도 시간은 흐른다는
걸 나는 그제야 인정할 수 있을 것만 같았다. 쿵, 짝. 시간이 가
고, 다시 시간이 오고, 흐르는 시간 속에서는 모두들 어디선가

살아가고 있을 것이었다. 쿵짝짝 쿵짝짝. 내 눈에 보이지 않는다 해도, 내 앞에 나타나지 않는다 해도 다들 살을 부벼대며 끊임없이 숨쉬고 있을 것이었다.

엄마도 어느 달력 어느 배경 속에 자신만의 보호색을 띠고 숨어 있는 게 아닐까. 거대한 눈덧신토끼에게 나를 맡긴 채 춤추는 나를 지켜보고 있는 게 아닐까. 자꾸만 관자놀이에서 두근두근 심장이 뛰었다.

엄마는 여전히 돌아오지 않고 있었다. 기다림에 지쳐 잠이 들고 깨는 나날이 반복되었다. 시곗바늘의 속도가 다른 내 몸 역시 진행형이었다. 나는 서랍의 맨 마지막 칸을 열었다. 그곳엔 수많은 벌레가 경직된 채로 널브러져 있었다. 부서진 과자 혹은 캐러멜처럼 그들은 서로 엉켜붙은 모습이었다. 사라진 엄마를 찾아내기라도 하는 양 나는 눈을 바짝 들이대고 서랍의 공간을 응시했다. 힘을 주어 잡으면 금방이라도 부서져버릴 듯한 뱃장나무벌레를 들어올려 눈을 맞추었다.

너는 어떻게, 그렇게도 담담히 죽어버릴 수 있었니, 너는 어떻게.

나는 뱃장나무벌레를 들고 가게로 내려왔다. 누군가 가게 문을 흔들어보다 낮은 음성의 욕지거리를 내뱉으며 돌아가는 발소리가 들렸다. 나는 개의치 않고 의자에 앉아 가만가만 숨을 쉬었다. 다르게 걷는 시간의 걸음걸이가 숨을 들이쉬고 내쉴 때마다 엇박자를 내는 것만 같은 기분이 들었다. 나는 뱃장나무벌레를 내려놓고, 내가 겹겹이 발라놓은 무수한 전단지들을 떼어내기 시작했다. 한 치의 틈도 없이 얼키설키 메워진 소소한 구멍들을 찾아 눈을 희번덕거렸다. 끝내 찾아낸 단 하나의 구멍을 향해 나는 미소 지었다.

그러나 그 순간 믿을 수 없게도 구멍은 달처럼 크게 부풀어, 노랗고 흰 빛을 띠었다. 그것은 커다란 도화지 속 띄어쓰기 한 뼘만큼의 간격이 벌어진, 소통불능의 공간이었다. 나는 그곳으로 걸어들어가기로 마음먹었다.

그랬구나!

오른쪽 눈을 가린 푸석한 머리칼을 귀 뒤로 넘기며 나는 안도했다.

아빠도, 지겨워도, 엄마도, 작달막과 새도, 모두 이곳으로 들어가버렸구나.

그곳의 시간은 흐르지도, 고여 있지도 않을 것이란 생각이 들었다. 그곳의 공간은 내게 중요하지도, 하찮지도 않을 것이란 믿음이 생겼다. 나는 옷매무새를 단정히 한 뒤, 몸을 꼿꼿이 세웠다. 그러고는 잠시 고민하다, 뱃장나무벌레를 들어 입에 집어넣었다. 방금 막 개봉한 과자봉지의 내용물처럼 그것은 아삭거렸고, 또 고소했다. 배꼽 아래가 가려운 느낌도 전연 들지 않았다.

"아무도 없어요?"

나는 한 걸음, 두 걸음 뗄 때마다 소리내어 물었다. 마땅한 대답도, 그 어떤 소음도 들려오지 않았다. 나는 배꼽 깊숙이 내가 지닌 가장 큰 성량을 끌어올려 다시 한번 소리쳤다.

"애니바리 엘스?"

채플린, 채플린

조심해야 돼요.

언제 어디서 어깨를 두드릴지 모릅니다.

우리 같은 사람들이라고 별수 있냐 이 말이에요.

쉿, 이야기를 시작해볼까요.

일요일 오후 네시, 모철수씨는 느슨해진 넥타이를 조여매며 허둥지둥 결혼식장으로 향했습니다. 식이 시작되기 한 시간 전이었어요. 결혼식장은 괴괴한 분위기마저 감돌았습니다. 서른넷의 신랑은 재혼이었고, 신랑보다 열 살이나 어린 신부는 배가 불러 있었습니다. 바지런한 걸음으로 식당 안으로 들어가니 사람들이 꽤 많이 모여 있었습니다. 모철수씨는 두글두글 모여 있는 기십 명의 양복쟁이들 틈을 비집고 들어가 자리를 잡았습니다. 에어컨 바람이 목 뒤에서 서늘하게 불어왔습니다. 식당 안에서는 어빡자빡 놓인 테이블을 정리하느라 직원들이 부산스레 움직이고 있었습니다. 두시나 세시쯤 시작된 예식이 끝난 모양이었는데요. 그 와중에도 구둣발 소리를 내며 한 무리의 여자들이 수레가 흔들려 넘어지듯 쏟아져 들어왔습니다. 붉고 노란 과육처럼 여자들은 화사한 원피스 차림이었지만 누구 한 명 옷에 어울리는 표정을 짓는 이는 없었습니다.

"집중해주세요."

오늘은 웬일로 미스터 왕이 나왔군요. 깔끔한 검은 양복과 은빛 넥타이가 멋스러워 보이네요. 미스터 왕은 에이전시의 매니저들 중에서도 최상위급입니다. 다들 쉬쉬하면서도 사장이 미스터 왕을 자신의 '노브'로 여기고 있다는 사실을 저마다 눈치로 알고 있는 것 같은데요. 아시다시피 노브는 홈런왕 베이브 루스가 만들어낸 배트의 손잡이 끝 부분을 일컫는 명칭이지 않습니까? 노브가 있었기에 베이브 루스는 홈런왕이 될 수 있었지요. 간단히 말해 미스터 왕이 사장의 오른팔이다, 이겁니다.

"일당은 식이 온전히 끝나자마자 개인별 계좌로 입금해드리겠습니다."

감기 기운이라도 있는지 미스터 왕은 자꾸만 코를 찡긋거리며 말을 이었습니다. 혈색이 그다지 좋지 않아 피곤해 보이기도 했고요.

"모두들 베테랑들이실 테니까요. 큰 걱정은 하지 않겠습니다. 당사자 측에서는 좀 시끌벅적한 분위기보다는 차분하면서도 조용히 식을 치렀으면 하시네요. 아시다시피 내부 사정도 그리 좋지는 않은 편이고요. 또…… 어젯밤 일도 있으니까요."

모두들 말없이 고개를 떨어뜨리거나 끄덕였습니다. 하지만 애써 졸음을 참느라 눈자위가 벌게진 사람들도 적지 않았습니다. 보나마나 이미 한두 차례 오전 예식을 끝내고 온 사람들일 테지요. 모철수씨에겐 낯익은 얼굴도, 새로운 얼굴도 있었습니다. 미스터 왕은 초조한 얼굴로 머릿수를 세더니 입술을 맞물며 훌쩍 밖으로 나가버렸습니다. '그럼 수고들 해주십시오'라는 식상하고도 계면쩍은 말을 으레 덧붙이게 마련인데 오늘은 그것마저 생략이로군요. 하지만 미스터 왕이 사라졌다고 해서 안심할 수는 없습니다. 몰래카메라처럼 예식장 곳곳에 붙박인 채로, 미스터 왕은 예식에 참여한 하객들 전체에게서 결코 시선을 떼지 않을 테니까요.

미스터 왕이 자리를 뜨자 사람들은 삼삼오오 짝을 지어 수군거리기 시작했습니다. '어젯밤 일도 있으니까요'라는 미스터 왕의 말에 모두들 술렁이는 것이 분명했습니다. 다들 주름 잡힌 정장처럼 딱딱한 표정들로 맥없이 웅얼거렸지요. 모철수씨는 잠시 숨을 고른 뒤 찌뿌듯한 머릿속을 비워내기 위해 노력했습니다. 오전 열한시와 두시 예식에 이어 오후 다섯시, 이번이 오늘의 세번째 예식이었어요.

"곧 죽어도 마무리 투수 정신이다."

맨 처음 이 일을 시작했을 때 에이전시 사장은 모철수씨에게 이런 말을 해주었습니다. 야구에 있어 마무리 투수는 구원이지요. 끝까지 타자에게서 시선을 떼지 않을 것. 방망이를 쥔 타자의 손을 경계할 것. 긴장 풀린 직구 하나에 동점을 내줄 수도,

역전 홈런을 맞을 수도 있습니다. 세 시간여의 경기를 말짱 도루묵으로 만들지 않는 정신, 그것이 구원이라는 얘깁니다. 무슨 말이냐고요? 계좌에 일당이 입금되기 전까지 모철수씨는 신랑의 고등학교 동창으로 의자를 꿰차고 있어야 한다, 뭐 이런 이야기지요. 야구광인 에이전시 사장은 직원 교육에서 늘 야구의 룰을 적용시켜 설명하는 독특한 버릇이 있었습니다. 구체적인 설명을 듣고 싶으시다면 잠시 후 기회를 봐서 짤막한 예를 들어드리도록 하지요.

모철수씨는 식당에 앉거나 선 사람들을 휘 둘러본 후 옷매무새를 다듬었습니다.

"또 보네요."

"네, 그렇군요."

그때 누군가 다가와 모철수씨에게 말을 걸었습니다. 오전 예식에서 옆자리에 앉았던 사람이네요. 모철수씨는 슬며시 미소를 지으며 알은체를 했습니다. 아는 이 없는 식장에 용감무쌍히 홀로 선 웨딩게스트라고는 해도 혼자 쓸쓸히 앉아 있는 모습을 보이는 것은 절대 금물입니다. 누구에게라도 친근히 굴며 나 자신이 아닌 주어진 조건에 합당한 어느 한 사람으로서 말하고 움직이는 것. 이것이 바로 웨딩게스트의 가장 기본적인, 그러나 아주 중요한 철칙이지요. 이 사람은 또 어느 예식장, 혹은 어느 회갑연, 돌잔치와 같은 낯선 이와의 인공적인 관계를 거쳐 허겁지겁 이곳으로 이동해온 걸까요. 입술 새로 나직한 한숨이 흘러나왔습니다. 오늘은 왜 이렇게 자꾸만 마음이 어지러운 건지, 모철수 씨는 개운치 못한 기분 탓에 얼굴이 찌푸려졌습니다. 하지만 내색을 할 수야 없지요. 대화는 좀더 이어질 것 같으니까요. 여기서 야구를 접목시킨 사장의 교육방식을 짧게나마 보여드리겠습니다.

"날씨가 종일 후텁지근하지요?"

던졌습니다, 시속 120km. 정확하고도 부드럽게 포수의 미트 안으로 빨려들어 옵니다. 첫 공은 전형적인 날씨 스트라이크로군요.

"장마가 으레 그렇죠."

모철수씨는 결코 위축되거나 긴장할 필요가 없습니다. 그저 두어 번 정도 가뿐하게 배트를 움직여주는 여유, 그것이 센스라면 센스랄까요.

"말씀 놓으세요. 저보다 나이 많으신 것 같은데."

이번 공은 시속 149km. 꽤 센데요? 하지만 높지도, 그렇다고 낮지도 않게 날아든 아슬아슬한 볼이군요. 창의력이 없는 반면 상식적이고도 안정적인 컨트롤을 보여주고 있습니다.

"괜찮습니다. 익숙하니까요."

모철수 선수, 기회를 노려 재빨리 번트! 1루를 밟지 못하고 아웃을 당할지라도, 결코 만만히 보여서는 안 되는 법. 1회는 양 팀 서로 득점 없이 가볍게 마무리됩니다. 뭐 이런 방식으로 사장은 웨딩게스트들의 분기별 정기교육을 치러내곤 합니다. 사장이 만들어오는 매회 아홉 개의 상황을 각각 공격과 수비의 위치에서 연습한 뒤 실전에서 자연스럽게 재현해내고 나면, 그 어떤 공간에서 발화되는 관계라 할지라도 야구경기를 치르듯 박진감 있어지지요.

모철수씨는 그가 에어컨 바람을 쐴 수 있도록 슬쩍 자리를 비켜주었습니다. 콧등에 땀이 몽글몽글 솟았는데도 그의 넥타이는 느슨해지지 않았군요. 오히려 사선으로 이어진 검은 줄무늬의 넥타이 덕분에 그는 주위의 어느 누구보다도 단정해 보였습니다. 그럼 이쯤 해서 이 사람을 줄무늬넥타이로 지칭하기로 할까요.

"정말 흉흉하네요. 신랑 신부도 좀 께름칙하겠어요."

줄무늬넥타이는 짐짓 심각한 표정을 지으며 팔짱을 꼈습니다.

"그러게요. 양가 친지들이 거의 참석하지 않은 모양이죠."

모철수씨는 시계를 들여다보며 심드렁하게 대답했습니다. 예식이 시작되기 삼십 분 전에는 식당에서 나가야 했으니까요.

"양쪽 집안에서 반대하는 썰렁한 결혼식 한두 번 와보나요, 뭐. 저는 지금 경계령을 말하고 있는 겁니다. 여봇씨요 경계령 말이에요. 아주 불길해요."

줄무늬넥타이의 목소리엔 잔뜩 힘이 들어가 있었습니다. 어떤 책망 같은 어조가 스며 있는 듯해 모철수씨가 잠시 움찔한 틈을 타 그는 다시 조용조용 말을 이었습니다.

"조심해야 돼요. 언제 어디서 어깨를 두드릴지 모릅니다. 우리 같은 사람들이라고 별수 있냐 이 말이에요. 난 지금 여기 있는 사람들 중에서도 혹시 그 사나이가 있지 않을까, 가슴이 쿵 쾅대서 미치겠어요."

여봇씨요 경계령! 모철수씨는 자못 얼굴이 붉어질 정도로 긴장이 되었습니다. 경계령도 경계령이지만 오전 예식에 십여 분 정도를 늦었던 터라 한껏 예민해진데다, 어찌된 일인지 온종일 이마에서 미열이 가시질 않고 있었습니다. 모철수씨는 더욱 바짝 허리를 곧추세웠어요.

"이제 그만 나가죠."

줄무늬넥타이가 팔꿈치로 모철수씨의 옆구리를 쿡 찌르며 발걸음을 떼었습니다. 모철수씨는 식장으로 향하는 복도를 걸으며 그제야 마른침을 삼켰습니다. 어젯밤 자정을 기해 발발한 '여봇씨요 경계령'이 자꾸만 머릿속에 웅덩이처럼 고여드는 탓이었습니다.

그러니까 이 이야기는 바로 이것, '여봇씨요 경계령'으로부터 시작됩니다.

줄무늬넥타이의 말에서 이미 눈치채신 분들도 있으시겠지요. 그렇습니다. 지난밤 자정을 기해 정부의 대국민성명이 발표되었습니다. 국민 여러분, 부디 침착하십시오. 발표문의 맨 마지막 문장은 바로 이것이었습니다. 경계령 선포와 동시에 범인을 꼭 잡고야 말겠다, 지켜봐달라는 결연한 목소리의 경찰청장 연설도 이어졌고요. 생각해보면 지난 한 달간의 '여봇씨요' 사건은 그야말로 전염병을 방불케 하는 것이었습니다. 아이부터 노인까지 그에 대해 알지 못하는 이는 아무도 없었습니다. 사건이 일어난 최초의 시점부터 경계령 발발까지 각종 매체에서 떠들어댄 이야기들을 모든 이가 줄줄이 꿸 정도라면, 사태의 심각성을 짐작하시겠습니까? 결코 거짓이 아닙니다. 설혹 믿지 않으신다 해도 어쩔 수 없는 일이지요. 그것은 아주 독특하고도 기이한 사건이었으며, 우스운 한편 몹시도 무서운 사고였으니 말입니다.

그러나 사건의 전말을 살펴보면 매우 간단합니다. ①이름 모를 낯선 이가 다가와 어깨를 톡톡 친다. ②"여봇씨요" 하고 말을 건넨다. 이 두 가지의 과정만으로 너무도 어이없는 사고가 벌어졌습니다. 범인의 행각은 남녀노소를 가리지 않았고, 때와 장소에 구애받지도 않았지요. 그는 매우 기민하게 행동했습니다. 사람들은 모두 속수무책, 어쩔 줄을 몰랐어요. 일단 "여봇씨요"라는 말을 듣고 돌아본 후에는 손쓸 도리 없이 당할 수밖에 없었습니다.

"여봇씨요."

"네?"

믿기 어려우시겠지만 범행과정은 그게 전부였습니다. 어깨를 톡톡, "여봇씨요", "네?" 하고 나면 바로, ③채플린이 되었습니다. 그것으로, 끝이었어요.

이해를 돕기 위해 좀더 자세한 이야기를 해볼까요. 말씀드렸다시피 사건은 대략 한 달 전쯤으로 거슬러올라갑니다. 첫 피해자는 파산한 신용불량자로서, 서울역 역사 내에 설치된 대형 텔레비전 앞에서 발견되었습니다. 로또복권추첨방송이 끝남과 동시에 뒤로 돌아선 사람들에 의해서였지요. 맨 처음 두드러진 현상은 그의 복장이었습니다. 신용불량자의 꼬질꼬질한 양복은 상의가 한껏 몸에 달라붙은 채였는데요. 꼬불거리는 머리칼, 거무스름한 수염으로 빼곡한 인중, 가슴께로 끌어올려진 바지까지 더해진 신용불량자의 모습은 너무도 기이해 보였습니다. 병원으로 이송된 신용불량자는 복권을 손에 든 자세 그대로 화석처럼 굳어 있었습니다. 눈꺼풀을 깜빡이지도, 입술을 떼지도 못했습니다.

"그깟 버러지 같은 인간, 콱 뒈져버리라지!"

신원 조사를 위해 경찰서로 불려온 신용불량자의 아내는 거칠게 쏘아붙였습니다. 신용불량자는 숨이 끊어진 것도, 뇌의 활동이 멈춘 것도 아니었으나 스스로의 의지대로 몸의 모든 기관을 털끝하나 움직이지 못했던 것입니다. 간호사는 당혹스러운 손길로, 이스트를 넣은 빵처럼 커다랗게 부풀어 오른 신용불량자의 구두를 벗겨내주었습니다. 곧이어 그의 바지주머니에서 길게 말린 검은 중절모자를 끄집어낸 간호사는 더더욱 어쩔 줄 몰라 했지요.

"꼭 채플린 같아요, 이 사람."

경찰들은 코웃음을 쳤습니다. 하지만 시간이 얼마 흐르지 않아 모두들 심각해졌지요. 그리고 그들은 저마다 '정말 그렇다'고 공감했습니다. 사건의 단초는 그 다음날 신용불량자의 이야기가 조간신문 하단에 조그맣게 실린 것에서 비롯되었어요. 이를 본 한 방송국의 프로듀서가 신용불량자의 증상에 의문을 가졌고, 그날 그 시각 서울역에 있던 사람들을 찾아다니기 시작했던 거예요. 의학적으로 밝혀진 사실이라곤 아무것도 없었고, 정확한 증거자료 또한 사소한 것 하나조차 찾아내지 못했으니까요. 급한 대로 몇몇 사람들의 이야기라도 들어볼밖에 별다른 방법이 없었습니다.

'분명 제가 그 자리에 있었던 것은 맞습니다, 그렇지요. 하지만 저는 그저 아빠된 도리로 딸아이의 가방을 들어주기 위해 서울역으로 마중을 나왔다 뿐이지 관련된 사항은 아무것도 없습니다, 아무렴요. 하지만 그 신용불량자가 로또 용지를 손에 꼭 쥐고 수전증 환자처럼 덜덜 떨며 제 옆을 스쳐지나갔다는 거, 그거 하나 기억날 뿐인데요. 지금 제 알리바이를 물어보시는 거라면 충분히 입증해 보일 수 있습니다, 그렇고말고요.(청소년 성매매법 위반으로 이 년 복역 후 출소, 서울역 신문지맨 이진철/가명, 45세)'

'여봇씨요, 분명히 그렇게 말했어요. 굉장히 짧고 강렬한 말투였습니다. 꼭 저를 부르는 것 같은 기분에 무심코 돌아봤던 건데, 그 사람이 쓰러진 줄은 미처 몰랐어요. 저는 단지 멀어져가는 어떤 남자의 뒷모습을 흐릿하게 봤을 뿐이에요. 키는 작았지만, 굉장히 단단한 체격이라는 느낌이 들었어요. 아, 저요. 그냥 복권 번호나 맞춰볼까 해서 서 있었지요. 시골집에 다녀오는

150

길이었고요. 저는 지금 대학원에 재학중입니다.(잇따른 취직 실패로 두 달 전 가출, 시대의 희생양 황복수/가명, 33세)'

'푹, 고꾸라지데. 별수 있남. 들쳐업었지라. 세상사 태어나 한 힘 지대로 쓰고 가는 것이 내 꿈이다 안하요. 근디 거 참 요상허데. 업었을 땐 쌀 한 가마니였는데 달리다 봉께로, 버석버석 마른 볏섬처럼 가벼워졌당게요. 우짜스까잉, 꼭 속 없는 밤톨맨치로 개비잖은디, 걱정이 되야서 내 다리몽댕이가 다 후들거리더란 말요. 내사 마, 서울역 한두 번 와보요. 뭘 그런 걸 물어싼, 바쁜 사람헌티.(곗돈 들고 서울역 출입 수십 차례, 계모임 큰손 오영자/가명, 50세)'

인터뷰를 꺼려하는 사람들로 인해 많은 소득이 있었던 것은 아니었습니다. 다만, 범인이 심한 사투리를 쓰는 단단한 체구의 남자라는 점이 목격자의 증언에 의해 알려진 사실이었습니다. 그후 쓰러진 신용불량자는 '채플린 1', 범인은 '여봇씨요 사나이'로 불리게 되었지요.

'언제 어디서 어깨를 두드릴지 모릅니다.'

모철수씨는 복도를 걸어 식장 안으로 들어서면서도 자꾸만 머리가 흔들려 힘들었습니다. 미열이 번져 얼굴이 화끈거리는 것만 같아 자꾸만 고개를 숙이면서도 여봇씨요 사나이에 대한 생각을 떨쳐버릴 수가 없었습니다.

"인상 펴요. 저기 미스터 왕이 있습니다."

그 순간 줄무늬넥타이가 다른 곳을 바라보는 척하며 미스터 왕의 위치를 가르쳐주었습니다. 놀란 모철수씨는 고개를 번득 들었습니다. 과연 신부대기실 방향에서 미스터 왕이 커다란 화환 뒤에 교묘히 붙어선 채로 두 눈을 희번덕거리고 있었지 뭡니까. 손에 든 수첩에 무언가 휘갈겨쓰는 듯한 미스터 왕의 손동작이 얼핏 시야에 들어왔습니다. 모철수씨는 헛기침과 동시에 경련이 일어날 정도로 입매를 끌어올렸습니다. 방심했다는 생각에 등줄기에 땀이 솟았어요. 만약 사장이 지금 이 상황을 모니터중이었다면 분명 "교체!" 하고 가래 끓는 소리를 내지르며 화려하고도 요란한 사인 동작을 취했을 겁니다.

"나도 그랬어요. 누구라도 황당해하는 게 당연한 반응 아니겠어요. 일이 이렇게 커질 줄, 상상이나 했겠냐 이 말입니다. 여봇씨요 사나이라니, 웃기지도 않은 일이죠."

낯모르는 이들에게 악수를 청하고 웃으며 반가워하는 중에도 줄무늬넥타이는 계속해서 "채플린이라니, 그건 더더욱 당치도 않은 말이고요" 하고 나직한 목소리로 속삭였습니다.

신용불량자 사고 이후에 사람들은 다시금 정신없는 일상 속에 파묻혔습니다. 이슈란 원래 긴 시간 관심을 끌기 어려운 법입니다. 바쁘게 돌아가는 세상이니까요. 게다가 신용불량자가 파산신고 후 일주일이 넘도록 서울역에서 무단 노숙을 했다는 정보가 이어지자 사람들은 더욱 흥미를 잃어버리고 말았어요. 영양실조로 인한 일시적인 몸의 마비 정도로 추측해버렸기 때문이었지요. 사람들에겐 그다지 대수로울 것도, 심각하게 고민할 일도 아니었습니다. 세상은 언제나 두 번 말하면 입술이 부르틀 온갖 이야깃거리들과 문젯거리들로 넘쳐나고 있으니 말입니다. 하지만 신용불량자 이후 보름이 채 지나지 않아 곳곳에서 채플린들이 빠르게 양산되기 시작했습니다.

두번째 채플린, 만나볼까요.

'에, 할머님께서는 현금 입출금기를 처음 보셨기 때문에, 에, 대단히 성을 내셨습니다. 워치키, 넘도 아닌 기계 손에 당신의 금쪽겉은 돈팅이덜을 믿고 맽기냐고 허시문서, 에, 직접 처리를 해줄 것을 요청하셨습니다. 그래 저희 북면지점에서는, 최대한의 고객만족서비스를 지향한다는 은행 이념에 따라설라무네, 할머님의 용건을 오로지 창구에서 처리해드린다는 일넘만으로, 거시기에 땀띠 날 때꺼정 일을 하고 있었습니다. 그런데 심히 유감스럽게도, 에, 그렇게 되시고야 말았던 것입니다.(친절과 봉사만이 내 인생의 성공 포인트, 천안의 자랑 북면지점 은행장 장만석, 51세)'

모철수씨의 기억대로라면 그날 저녁 아홉시 뉴스는 온통 채플린 소식으로 가득했습니다. 칠십이 넘은 왜소한 체구의 노인이 두번째 채플린으로 발견되자 사람들은 경악하지 않을 수 없었습니다. 그도 그럴 것이 배가 빵빵하게 부풀고, 지팡이를 든 채로 옴짝달싹 못하는 할머니의 모습을 다각도로 촬영해 보여준 영상은 너무나도 충격적이었으니까요. 사투리를 쓰지 않으려고 애쓰던 말더듬이 은행지점장의 땀에 전 얼굴까지도, 카메라는 클로

즈업하기 바빴습니다. 그는 곧 주부들을 대상으로 하는 아침 프로그램에 섭외되어 더듬더듬 그날의 정황을 늘어놓았기 때문에 모철수씨는 아침밥을 먹으면서도 그의 얼굴을 봐야만 했습니다. 방송용 카메라가 찾아와 은행을 비롯해 할머니가 살고 있는 마을을 찍어간 화면에는 '수출 마니 수입 금지'라는 팻말을 든 농민들의 결연한 표정이 곳곳에서 포착되었습니다. 모철수씨는 자신에게도 '예식 마니 백년해로 금지' 혹은 '예식 마니 이혼 환영 재혼 권유 다시 예식 마니'라는 플랜카드를 들고 시위하는 날이 오는 것은 아닐까 생각하며 우물우물 밥알을 씹었습니다.

"그래도 지껀 직접 해주슈."

고쟁이의 허리춤을 추켜올리며 할머니는 씩씩거리지 않았을까요. 통장을 만지작거리는 손에 땀이 찼을 즈음, 대기번호가 울리자마자 할머니는 의자에서 바짝 일어섰을 것입니다. 허리가 삐끗했을 수도, 아니면 그와 동시에 사나이가 다가와 어깨를 톡톡 쳤을지도 모르는 일입니다.

"여봇씨요."

"뭐시여!"

그러니 돌아보는 순간, 할머니도 그렇게 되었던 것입니다. 그 어떤 인과관계도 없이, 혹은 있다고 해도 알지 못한 채로 그렇게 되어버리고 만 거예요. 그것은 누가 되돌릴 수 있는 일도, '안 돼!' 하고 소리쳐 막아낼 수 있는 일도 아니었습니다. 할머니는 통장과 대기번호표를 손에 꼭 쥔 채로 모든 동작을 멈춰버렸으니까요. 할머니가 첫번째 채플린이 이송된 병원으로 옮겨진 이후에도 사람들은 영문을 모른 채로 고개를 가로저었습니다.

여기서 그즈음의 주요 신문 헤드라인을 살펴보면 어떨까요. 채플린을 목도한 우리 사회의 충격 수위가 과히 어느 정도였는지 짐작하는 데 도움이 되실 것입니다.

하나님의 말씀을 전하는 자, 채플린 돌아오다. ─방중교리공부 회보《느껴봐》

채플린 강림, 누전이나 합선의 위험은 없었는가. ─장마 주간 전기안전공사 사보《불 꺼》

설탕조절 필수, 채플린으로부터 중년 남성 사수해야. ─전국 다방걸즈협회 속보《일단주문》

채플린 서거 사십주년 기념 영화협회 행사 무기한 연기. ─대한이벤트진행위원회 전자신문 공지《마이크쩜넷》

우리 손으로 여봇씨요 사나이를 검거하는 그날까지 줄맞춰 일보(一步) 앞으로. ─지하철 노인무료승차권 사수협의회 긴급호외《타자》

전국에서 '오빠'들을 지켜내기 위한 눈물겨운 미인계 작전이 계획되었고, 지하철 곳곳에서 노인들의 집회가 벌어졌습니다. 할아버지 한 분이 나누어주는 지하철승차권을 얼결에 받아들고 집으로 돌아온 날, 모철수씨는 라면을 먹다 말고 방 안으로 들어가버렸던 아버지 때문에 속이 상했던 일을 떠올렸습니다. 모철수씨가 방문을 열어젖혔을 때 아버지는 어깨를 바짝 올리고,

바지를 한껏 추킨 채로 파리채를 빙빙 돌리고 있었지요.

"어떠냐, 채 뭐시기 같아 보이냐?"

아버지는 흡사 마임을 하듯 머리 위에서 손을 모아올리고 내리는 시늉을 해 보였습니다.

"배삼룡 같은데요."

잔뜩 굽은 어깨가 꼽추처럼 불룩 솟아 보여서 모철수씨의 얼굴은 구겨진 종이처럼 일그러지고 말았습니다. 고개를 절레절레 흔들며 부엌으로 돌아와버리고 말았지요. 한평생 아파트 경비로만 전전하던 아버지는 이삿짐 장비에 깔려 다리가 부러진 뒤로는 하루 종일 집 안에만 눌러앉아 있었습니다. 다리가 회복된 후에도 여전히 밖으로는 한걸음도 나갈 생각이 없는 것 같았어요. 금요일 저녁부터 주말 내내 이어지는 웨딩게스트로도 모자라 평일 밤의 장례 문상객으로까지 발품을 팔고 있는 모철수씨의 지친 얼굴을 아침저녁으로 마주하면서도 말입니다. 파리채를 돌리며 양복바지를 끌어올리는 꼴이라니, 모철수씨는 뒷목이 뻐근해져왔습니다. 도대체가 생각이 있는 사람이냐, 이 말입니다. 아버지가 먹다 남긴 라면 그릇에 젓가락을 가져다대며 모철수씨는 방에 대고 고함을 질렀습니다.

"이참에 콧수염도 기르지 그래요? 지팡인 내가 곧 마련해줄 테니까!"

통통 불어버린 라면에서는 아무런 맛도 느낄 수 없었습니다. 그러나 아버지는 열린 방문 사이로 고개를 잔밉게 늘여빼고는

156

"정말이냐?" 하고 흥분된 목소리로 대꾸하더군요. 모철수씨는
그저 울가망해져 두터운 면발을 후룩거릴 수밖에 없었습니다.

다시 식장으로 돌아가볼까요.

"세상이 어떻게 되려고 이러는지 모르겠어요. 자고 깨는 게
무섭다니까요, 요즘엔."

줄무늬넥타이는 쉬지 않고 떠들어댔습니다. 남자가 계속해서
자신을 주시하고 있는 것만 같은 기분에, 모철수씨는 긴장이 되
었습니다. 이대로 계속 줄무늬넥타이와 함께 붙어 있다간 에이전
시로부터 좋지 않은 얘기를 듣게 될지도 모르는 일이었으니까요.

"여, 오랜만이야. 잘 지냈나?"

마침 누군가 모철수씨에게 다가와 악수를 청했습니다. 선한
인상이었지만 머리숱이 적고 이마가 번들거려 은근히 나이 들어
보이는 인상의 남자였습니다. 올드보이라고 불러도 될지 모르겠
군요. 모철수씨는 때마침 찾아온 올드보이의 손을 탑삭 그러쥐
며 웃었습니다. 고교 시절의 야구부 이야기까지 들먹이며 반가
워했지요. 줄무늬넥타이는 아무렇지도 않다는 듯 자연스럽게 모
철수씨와 떨어져 다른 무리로 끼어들었습니다.

"포크볼이 죽여줬는데 말이지."

모철수씨는 싱글거리며 옛날을 추억했습니다. 모철수씨의 고
등학교엔 야구부 따위, 있지도 않았는데 말입니다. 신랑은 씨름
부원이라고 해도 믿을 만한 덩치였으나 모철수씨는 고교 에이급
투수였던 신랑의 포크볼에 타자 여럿이 나가떨어졌었노라고 제

멋대로 주절거렸습니다. 야구부원들의 이름을 일일이 거론하는 것도 모자라 삼 년 내내 불펜에서 몸만 풀다 정작 마운드에는 서보지도 못했던 불운의 투수 이야기까지 들먹였지요. 이에 그치지 않고 펜스를 가볍게 넘겼던 홈런 한 방으로 전국고교야구 선수권대회에 출전했던 것이 언제였던가에 대해 모철수씨가 고민하기 시작하자, 올드보이는 피곤한 듯 얼버무리며 이내 다른 무리에게로 가버렸습니다. 모철수씨를 주시하던 미스터 왕은 어느 샌가 사라지고 보이지 않았어요. 고개를 돌리자 줄무늬넥타이가 쉽게 눈에 띄었습니다. 낯모를 사람들과 악수를 하고, 어깨를 안고, 너털웃음을 짓고, 가짜 명함을 건네며 하객의 모션을 취하느라 바빠 보였지요.

모철수씨는 점점 뭔가 찝찝한 기분에 사로잡혔습니다. 진실로 그때가 언제였는지 헷갈리기 시작했던 것입니다. 고교 야구부의 전국대회출전이 거짓이라면, 그때가 언제인지 거짓된 날짜 역시 꾸며내야 한다고 생각했지만 머릿속에서는 도무지 단 하나의 숫자도 떠오르지 않았습니다. 아무 숫자나 지껄이고 말면 그만이었는데, 그럴수록 머릿속은 실타래가 풀리듯 헝클어지는 것만 같았어요. 모철수씨는 넥타이를 바로잡는 척하며 날선 구두코로 시선을 떨어뜨렸습니다. 먼지 하나 묻지 않은 말끔한 구두가 샹들리에의 조명에 반사되어 반짝거리고 있었습니다. 아무도, 그 누구도 진짜는 없는 이곳. 이름이 새겨진 명함마저도 가벼운 무게의 화장이자 가면인 이곳. 실체 없는 유령들이 웃고 말하고 숨 쉬는, 속이 텅 빈 웨딩게스트들이 부유하는 이곳. 이러다 종내 아무것도 기억할 수 없겠다, 라는 생각에 모철수씨는 조바심이 일었습니다. 그러나 할 수 있는 일이라고는 다만 두 눈을 감고 뻐근해진 뒷목을 주무르는 것뿐이었지요. 이제 곧 예식이 시작될 시간이었으니까요.

크게 숨을 몰아쉰 후, 모철수씨는 식장 안으로 들어갔습니다. 자리를 잡고 앉으니 줄무늬넥타이가 기다렸다는 듯 재바른 동작으로 바투 다가앉았습니다.

"신랑 입장."

사회자의 우렁찬 목소리에도 불구하고 식장으로 들어서는 신랑의 발걸음은 어딘지 모르게 우울하게 느껴졌습니다. 신부는 신랑의 등뒤에서 풍성한 백합다발로 배를 가린 채 상기된 표정으로 입장을 기다리고 있었습니다. 웨딩게스트들이 다소 작은 크기의 식장 좌석을 빼곡히 채웠음에도 불구하고 괜스레 어딘가 허전해 보였어요. 모철수씨는 표정 없는 얼굴로 손바닥이 닳도록 크게 박수를 쳤습니다.

"들었어요? 무슨 이유인지 뉴스에서는 잠잠한 것 같은데, 경계령 때문에 해외로 빠져나가려는 인파로 공항이 마비됐다는 소문이 파다해요."

줄무늬넥타이는 박수를 치는 사이사이 모철수씨에게 속삭였습니다. 오로지 경계령에 관한 것만이 그의 관심을 사로잡고 있는 듯 보였어요. 그는 여봇씨요 사나이를 찾아내기라도 하려는 사람처럼 고개를 늘여빼고 두리번거리기까지 했습니다.

"모르긴 몰라도 지금 여기 있는 사람들 전부 다 마음이 편하지만은 않을 거라고요. 얼른 끝나고 집에 가고만 싶습니다. 팔다리가 저릿저릿한 게, 영 이상해요."

이해할 수 없을지 모르지만 자신에겐 예전부터 여자의 육감 같은 것이 있었다며 줄무늬넥타이는 호들갑스럽게 말을 이었습니다. 공항이 마비되었다니, 드디어 사람들이 흥분하기 시작한 걸까요? 아니면 도로 한복판에서 다수의 채플린이 출현하기라도 한 것일까요? 그것도 아니라면 여봇씨요 사나이가 형언할 수 없이 빠른 속도로 사람들의 어깨를 두드려 어느 마을, 어느 도시 전체가 채플린화되기라도 한 것일까요? 온갖 매체를 통해 하루도 빠짐없이 채플린 소식이 전해졌으니 사회 분위기가 흉흉해지는 것은 어쩌면 당연한 일이었을 겁니다. 미처 보도되지 못한, 혹은 보도하지 않은 채플린들이 어디선가 한꺼번에 불태워지거나 바다 깊숙이 수장되고 있다는 난폭한 소문들이 입에서 입으로 전해졌을 정도니까요. 게다가 일부 상점들이 문을 닫기 시작하면서 생활필수품 사재기 열풍으로 민심은 더욱 술렁였습니다. 줄무늬넥타이 말대로 언제 어디서 여봇씨요 사나이가 어깨를 두드릴지 모른다는 두려움이 검은 안개처럼 도시를 잠뿍 뒤덮었습니다.

그럼 여기서 지난해 출판시장 점유율 1위에 올랐던 우수도서 저자들의 이야기를 함께 들어보시도록 할까요. 맨 처음 사람들의 주목을 끌었던 것은 종말론이었습니다.

'선과 악을 구분하는 것은 그 둘을 대립되는 영역으로 놓고 사유하는 데서 기인합니다. 하지만 저는 그렇게 생각하지 않아요. 선도 악의 범주에서 끝없이 순환하며 변주될 뿐이죠. 알겠습니까? 쉽게 말해 우리 인간은 존재 자체가 악이란 말입니다. 그런 인간들을 웃게 한 사람이잖아요, 채플린은. 고로 우리의 죄악은 너무도 커져버리고 만 것입니다. 명심하세요. 지구는 곧 멸망할 겁니다. 인간은 스스로 벌을 받아야만 해요. 다만 제가 한 가지 말씀드리고 싶은 것은, 금강산도 식후경인데 뭣 좀 먹고 인터뷰하면 안 될까 하는 것입니다.(『국민윤리와 식품영양학의 상관관계』의 저자 변지책 교수, 48세)'

이것은 테러다, 라는 주장 역시 많은 사람들의 공감을 얻었습니다. 누군가 음식이나 공기중에 독소를 넣었고, 면역력이 약한 사람들만이 그에 반응하는 것일 뿐 크게 걱정할 것은 못 된다고요. 곧 전국의 보건소와 병원은 예방 백신을 투여해달라는 사람들로 성황을 이루었습니다. 물론, 어떠한 백신을 투여하고 또 맞아야 하는지 아무도 알지 못했지만 말입니다.

'대기중엔 무수한 오염물질이 있는데 상당수가 인체에 유해하죠. 황사 바람을 타고 날아온 중금속은 물론이거니와 생활 습기로 인한 유해물질도 적지 않아요. 우리 몸은 한순간도 쉬지 않고 생활환경이나 음식, 공기 중에서 스며든 독소를 중화하고 배출하기 위해 노력하는데요. 면역력이 약해 이러한 독소들을 스스로 정화시키지 못한다면 채플린과 같은 참극이 일어나는 것입니다. 그런 의미에서 저희 회사 상반기 최고의 히트상품인 면역력 약화 다(多)보장 종신보험 좀 어떻게, 안 되겠습니까?(『보험 아줌마가 아니다, 생활설계사다』의 저자 명강희 여사, 59세)'

그러거나 말거나 재미로 일축해버리는 사람들도 있기는 있었습니다. 채플린은 채플린일 뿐, 좌지우지 되어야 할 이유는 어디에도 없다는 천하태평 족속들이랄까요. 오히려 그들은 여봇씨요 사나이가 도대체 누구일지, 그 정체를 파헤치는 데 더욱 큰 관심을 보였습니다. 그들은 인터넷에 사나이의 정체를 추적하는 내용의 소설을 만들어 올리고, 패러디 포스터도 꾸며 웃고 즐겼습니다. 심지어는 오프라인 모임을 만들고 채플린 코스프레로 가두행진을 벌인다는 계획까지 세웠다고 하더군요. 물론 그들 중 단 한 명도 거리로 뛰쳐나오지는 않았지만 말입니다.

'쥐, 쥐가 아닐까요? 손톱 발톱 주워 먹고 사람으로 똑같이 변신하는 영악한 쥐 말입니다. 예로부터 어른들께서는 깎은 손발톱을 함부로 버리지 말라고 하셨잖아요. 그러고 보니 손발톱엔 인간의 유전자가 모조리 응축되어 있다는 말을 어디선가 들어본 것 같아요. 그건 그렇고요, 이거 하나만 봐주실래요? 제가 만든 수제 채플린 복장 세트인데요. 인터넷으로 구만원에 팔고 있지만 특별히 칠만원에 해드릴게요. 중절모랑 지팡이도 같이 드리니까 물품수령자 만족도지수는 필히 별 다섯 개로 체크해주셔야 돼요.(『당신도 사장이 될 수 있다, e-마켓을 열자』의 저자

손수래 학생, 19세)'

신부입장에 이어 길고긴 주례사가 이어졌습니다. 누구라도 할 수 있을 법한 진부하고 식상한 주례사에 신랑 신부가 졸다 바닥으로 주저앉지 않는 것이 대견해 보였지요. 모스 부호라도 보내는 듯한 규칙적인 동작으로 줄무늬넥타이가 다리를 떨어댄 탓일까요. 모철수씨는 시나브로 알 수 없는 불안감에 휩싸였습니다. 지금 이 순간에도 종종거리며 집 안을 활보하고 있을 아버지가 떠올랐기 때문이었습니다. 그러나 예의 그 중절모와 지팡이를 껴안고 우줅이고 있겠거니 생각하자 왈칵 화가 치밀어 견딜 수가 없었어요.

여봇씨요 사나이가 나타난 뒤로 방송은 쉴새없이 속보를 내보냈습니다. 신문이나 잡지, 인터넷 등 모든 매체가 채플린으로 도배되었지요. 정치와 경제, 사회와 문화 모두가 사람들의 관심 바깥으로 밀려난 것은 당연한 일이었습니다. 경계령이 발발하기까지 약 한 달여의 시간 동안 채플린은 화제가 되었고, 유행이 되었다가는 마침내 공포가 된 게 분명하다고, 모철수씨는 생각했습니다.

아버지는 전국에서 발견되는 무수한 채플린들을 바라보며 웃고, 또 울었습니다. 방바닥을 내려치며 껄껄거리는 모습이 낯설었지만 그에 적응할 새도 없이 아버지는 이불을 부여잡고 눈물을 흘렸어요. 수염을 깎지 않은 탓에 코밑은 희끄무레하고, 발목 위로 짧게 줄인 양복바지는 가슴까지 끌어올려입고, 어디서 얻어왔는지 식탁이나 화장실에서조차 중절모를 벗지 않는 아버지를 대체 어떻게 받아들여야 한단 말입니까.

"정말 왜 이래요!"

지팡이를 빙빙 돌리며 방으로 들어가서는 문을 잠가버린 아버지를 향해 모철수씨는 울음을 토하듯 소리쳤지만 달라지는 것은 아무것도 없었습니다. 아버지가 배삼룡 흉내를 낸 그 다음날, 홧김에 정말로 지팡이를 사다준 것 역시 후회했지만 부질없는 일이었어요. 성질도 내보고, 어르고 달래도 봤지만 서른의 아들보다도 더 센 완력으로 지팡이를 쥐고 내놓지 않는 데야 두 손 두 발 다 들 수밖에요. 그러는 동안에도 숨은 쉬되 석고상처럼 몸이 굳어버린 채플린들은 계속해서 발견되었습니다. 집에서, 학교에서, 산과 바다에서, 길거리와 커피숍에서, 살아 있는 시체들이 속출했습니다. 그래요. 온통 채플린, 채플린뿐이었습니다. 그럼 이쯤해서 어젯밤 '여봇씨요 경계령'이 발발되기 바로 직전에 방영된 뉴스 속보를 짧게나마 들어보도록 할까요.

'네, 저희 극단 소속이 맞습니다. 정확히 말하면, 단원이라기보다는 개그맨이 되게 해달라고 찾아와서는 구정물을 뒤집어쓰고 청소를 해댄 지 꼭 석 달째 되는 아이죠. 하지만 기왕지사 일이 이렇게 된 바에야, 저희 극단의 명예 단원으로 위촉하는 파격적인 결정을 내리겠습니다. 정말이지 이 아이는 착한 아이였다는 것을 제가 보증합니다. 그런데 설마 문서로 작성해달라는 요구는 하지 않으시겠지요? 마누라가 보증은 절대 안 된다며 가위를 들고 국민체조를 해대는 통에…… 아, 아닙니다. 제 말의 요지는 저희 극단의 법 없이도 살 아이가 바로 이 아이였다, 뭐 그런 뜻입니다.(대학로 어느 공연장 남자화장실에서 대걸레를 빨다 쓰러져, 똥 싼 바지로 달려들어온 극단 주인에게 발견된 채플린 52 변기로군, 17세)'

'고조, 이 에미나이는 일평생을 내게 봉사하며 살았시오. 제 이름이 춘자나 점례, 복녀가 아닌 게 어디마고, 고조 이 에미나이 단군 이래 다시없을 대단히 긍정적인 녀성이었는데, 이리 숭악하게 황천길 떠나갈 줄은 꿈에도 생각지 못했던 일이었슴매. 이거이 그짓부렁일 수만 있다문 내 금강산에 땅굴을 파래도 여한 없이 파갔시오, 동무.(뒷마당에서 뚝배기에 된장을 퍼담다 쓰러져, 헤어진 가족 상봉 프로그램 보며 눈물 흘리던 남편에게 발견된 채플린 189 연봉춘 주부, 62세)'

'저희들이 무슨 머리깨나 썼을까봐 그러시는가 본디, 아니어유. 이번 상가번영회의는 그저 시원한 수박이나 두툼히 쪼개 먹으며 해볼까, 그런 소박한 마음에서 비롯된 계획이었슈. 물론이다가 알콜이 도수별로 옵션이긴 했구만요. 그치만 버스 뒤꽁무니가 방귀를 내뿜기도 전이었어유. 저희들은 맹세코, 암 짓도 안 했슈. 그냥 지 혼자 버스를 타면 신청곡을 받는다, 으쩐다 아주 종합선물세트로 설레발을 치더니만 그 산만한 덩치가 고새 고꾸라져버린규. 참말이유.(내장산 야유회 출발 직전에 노래방에서 마이크를 챙겨나오다 쓰러져, 손님이 수선 맡긴 옷을 다려입고

나온 세탁소 여자에게 발견된 채플린 432 노박수 사장, 46세)'

'내 생애 그렇게 신기한 여자는 처음이었소. 일생을 직각으로 살기 위해 노력했던 여자라고나 할까. 인사를 할 때도, 물건을 들거나 내려놓을 때도, 잠을 잘 때도 여자의 몸은 직각이었지요. 직각, 오로지 직각밖에 없는 듯 보였소. 꽁초를 버릴 때 직각으로 부러뜨려 버리는 건 예사였고 말이오. 심지어는 밤일을 치를 때도 다리가 직각으로 벌어졌다면 믿을 수 있겠소? 아니 이런 융통성 없는 양반을 봤나. 그저, 그저 소문이 그랬다는 얘기요. 그치 말귀 한번 어둡네.(퇴근 후 홀로 사무실에 남아 복사기를 고치다 쓰러져, 청춘을 바쳐 이 나라의 인재양성, 그리고 자신의 정력양성에 힘쓴 교장에게 발견된 채플린 877 유성애 서무과 직원, 40세)'

'현장은 어떻습니까, 하고 아나운서가 물었는데 아무 소리도 안 들렸습니다. 분명히 페이퍼엔 이웃주민의 이야기를 들어보시 겠습니다, 라고 써 있었는데 말이죠. 그래서 카메라를 보니 이미 쓰러져 있더라 이 말입니다. 데스크에선 연거푸 기자 이름 불러 대죠, 생방송이니 카메라 계속해서 돌아가죠, 꼭지가 돌아버리 는 줄 알았습니다. 그뿐인 줄 아세요? 그 와중에 마이크맨도 뒤로 나자빠지더란 말입니다. 이건 분명, 내부소행입니다. 범인은 우리 가까이에 있어요.(생방송 뉴스 도중에 급작스럽게 쓰러져, 현지 담당 카메라맨에 의해 발견된 채플린 1366 조민중 기자, 31세, 채플린 1367 한소리 마이크맨, 29세)'

뜨거운 물이라도 엎지른 것처럼 사람들은 허둥대기에 바빴습니다. 실소를 머금은 채 까딱까딱 고개를 젖히며 유유히 전국을 활보하고 있을 여봇씨요 사나이. 그를 상상하는 순간조차 어디선가 딱딱하게 굳어버린 채플린들이 여기서 쿵, 저기서 쿵, 하고 쓰러지는 소리가 들려오는 것만 같았습니다.

이 이야기는 대체 어떻게 되려는 걸까요.

"끔찍해."

모철수씨는 맥없이 중얼거렸습니다.

"바로 그겁니다. 끔찍한 재앙. 물고기가 흰 뱃가죽을 내놓고 떼죽음을 당해도 눈썹 한 올 꿈틀거려본 적이 없는데 눈앞에서 당장 사람이 고꾸라지니 이거야 원."

줄무늬넥타이가 히죽거리며 말을 받았어요. 모철수씨는 대꾸 없이 고개를 들었습니다. 신랑 신부가 뒤돌아서는 모습이 눈에 들어왔습니다. 이제 예식은 마지막 행진만을 남겨두고 있었습니다. 웨딩게스트들은 함박웃음을 지으며 폭죽을 터뜨릴 준비를 시작했습니다. 모철수씨도 엉거주춤 자리에서 일어났습니다. 무덤덤한 표정의 신랑과는 달리 신부는 잔뜩 상기된 듯 발그레한 얼굴로 시선을 부케로 내려뜨렸습니다. 이내 경쾌한 피아노 연주가 식장 가득 울려퍼졌지요.

"자, 사진을 찍어야 하니까요. 친구 분들께서는 앞으로 나와주세요."

예식이 끝나고 사진촬영이 시작되자 스피커를 통해 잔잔한 바이올린 선율이 흘러나왔습니다. 분주히 걸음을 옮기는 웨딩게스트들의 틈에 밀려 모철수씨도 줄무늬넥타이 옆으로 걸어가 자리를 잡았습니다. 펑, 플래시가 터지는 순간 모철수씨의 두 눈 가득히 눈물이 고여들었습니다. 딱히 이유랄 것도 없었습니다. 그저 막막하고 답답한 기분에 휩싸였을 뿐이었는데 금방이라도 재채기가 나올 듯 자꾸만 콧등이 시큰거리고, 미간이 조여들었어요. 바싹바싹 마르는 입술을 깨물며 고개를 숙이자 툭, 툭, 가슴께가 점점이 진한 색으로 물들었습니다.

"왜 그래요?"

줄무늬넥타이가 의아한 표정으로 물었습니다.

"아뇨, 열이 좀……"

모철수씨는 뺨을 훔쳐때리듯 눈물을 닦아내며 고개를 들었습니다. 하지만 머릿속에서는 양복바지를 한껏 끌어올린 채 지팡이를 돌려대는 아버지가 우스꽝스러운 몸짓으로 어딘가를 향해 걸어가는 뒷모습만이 끊임없이 재생, 반복되고 있었어요. 볼품없을 정도로 비쩍 마른 왜소한 체구와 가여울 정도로 굽어 있는 아버지의 등이 지금 이 자리에 서 있는 모철수씨의 모습을 억울하게 만드는 것 같았습니다. 뉴스에 등장하는 목격자들의 진술도 더불어 귓가에서 뱅뱅 맴을 돌았습니다. 펑, 다시 한번 플래시가 터졌습니다. 반짝이는 샹들리에로 수놓아진 웨딩홀에서 난생처음 보는 신랑 신부의 곁에 선 채 친구인 양 사진을 찍고 있는 모습이라니요. 그 동안 찍어댄 얼마나 많은 '나'들이 기억도 나지 않는 어느 부부의 결혼앨범 속에서 먼지에 질식해가고 있을까요. 못내 우습고도 서글퍼서 견딜 수가 없었습니다.

"그럼 전 가보겠습니다. 수고 많으셨어요, 오늘."

줄무늬넥타이는 가볍게 고개를 숙이며 미소짓고는 뒤돌아섰습니다. 모철수씨는 망연자실 서 있다가는 불에 덴 듯 황급히 줄무늬넥타이를 쫓아가 붙잡아세웠습니다.

"이봐, 당신은 왜 이 일을 하지……?"

줄무늬넥타이는 고개를 갸웃거리다가는 떡밥을 문 고기처럼 입을 벌렸습니다.

"이제야 말을 놓기로 한 겁니까?"

"대답을 해."

"뭐, 좋아요. 일단은 돈이 되니까. 나라고 뭐 여봇씨요 사나이로부터 도망가고 싶은 마음이 없는 건 아니지만, 한 주 놓치면 또 한 주 기다려야 하잖아요. 난 평일엔 이따위 일을 하고 싶은 마음이 눈곱만치도 없으니까. 이건 부업이거든요. 평일엔 사업 자금을 융통하기 위해 두툼한 허리의 사모님들 좀 간간히 만나 드리고 있는 중이에요. 이래 봬도 투잡족이라 이겁니다. 경계령이 께름칙하지 않은 건 결코 아니지만."

"왜, 이 일을 하지?"

모철수씨가 고개를 들지 않고 다시 물었습니다.

"말했잖아요."

줄무늬넥타이는 두 눈을 멀뚱거리며 모철수씨를 바라보았어요.

"돈 말고. 돈이 이유라면 제발 그건 말고."

"글쎄…… 이 일도 나름대로 재미있다면 재밌거든요. 모르는 사람들 사이에서 아닌 척, 혹은 아는 척, 거짓말을 꾸며대야 하는 일이잖아요. 교양이니 윤리니 하는 판에 잘 차려입은 사람들이 모여서 주말 짬짬이 이런 사기극을 펼치는 것도 알게 모르게 스트레스 풀리는 일이라고요. 인생 뭐 있나요. 굳이 살아야 한다면 좀더 긍정적으로 살아야죠."

"나는 말이야. 자꾸만 내가 가짜란 사실이 끔찍해."

하객들이 빠져나가기를 기다리며 모철수씨는 잠시 의자로 돌아와 앉았습니다. 줄무늬넥타이는 다다귀다다귀 붙어서 몰려나가는 사람들로 인해 번잡한 출입구 쪽을 바라보았습니다. 그러고는 어쩔 수 없다는 듯 더덜뭇하게 의자에 엉덩이를 붙였습니다.

"가짜 맞잖아요. 적어도 이곳에서는."

"그래, 이곳. 그런데 이곳이라는 그 경계가 자꾸만 모호해진단 말씀이야."

"경계?"

"자꾸 희미해져. 전국에서 사람들이 쿵, 쿵, 하고 쓰러질 때마다 한 뼘씩, 한 평씩, 경계가 확장돼. 도시 전체가 위선이고 허울이고 가짜 같아."

"채플린 말씀이시군요. 다들 불안해하고 있어요."

"있지…… 난 내가 열네번째 사람은 되겠거니 하고 여태껏 생각해왔어. 그 옛날 프랑스 파리에 있었던 직업이지. 사교 모임에 참석한 인원이 열세 사람인 경우, 사람들은 그 불길한 숫자를 메우기 위해 열네번째 사람을 부르곤 했거든. 그러면 열네번째 사람은 모임에 적절한 복장을 하고 신속히 참석해주는 건데, 그들은 집에 간판까지 달아놓고 그 일을 했다고 해. 돈벌이가 꽤 좋았다지, 아마."

"그것 참 흥미로운데요."

"그런데 지금 생각하니 내가 하고 있는 이 일은 그런 의미 있는 직업조차 못 되었단 말씀이야."

"그러면요?"

"뭐랄까…… 유실물 같아."

"유실물이요?"

"그래. 유실물은 있지만 없는 존재나 마찬가지지. 나는 내가 꼭 어느 지하철 유실물 보관상자에 널브러진 웨딩홀 안내 포스터 같은 생각이 든단 말이야. 그럼 난 상자에 누워 곰곰 생각하겠지. 나를 잃어버리고 간 당신, 나를 여기에 놓아두고 간 당신, 누구십니까."

모철수씨의 고개가 자꾸만 아래로 떨어졌습니다. 줄무늬넥타이는 조급한 표정으로 웨딩홀 출입구만 바라보았습니다. 웨딩게스트들이 빠져나간 탓에 식장은 한산해 보였지요. 예식이 끝난 홀 안에는 더이상 클래식음악이 아닌 잡음을 동반한 라디오프로그램이 이어지고 있었습니다. 딱딱한 음색의 아나운서가 내용을

알 수 없는 뉴스를 삭둑삭둑 읊어대고 있다는 것만이 예상될 뿐
이었어요.

"나는 왜 여기에…… 응?"

모철수씨는 물감이 풀어지듯 바닥에 스륵 몸을 뉘었습니다.
붉은 벨벳의 카펫이 참으로 보드랍고 포근하게 느껴졌습니다.
줄무늬넥타이는 주저앉은 채로 모철수씨의 어깨를 쥐고 흔들다
더이상은 어떻게 해볼 도리가 없다는 듯 일어섰습니다.

"미안하지만 먼저 가보겠습니다. 몸 좀 추슬러서 일어나세요.
저는 어서 집으로 가야지 몸이 달아 안 되겠어요."

줄무늬넥타이의 구둣발 소리가 아득하게 멀어져갔습니다.

"내가 왜 이곳에…… 응?"

모철수씨는 공벌레처럼 몸을 웅크리다 종내 너털웃음을 지었
습니다. 그러다 불현듯 아버지는 무엇을 하고 계실까, 집에 계시
기는 할까, 하는 의구심이 일었지요. 하지만 이내 눈을 감아버리
고 말았습니다. 술을 먹지도 않았는데 순간적으로 얼굴에 열꽃
이 피며 취기가 오르는 것만 같았어요. 기분이 좋아지는 것은
물론이었고, 리듬을 타듯 혼잣말도 흥얼거리기 시작했습니다.
절규와 다를 바 없는 사람들의 처절한 응원소리가 모철수씨의
몸을 뒤흔들었어요. 구회 말 투 아웃 동점, 주자 만루의 상황에
서 마운드에 오른 모철수 선수, 글러브를 낀 손에 땀이 차오릅
니다. 이미 타석에 들어서서 자세를 잡은 타자는 모철수 선수의
글러브만을 뚫어져라 바라보고 있습니다. 직구? 커브? 한두 번

의 가벼운 볼은 여유 있게 노려볼 수도 있지만 야구경기란 단 하나의 공만으로 승패가 결정될 수 있는 법 아니겠습니까. 질 것 같다가도 이기고, 이길 것 같다가도 지는 게 야구니까요. 지 금으로선 공 하나에 모든 세포의 신경을 곤두세울 수밖에 없습 니다. 타자는 다부지게 배트를 쥐고 있지만 모철수씨가 투구폼 으로 전환함과 동시에 그것을 바짝 끌어당겨 번트를 노릴 것이 분명하니 말입니다. 양 팀의 응원은 더욱 거세집니다. 사람들의 몸이 휘어졌다 다시 일어서고, 손때 묻은 오징어다리들이 소주 병을 껴안고 나뒹굽니다. 모철수 선수의 얼굴이 전광판에 나타 납니다. 모철수! 모철수! 사람들이 모철수 이름 세 글자를 외치 며 열광하기 시작합니다. 야구는 인생이다, 이게 바로 또 평소 모철수 선수의 신념이자 철학이 아니었던가요? 그래요. 모철수 선수는 매회, 최고의 속력으로 공과 어깨와 인생을 던지고 있다 이 말인데요. 자, 어떻게 될까요. 투수, 와인드업. 긴장되는 순간 입니다. 모철수 선수, 던지나요? 던지나요?

오로지 고요와 침묵만이 가득할 그 순간에 모철수씨의 눈이 번득 떠졌습니다. 바닥에 널브러진 자신 외에 식장엔 아무도 남 아 있지 않았고, 반짝이던 상들리에의 조명도 꺼져버려 발밑을 분간할 수가 없었습니다. 다만 주파수가 제대로 맞지 않는 듯 지직거리는 라디오의 소음만이 어두운 식장 안을 메우고 있을 뿐이었습니다. 모철수씨는 축축한 카펫을 손으로 짚고 온 힘을 다해 몸을 일으켰습니다.

"앞으로의 나는, 있습니까? 예, 아니오, 예, 아니오."

모철수씨는 이제 어느 곳으로, 화살표 같은 두 발을 움직여야 하는 것인지 고민하기 시작했습니다. 집으로, 아니면 또다른 세계로? 징검다리를 건너듯 예식장과 예식장 사이로? 피식, 헛웃음을 지으며 모철수씨는 구겨진 양복을 손으로 탁탁 털어냈습니다. 식장은 이미 텅 비어 스산한 냉기만이 흐르고 있었으나 모두들 어디로 가버린 것인지 도무지 알 수가 없었습니다.

수조 안의 물풀처럼 모철수씨가 휘우듬히 기운 바로 그때에 놀랍게도 라디오에서는 또렷한 목소리를 흘려보내기 시작했습니다. 볼륨이 작아서 잘 알아들을 수는 없었지만 또 한 명의 채플린이 발견되었다는 내용임엔 틀림없어 보였습니다. 모철수씨는 목울대가 저리도록 마른침을 삼키며 스피커 쪽으로 다가갔습니다.

그럼 이제 모철수씨와 함께, 목격자의 증언을 들어볼까요.

'나랑 얘랑 같이 채플린이 신었던 신발을 비슷하게 만들어 팔았거든요? 인터넷으로 팔았는데 정말이지 불티나게 팔렸어요. 우리는 그야말로 벼락부자가 됐단 말입니다. 근데 얘가 자꾸만 이상해지는 거예요. 진짜 채플린이라도 된 것처럼, 콧수염을 기르고 중절모를 사서 쓰고 다녔어요. 바지도 최대한 끌어당겨서 입고, 지팡이도 빙글빙글 돌리고요. 그만두라고 해도 멈추질 않았어요. 그런데 얼마 전엔 이상한 말을 하더라고요. 자기가 진짜 채플린이라나요. 애초부터 진짜 채플린은 없었는데, 자기가 이제 진짜 채플린이 되었다고 말이에요. 진짜 채플린도, 또다른 진짜 채플린을 흉내냈던 거래나 뭐래나요. 말도 안 되는 소리죠.(비 오는 날 장화로도 신을 수 있는 채플린 구두를 단돈 구천구백원에 팔다 지하철역에서 쓰러져, 영업을 끝내고 돌아오던 동업자이자 절친한 십년지기에게 발견된 채플린 17999 구영대 고교 중퇴, 22세)'

모철수씨는 다릿심이 풀려 바닥에 주저앉았습니다. '아버지'하고 더듬더듬 중얼거리며 그는 벽에 손을 짚었습니다. 그러고는 출입구를 향해 왜틀비틀 걷기 시작했어요. 그러나 모철수씨가 식장을 빠져나가려는 찰나, 누군가 다가와 그의 어깨를 가볍게 두드렸습니다.

"여봇씨요."

모철수씨는 붙박인 듯 그 자리에 멈춰 섰습니다. 머릿속이 새하얗게 얼어붙는 것만 같았습니다. 어디선가 "아웃!"과 "세이프!"를 외치는 소리가 추억처럼 아련히 밀려와 두 귀를 휘감아 돌았는데요. 그와 동시에 고교 시절 펜스를 가볍게 넘겼던 홈런 한 방으로 전국대회에 출전했던 것이 도대체 언제였던가에 대한 고민이 또다시 밀려들었고, 작은 수첩을 쥔 미스터 왕은 화환 뒤에서 나에 대해 대체 무엇을 기록해넣은 것인지 걱정스러워졌고, 지금 이 시간에도 어디선가 야구경기의 전략시뮬레이션을 구상해내고 있을 에이전시 사장은 분명 야구가 아닌 씨름선수였을 거라는 근거 없는 확신이 샘솟았고, 캄캄한 새벽에 잠근 방문을 열고 나와 빳빳이 다려진 검은 턱시도를 입고 집을 나선 사람이 기어이 내 아버지였나 하는 절망감이 엄습했고, 신발을 꿰어 신고 나가며 아버지가 빙글빙글 돌렸던 것은 지팡이가 아니라 어린이용 낡은 야구배트였다는 게 이제 와서야 떠올랐고, 기억도 나지 않는 유년의 어느 날 그것을 사다 안겨주며 "베이브 루스가 714개의 홈런을 칠 수 있었던 이유는 1390개의 삼진 아웃을 당했기 때문이다. 삼진 아웃을 두려워하지 않는 것, 그게 바로 내 아들의 인생이 될 것이다"라고 말해준 사람이 정녕 아버지였나 하고 곱씹을수록 우울해졌고, 그렇다면 그 망할 아버지를 버리고 채플린을 선택한 더더욱 망할 아버지는 언제 다시 내게 돌아올까 생각하니 통제할 수 없는 분노로 전신이 떨려왔고…… 믿기지 않겠지만 이것이 모두 "여봇씨요"라는 말을 듣는 순간 모철수씨에게 다가든 혼란스러움이었습니다. 모철수씨는 과연 어떻게 되는 걸까요.

쉿, 이야기는 이렇게 끝이 납니다.

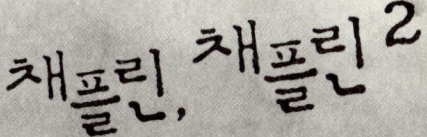

채플린, 채플린 2

잊지 말아요.

　　　　달은 한시도 쉬지 않고 지구의 둘레를 돌고 있다는 걸.

그러니 무엇을 잊거나 혹은 잃어버렸다고 해서 상심해서는 안 돼요.

　　그것 또는 그들은 분명, 달에 있을 테니까.

좋습니다, 이야기를 계속해볼까요.

예식장에 쓰러진 채로 발견된 웨딩게스트 모철수씨를 마지막으로, 채플린 행진곡은 막을 내렸습니다. 사람들은 약 한 달가량 지속된 채플린 바이러스로 공포에 떨었고, 쏟아지는 시쳇더미 속에서 정신을 잃은 채 우왕좌왕하기에 바빴으나, 어찌된 일인지 더이상의 채플린 사건은 일어나지 않았습니다. 정부와 경찰청은 아무런 대안도, 정책도 내놓지 못했지만 '여봇씨요 경계령'이 발발된 직후에 여의도의 한 예식장에서 출현한 채플린 모철수씨를 마지막으로 더이상 아무런 사건 사고가 일어나지 않자, 의기양양하게 기자들의 인터뷰를 받아내기에 바빴습니다.

"대한민국 경찰청, 이 정돕니다 여러분. 여봇씨요 사나이 스스로 자취를 감추게 만든 저희 경찰청, 믿어주세요."

흥분으로 인해 어깨를 들썩이는 경찰청장의 모습이 텔레비전을 통해 거듭 방송되었지만 대다수 시민들의 얼굴은 그다지 밝지 못했습니다. 여봇씨요 사나이가 정말로 사라졌는지에 대해 확신을 가질 수가 없었다고나 할까요. 그러나 더이상의 채플린은 발견되지도, 목격되지도 않았습니다. 한 달의 시간이 흐르고 나서야 사람들은 여봇씨요 사나이가 가뭇없이 사라졌다는 사실을 받아들였습니다. 물론 사람들은 여전히 매시 매분 매초 자신의 전후좌우를 살피고 움직이는 경계태세를 늦추지 않았지만 점차 조심스럽게 각자의 일상으로 되돌아갔습니다. 여봇씨요 사나이와 채플린의 출현으로 기진맥진해져버린 사람들, 그에 더해 자신의 가족 혹은 친구, 연인, 지인들이 채플린화되어버린 사람들은 오래도록 충격과 슬픔에 휩싸였으나 그들 역시 점차 사람들의 위로와 안타까움 섞인 관심 바깥으로 멀어져갔습니다.

"여봇씨요."

"네?"

어깨를 톡톡 두드리는, 알 수 없는 누군가의 가벼운 손길에 의해 콧수염이 매달리고, 바지가 풍선처럼 가슴까지 부풀어오른 채 쓰러져버린 약 이만여 명의 채플린들. 그들은 그렇게 사회와 사람들에게서 더이상 떠올리고 싶지 않은 끔찍한 기억이자, 다시는 되풀이되어선 안 될 사건으로 자리 잡아가는 듯 보였습니다.

하지만 언제나 그래왔듯 이야기는 계속되는 법입니다.

서울역에서 쓰러져 병원으로 이송되었던 신용불량자, 그의 정체를 추적하기 위해 서울역에 기거하는 사람들을 밤낮으로 쫓아다녔던 어느 방송국의 이름 모를 프로듀서를 기억하십니까? 그의 활약으로 인해 여봇씨요 사나이에 대한 단서가 드러나고, 신용불량자는 채플린 1로 명명되었는데 설마 잊지는 않으셨겠지요. 그 공로를 인정받아 프로듀서는 타 방송국 다큐 프로그램의 부장으로 스카우트되었습니다. 그러고는 여봇씨요 사나이가 사라진 지 꼭 반년이 흐른 후에 그는 〈여봇씨요 사나이— 이제는 말할 수, 도 있지 않을까〉라는 제목의 다큐멘터리를 방송했는데요.

이야기는 바로 이 지점에서 다시 시작됩니다.

여봇씨요 사나이로 인해 온 사회가 공포에 떨었던 그때 이미 그에 대한 온갖 추측은 난무했었던 바, 이제와 재차 거론하여 여러분께 지루함을 안겨드리지는 않겠습니다. 그러나 사람들은 정말이지 여봇씨요 사나이가 누구인지에 대해 궁금하게 생각했습니다. 그와 관련된 이야기들이 다시금 쏟아져나온 것은 어찌 보면 당연한 현상이라고도 할 수 있을 것입니다. 입에서 입으로 퍼져나가는 이러저러한 소문들은 더더욱 여봇씨요 사나이의 신출귀몰한 행적을 부풀리고, 그에 관한 온갖 루머들을 쌓아올렸습니다. 하지만 소문으로 인해 우리들의 이야기는 풍성해지고 시간이 더해지면 더더욱 알이 꽉 찬 밤송이처럼 어느 순간 탁, 하고 터져 속내가 드러나는 법이지요. 그럼 여기서 프로듀서가

야심차게 기획하고 직접 취재해 완성한, 다큐멘터리 속의 내용들을 잠깐 들려드리겠습니다. 일을 진행시키는 데 있어 '무조건 돌진'보다 더 훌륭한 것은 없다고 자부하는 프로듀서, 그의 전력을 통해 이미 예상하셨겠지만 그는 오로지 카메라 하나만 들고 사람들을 찾아다니는 끈질긴 집념의 소유자였습니다. 그가 여봇씨오 사나이의 정체를 밝혀내기 위해 처음으로 찾아간 곳은 바로 정신병원이었습니다.

'혹이 있는 아저씨는요, 나쁜 사람 아니에요. 아, 혹이요? 아저씨는 자기 말고도 꼽추를 보게 되면 절대 꼽추라고 부르지 말고 혹이 있는 사람으로 부르라고 했거든요. 그래야 예의 바른 호명이라고 말이에요. 아무튼 우리 병원에서는 아저씨의 혹을 만지면 행운이 온다는 말이 있을 정도로, 아저씨는 유명했어요. 그러다 어느 날 갑자기 사라져버려서 혹시 채플린이 된 게 아닌가, 하고 모두들 놀랐는데 그랬다고 보기엔 병실이 너무도 잘 정돈되어 있었어요. 또 애초에 아저씨가 병원에 입원한 것도 스트레스성 강박증 때문이었지 무슨 큰 문제가 있어서 그랬던 것은 아니었거든요. 강박증이요? 하루 종일 자신의 혹을 닦아대는 일이었답니다. 남들보다 조금 더 깨끗한 게 그렇게 커다란 문제는 아니잖아요?(말씀대로 이제는 가슴이라고 안 하고 목 아래 두 개의 둥근 공이라고 부를게요. 그게 더 예의 바른 호명이라고 하셨잖아요. 그러니 그만 돌아오세요, 혹이 있는 아저씨. 언덕 위의 하얀 집 조간호사, 26세)'

'아유, 그 아저씨요? 달처럼 소심하기 그지없었어요. 하루에
도 수백 번은 입 모양이 바뀌었어요. 이 말에도 실쭉, 저 말에도
샐쭉. 비위 맞추느라 참 힘들었다니까요. 그것만 빼면 꽤 괜찮은
사람이라고 할 수 있어요. 처음에야 변태성욕자로 끌려들어왔던
터라 주사시간이면 가위바위보로 편을 갈라 이인 일조로 병실에
들어가고 그랬지만, 사실 금방 친해졌지요. 간호사는 자기 취향
이 아니라나, 어쩼다나. 안심이 되기도 했지만 한편으론 화가 나
는 일이어서, 우리는 아저씨 앞에서 옥신각신 시비를 논하고 그
랬어요. 그래 봤자 아저씬 끝까지 고집을 꺾지 않았지만 말이에
요. 그러다 어느 날 갑자기 사라져버려서 혹시 채플린이 된 게
아닌가, 하고 모두들 놀랐는데 그랬다고 보기엔 스타킹이랑 거
들까지 꼼꼼히 챙겨입고 나갔더라고요. 그 아저씨가 여봇씨요
사나이가 아닐 거라는 제 말, 충분히 이해하시겠지요?(아저씨가
없어져서 당직시간에 란제리 홈쇼핑 보는 게 지루해졌어요. 아
저씨는 곁눈질로 딱 한 번만 보고도 외국 모델들의 신체 사이즈
를 알아맞히고 그랬잖아요. 그러니 그만 돌아오세요. 오늘도 내
일도 해 뜨는 집 석간호사, 22세)'

'그 아저씨는 하루에도 몇 번씩 괴성을 지르곤 했어요. 우리
가 "하나 둘 셋, 지금이야" 하고 말하면 여지없이, 아저씨가 벨
을 눌러댔지요. 그러다가 능갈맞게 달려가면 항상 속옷 바람으
로 화장실에 쭈그리고 앉아 변기 속을 들여다보고 있는 아저씨
를 발견할 수 있었어요. 아저씨는 내 어깨를 흔들면서 "내가 벌

레를 낳았다, 벌레를 낳았어, 이것 봐 나는 외계인이야!" 하고
소리쳤어요. 손아귀 힘이 어찌나 센지 그런 날엔 항상 어깨에
멍이 들었지요. 그 아저씨가 정말로 벌레를 낳았냐고요? 아니
요, 무슨 재주로요. 제 눈엔 그저 파리나 바퀴벌레 같은 것들이
변기 안에 둥둥 떠 있을 뿐이었는데, 아저씨는 닭똥도 아니고
닭알만한 눈물을 뚝뚝 흘리면서 끝까지 자기가 배 아파 낳았다
고 우겨댔어요. 뭐, 바깥에서도 하루 종일 소리를 질러대서 이웃
들의 신고로 이곳에 들어왔다고 하더라고요. 우는 거 보면 마음
이 아팠지만, 별수 있나요. 그러다 어느 날 갑자기 사라져버려서
혹시 채플린이 된 게 아닌가, 하고 모두들 놀랐는데 그랬다고
보기엔 잊지 말고 챙겨드십사 가져다드린 구충제 한 박스가 말
끔히 사라져 있었어요. 아무튼 그 아저씬 절대 여봇씨요 사나이
가 될 수 없는 아저씬데, 말하고 보니 이 아저씨 웃기셔, 정
말?(혹시 눈 씻고 벌레 한 마리 찾을 수 없어 나가버린 건가요?
이젠 병원이랑 병실 구석구석 방역하지 않을게요. 또 열에 한
번은, 아저씨가 벌레를 낳았다는 산고의 고통도 치하해드릴게
요. 그러니 그만 돌아오세요. 언제나 반짝이는 거리의 집 주간호
사, 25세)'
　　잠시라도 틈을 놓치면 '어머, 안 돼요!' 라든가, '거기 서지 못
해요!' 라고 소리를 지르며 간호사들이 자리를 떠버리고 말았기
때문에 촬영 내내 프로듀서가 겪어야 했던 고충은 남다른 것이
었습니다. 그러나 병원에서 탈출한 정신이상자는 아닐까, 하는

짧은 생각만으로는 여봇씨요 사나이의 정체를 밝혀내기에 요령 부득이었다고나 할까요. 주말 저녁, 두 시간 분량의 특집으로 편성된 다큐멘터리는 더 볼 것도 없이 고난의 행군으로 가득 차 있었습니다. 그는 정신병원 탐방도 모자라 전국 방방곡곡의 고물상과 쓰레기매립지를 죄다 찾아다녔고, 종국엔 울릉도를 거쳐 독도에 도착한 뒤 보무도 당당하게 태극기를 꽂고 나서야 서울로 돌아왔으니까요. 그러나 더욱 흥미로운 것은, 다큐멘터리가 방영된 이후에 벌어진 일들이었습니다. 여봇씨요 사나이를 찾아내고야 말겠다는 집단적 움직임이 사회 곳곳에서 일어나 화제가 되었던 것이지요. 그럼 여기서 잠시 그 이야기를 짤막하게나마 짚고 넘어가지 않을 수 없겠습니다.

가장 즉각적으로 여봇씨요 사나이의 정체를 밝히고자 노력했던 이들은 이 시대 강인한 남성들의 표상, 바로 '새 시대를 건설하는 힘, 대한민국 지역사회공동체를 위한 총력협의회(이하 총협)'였다고 전해집니다. 그들은 전국에 산재해 있던 각 파의 우두머리들을 소집하여 대책회의를 마련했고, 정확히 일주일 후 전국구·지역구 회원들을 모아 동시에 궐기대회를 열었습니다. '우리는 같은 사나이로서 여봇씨요 사나이를 수치스럽게 여긴다, 정의의 이름으로 여봇씨요 사나이를 용서하지 않겠다'와 같은 요지의 성명서를 발표한 '총협'은 이내 각 지역의 목욕탕이란 목욕탕은 죄다 '접수'한 뒤 그 자리에 드러누워버렸습니다.

'아, 시방 우리가 기물을 파손했소, 인명을 훼손했소? 이 양반

다리 보고도 그리 말을 하요, 섭섭하구로. 우리는 그저 얌전히, 아주 얌전히 앉아설랑 여봇씨요 사나인지 개뻑다구 사나인지를 찾아보고 갈 텐게 너무 그리들 타끈하게 굴지 마씨요잉. 아, 그 놈도 사내라면서 사타구니에 때는 벗기고 살 거 아니요? 우리가 머리를 맞대고 설문 조사를 딱 해봉께로, 가장 안 씻는 놈 기한이 한 달이더라, 이거요. 그러니 더도 말고 덜도 말고 딱 한 달만, 한 달만 찾아볼 테니께 자꾸만 눈앞에서 시불시불 시부렁 염불을 외지 말았으면 하는 작은 소망, 한 번 날려주는 바요. 그리고 말이 나왔으니께 좋은 기회로다가 한마디 하겠소. 여봇씨요 사나이인지 뭐시깽인지, 잘 들으씨요잉. 우린 물고구마마냥 찌르면 푹푹 들어가는 천성이 여린 사람들이니께, 같은 지역 사람으로서 존 말루 할 때 빠른 시일 내로 몸때 한번 벗기러 오씨요잉.(건드리지 않으면 얌전과 출신 '총협' 제51대 전략부장 명석해, 35세)'

그들이 전국의 목욕탕을 점령한 뒤 보름도 채 되지 않아 시민들은 거리로 쏟아져나왔습니다. '무서워서 발가락의 때도 못 벗기겠다, 마음 편하게 탕에 들어가서 쉬고 싶다'는 현수막이 내걸리고 밤이면 밤마다 촛불 시위가 벌어지자 '총협'의 회원들은 어쩔 수 없이 양반다리를 풀고 가재걸음으로 목욕탕에서 철수할 수밖에 없었습니다. 손님이 뚝 끊겨 속병만 끓이던 목욕탕의 주인들은 이를 크게 반기며 너 나 할 것 없이 해낙낙한 얼굴로 '입장시 오백원 할인, 동반 일인 무료'라는 대대적인 행사를 벌여

훈훈한 인정을 나누었다고 하는데요.

한편, 목욕탕이 평화를 되찾은 뒤 또다시 시끄러워진 곳은 집도 절도 아닌 고속도로였습니다. '여기와 저기, 이곳과 저곳의 경계에 머무르는 사람들, 일인 일 도로 아끼고 사랑하기 운동 진행위원회(이하 도사위)'의 회원들인 고속도로 요금징수원들은 '우리는 오로지 우리의 눈썰미로 여봇씨요 사나이의 복면을 벗긴다, 여봇씨요 사나이의 정체를 밝혀내기 전까지 운전자 개개인과의 일대일 면담을 통해 고속도로 통행권 발급의 가부(可否)를 결정하겠다'와 같은 요지의 성명서를 발표하고 이내 실행에 들어갔습니다. 파업이나 마찬가지인 직원들의 돌출행동에 한국도로공사 측이 발을 동동 구르는 동안 말할 것도 없이 도로는 정체되었고, 서울과 부산을 왕복하는 데 명절보다 더 많은 시간이 걸린다는 울분 반, 애원 반의 제보가 교통방송국으로 밀려들기 시작했습니다.

'국민 여러분들께서 협조해주시지 않으면 저희들은 워쩔 수가 없어유. 워치케유, 잡긴 잡아야 허는디, 딱히 도리가 없잖어유. 괜찮어유 뭐, 지까잇게 그렇게 전국을 설레발치고 댕기려면 차 안 타고 별 수 있남유. 그럴려면 결코 우리를 피해갈 순 없다 이 말이유, 안 그류? 운전자 여러분과 허심탄회하게 이야그를 나누어볼 생각잉게 걱정일랑 허리춤에 감춰둔 쌈짓돈인 양 딱 붙들어매시고, 모다덜 쬠만 더 기다려줘봐유. 아, 필히 잡을 수 있대두 자꾸 그류. 증말루 괜찮어유, 이거 좀 놔봐유. 그리고 기

왕 뚫린 입으로다가 한마디 더 해야겠어유. 여봇씨요 양반, 면허
증은 당연히 가지고 다니쥬? 암만 바빠도 과속은 금물이고, 졸
리다 싶을 땐 냉큼 차를 세우고 짬이라두 눈을 좀 붙여야 돼유.
사고 나면 내 목심, 니 목심이 당최 따로 없슈.(충남 서산시 운
산면 갈산리 산 56-4번지 서산 톨게이트 재직 자타공인 가수왕
위미자, 40세)'

　어떻습니까. 참고로 말씀드리자면 현재 대한민국 내 곳곳에는
경안영업소를 비롯한 중부지역본부 41개, 감곡영업소를 비롯한
강원지역본부 30개, 계룡영업소를 비롯한 충청지역본부 39개,
고창영업소를 비롯한 호남지역본부 42개, 가산영업소를 비롯한
경북지역본부 38개 그리고 가락영업소를 비롯한 경남지역본부
45개 영업소가 세워져 있습니다. 여기에 남천안과 풍세, 정안,
남공주, 탄천, 서논산, 연무영업소 등이 위치한 천안-논산 간
고속도로 7개, 신공항과 북인천영업소가 포함된 ㈜신공항 하이
웨이 2개를 더하면 도합 244개의 톨게이트가 운영되고 있는 실
정입니다. 각 영업소마다 간이 천막을 설치하여 운전자와의 일
대일 면담을 실시한 뒤 통행권을 발급해주는 상황, 여러분은 상
상이 가십니까. 당연지사 시민들은 또다시 거리로 뛰쳐나왔습니
다. 각계각층의 고위 관료들마저 톨게이트 운영 정상화를 위한
서명운동에 동참했고, 이에 한국도로공사 임직원들과 고속버스
운전기사들이 적극 동참하여 고속도로 요금징수원들의 직무태
만을 질타하자 '도사위' 회원들은 어쩔 수 없이 천막을 치우고

는적는적 의자를 거둬들일 수밖에 없었습니다. 나중에야 알려진 사실이지만, 그들이 준비한 천막에는 '통행권 발급 자동기계화 반대, 노동기회 박탈은 생존권 위협'이라는 문구가 격자무늬로 아로새겨져 있었다더군요. 비록 그 누구의 관심어린 시선도 받지 못했지만 말입니다.

그럼 여봇씨요 사나이의 정체를 밝혀내는 것은 불가능하다는 말이냐, 딱히 또 그렇지만도 않았습니다. 한마디로 말해 그는 누구다, 라고 콕 집어 말씀드릴 수는 없습니다만 여봇씨요 사나이, 그는 대체 누구인가와 관련하여서는 수많은 이야기들이 사회적 표면 위로 속속 솟아올랐습니다. 그 어떤 유행보다도 빠르게 퍼져나가 삽시간에 사회적으로 확산된, 사 주 연속 인터넷포털사이트 검색순위 일 위에 빛나는 오종수씨의 실제 경험담은 그중에서도 듣는 이를 아연실색케 만들기에 충분한 이야기입니다. 하지만 '기대하시라, 평범한 청년 오종수 충격 고백!'과 같은 소제목이라도 따로 붙여야 할 법한 이 이야기는 아주 잠시만 뒤로 미루겠습니다. 대신에 여담 삼아, 앞서 말씀드린 여봇씨요 사나이의 정체에 관한 그 분분한 의견들을 간추려 들려드리도록 할 텐데요. 이것은 지식에 목마른 인터넷 사용자들 사이에서 '여봇씨요 사나이 실종 이백 일 기념 지식왕 선발대회'에서 입상한 제3대 정보로 평가받고 있는 내용들입니다.

정보 ①여봇씨요 사나이는 오른쪽에서만 범행을 저질렀다?

'눈앞에 그림이 한 점 있다고 생각해봅시다. 사람들은 주로,

그림을 왼쪽에서 오른쪽으로 보는 경향이 있습니다. 이것은 공공연히 학계에 밝혀진 사실이니 부디 의심치 마십시오. 왼쪽에서 오른쪽으로 시선이 이동하기 때문에, 사람들은 시간도 왼쪽에서 오른쪽으로 흐른다고 추정하게 됩니다. 다시 말해 그림 왼쪽에 위치한 장면은, 오른쪽에 위치한 일 이전에 벌어진 사건이라고 생각하는 것입니다. 채플린의 경우를 예로 들어 이야기해보겠습니다. 어디선가 "여봇씨요"라는 말이 들려왔고, 돌아보니 낯모를 이가 채플린으로 변해 쓰러져 있었다, 이것은 채플린을 목격한 대부분의 사람들이 진술한 내용입니다. 그런데 이들은 왜 모두들 하나같이 입을 모아 여봇씨요 사나이는 보지 못했다고 말하고 있는 걸까요? 당연합니다. 사람들은 절대 여봇씨요 사나이를 볼 수 없었을 것입니다. 대다수의 사람들이, 오른쪽에서 범행을 저지른 여봇씨요 사나이를 먼저 보지 않고, 뒤돌아본 즉시 왼쪽부터 시선을 두었기 때문입니다. 제 말이 무슨 뜻인지 이해하시겠습니까? 결론을 말하자면 여봇씨요 사나이는 매우 치밀하고도 민첩하게, 주로 현장의 오른쪽에서만 범행을 저지르고 사람들의 시야에서 재빨리 도망치는 수법을 썼을 가능성이 꽤 농후하다는 것입니다.(번거로운 증명사진, 이제는 찍지 마세요. 원하는 크기로 신속, 정확하게 당신의 얼굴을 그려드립니다. 출장 가능. 시청 앞 잔디광장에서 삐까소 박을 불러주세요)'

정보 ②여봇씨요 사나이는 엄청난 뇌력의 소유자였다?

'재밌는 얘기가 있습니다. 믿을 만한 학설에 의하면, 이차대

전 말기에 히틀러는 한국인들의 우수한 혈통을 두려워한 나머지 이웃 국가인 일본으로 하여금 한국인을 말살시키도록 하는 계획을 세웠다고 하는데요. 믿거나 말거나 만약 그것이 사실이라고 생각해보자 이겁니다. 그렇게 되면 그때 천하의 히틀러가 두려워했던 한국인의 우수한 혈통이란 대체 무엇을 말하는 것인지, 그 답이 궁금해질 것입니다. 그렇습니다. 그것은 분명 히틀러가, 당시에 한국인이 지녔던 뛰어난 뇌력을 간파했었다는 설명으로 밖에는 도저히 납득이 가지 않는 일입니다. 알고 계실지 모르겠습니다만 예로부터 우리 조상들은 아주 오래도록 숨을 참는 법을 훈련해왔다고 알려져 있습니다. 일순간 숨을 참음으로써, 잠시나마 뇌 속에 있는 송과선 혹은 가슴에 있는 흉선 등의 내분비기관을 각성시키고 그로 인해 점차 인간이 지닌 뇌의 한계를 극복해나갈 수 있었다고 하는데요. 이는 단순히 숨을 참는 것이 아니라 그를 통해 강력한 기(氣)를 생산해내어 순간적으로 자신을 감추는 방법을 터득하는 과정을 의미합니다. 이는 한국인들만이 갖고 있었던 토종 신(新) 능력이라고 볼 수 있지요. 쉽게 말해 여봇씨요 사나이는 엄청난 뇌력의 소유자로서, 범행 직후 숨을 참아 순간적으로 사람들의 시야에서 사라지는 수법을 이용해 사람들의 눈에 들키지 않고 달아났을 가능성이 매우 크다는 것입니다.(기가 허한 당신에게 귀신이 다가듭니다. 충만한 기쁨의 세계, 기 수련을 통해서만 출입할 수 있습니다. 개인상담이나 단체설명회 가능. 둘만 모여 대화해도 그곳은 기 수련의 성지,

언제 어디서든 저 060 사나이를 만나보세요)'

정보 ③여봇씨요 사나이는 정작 단 한 개의 감자만을 씻어 먹었을 뿐이다?

'백한 마리의 원숭이 효과, 다들 들어보셨겠지요. 평화로운 원숭이 마을, 어느 날 갑자기 한 마리의 원숭이가 바닷가로 가서 감자를 물에 씻어 먹습니다. 이유는 알 수 없지만, 이제껏 씻지 않고 감자를 먹어왔던 모두가 그 원숭이의 행동을 목격합니다. 다음날 이를 신기하게 여긴 다른 원숭이 한 마리가 어제 그 원숭이가 했던 행동과 똑같이 바닷가로 가서 감자를 물에 씻어 먹습니다. 여전히 이유는 알 수 없습니다. 이제 나머지 원숭이들 모두가, 감자를 바닷물에 씻어 먹기 시작합니다. 맨 처음의 원숭이는 흙을 먹기 싫어했을 수도, 바닷물의 짠맛을 양념처럼 묻혀 먹는 것을 좋아했을 수도, 나머지 백 마리의 원숭이와는 다르게 감자를 먹고 싶어했을 수도 있지요. 그도 아니면 딱히 설명할 아무런 이유가 없었을지도 모르고요. 하지만 우리는 그들을 찾아가 직접 해명을 받아내지 않는 이상 그들이 그렇게 행동한 이유를 결코 알아내지 못할 것입니다. 원숭이가 잘 먹던 감자를 갑자기 바닷물에 씻어 먹었듯 인간인 우리도 매순간, 특별한 인과관계 없이 행해지는 무수한 상황들을 아무렇지도 않게 겪어내며 살아가고 있으니까요. 그런데 문제는 바로 이 백한 마리의 원숭이 효과라는 것에 있습니다. 어라, 감자를 씻어 먹네? 라는 한 마리 한 마리의 의식 그 자체가 원숭이 모두로 하여금 감자를 바닷물에 씻어 먹게 했던 것처럼 채플린도 마찬가지가 아닐까 하는 것이지요. 이제 사람들은 여봇씨요 사나이가 있고, 그가 다가와 어깨를 두드리면 채플린이 된다는 사실을 알았습니다. 보고, 듣고, 머릿속에 각인된 것입니다. 사람들은 "여봇씨요" 소리가 들려오기를 두려워하지만, 한편으로는 "여봇씨요" 소리가 들려왔을 때 자신이 채플린으로 변신할 것이라는 사실을 인식하게 됩니다. 그것은 어느 한편으로는 체념, 마음을 각오한 상태라고도 볼 수 있어요. 인정하고 싶지 않으시겠지만 우리의 무의식이 우리 자신도 모르게, 내부에서 그렇게 기능하는 것입니다. 즉, 요점을 말씀드리자면 무수한 채플린들의 어깨를 두드린 여봇씨요 사나이는 동일인물이 아닐 수 있고, 쓰러진 채플린들 또한 정말로 채플린화된 것이 아니라 "여봇씨요" 소리가 들려오자마자 과도하게 반응한 그들의 심장 탓에 스스로 생을 멈춰버렸을 가능성도 심각하게 고려해봐야 한다는 얘깁니다.(손에 물 한 방울 묻히지 않고 감자를 씻고, 깎고, 노릇노릇 구워드리는 현대인의 필수품이자 주부들의 애장품인 다용도찜기! 말만 잘해도 에누리 가능. 지금 바로 인생 최고의 찜을 맛보실 당신, 계산대에서 영식이 엄마를 찾아주세요)'

각각의 정보에 대한 신뢰 지수는 여러분이 매겨주시기 바랍니다. 여봇씨요 사나이를 향한 많은 사람들의 호기심이 지금 이 시간에도 끊임없이 새로운 지식을 생산해내고 있으므로 지식왕의 타이틀은 분명 계속해서 새로운 사람에게로 이동할 것입니다. 미처 알지 못했던 이야기, 처음 들어보는 모든 이야기는 곧 지식이나 매한가지니까요. 그럼 이쯤해서 여러분들께서 간곡히 고대하고 계실 오종수씨의 충격 고백을 들려드리겠습니다.

애초에 오종수씨의 이야기는 어느 리서치 회사에서 채플린 현상에 대해 조사하고자 무작위로 추첨한 서울 시민 백 명에게 전화 설문을 실시한 이후로 세간에 알려지게 되었습니다. 설문 결과에 반영되지는 않았지만 조사원들의 입을 통해 새어나간 오종수씨의 이야기는 점차 사람들의 입에서 입으로 일파만파 퍼져나가기 시작했습니다. 소문은 걷잡을 수 없이 퍼져 많은 사람들의 관심을 불러일으켰습니다. 이내 인터넷 게시판은 소문에 대한 온갖 추측으로 도배가 되었고, 각 일간지의 독자투고란은 오종수씨의 이야기를 직접 취재해 기사로 다루어달라는 사람들의 요청으로 가득해졌습니다. 소문의 내용이란 놀랍게도 오종수씨가 '진짜 채플린'에 대해 알고 있다는 것이었어요. 때문에 사람들은 대체 오종수씨가 누구인지부터 알기를 원했습니다. 오종수가 누구냐, 진짜 채플린은 또 누구냐, 채플린이라고 하면 죽은 사람인데 어떻게 그를 만났다는 거냐, 장난하는 거냐 등등 사람들의 의구심은 천 갈래 만 갈래 이어져 끝이 보이지 않을 정도였습니다. 전국에서 전화문의가 빗발치고 인터넷 홈페이지의 서버가 다운될 정도로 온 사회가 떠들썩해지자 각종 매체들은 정신없이 오종수씨의 행방을 물색하기 시작했습니다. 그러던 중 평소 퀵서비스를 자주 애용하던 어느 스포츠신문의 연예 담당 기자가 가장 먼저 오종수씨를 찾아냈는데요. 하지만 여봇씨요 사나이와 채플린의 정체를 알고자 하는 이 사회의 결코 수그러들지 않는 호기심에도 불구하고, 힘겹게 이뤄진 오종수씨와의 인터뷰는 너무도 허무맹랑한 내용으로 인해 신문에 기사화될 수는 없었습니다.

이제 여러분이 직접 오종수씨의 이야기를 들어보시지요. 담당 기자는 꽤 오랜 시간 오종수씨를 설득하여 어느 휴일 서울 외곽의 한 카페에서 인터뷰를 가졌습니다. 처음, 오종수씨가 기자를 향해 공허한 목소리로 내뱉은 말은 바로 이것이었습니다.

"당신은, 하고 물었어요."

키 백육십을 간신히 넘길까 말까 싶은 왜소한 체구에 여드름으로 뒤범벅된 얼굴을 가리느라 챙이 긴 모자를 푹 눌러쓴 오종수씨는 쭈뼛쭈뼛 어깨를 움츠리며 천천히 말을 이었습니다.

"대답을 미처 못했는데, 그건 그 말을 듣는 순간 마구 울고 싶어졌기 때문이었어요."

"누가 물었다는 거죠?"

"그렇지만 나 역시 어쩐지 그 사내를 쫓아가지 않으면 안 될 것 같다는 생각이 들었어요."

"지금 그 말은 누가 당신을 찾아왔다는 뜻일 텐데요?"

"그건……"

인터뷰는 매끄럽게 진행되지 못하고 자꾸만 끊겼습니다. 오종수씨는 지나치게 말이 느렸고, 또 말을 하다가도 입술을 맞물고는 먹먹히 생각에 잠겨버리기 일쑤였으니까요. 하지만 기자는 침착하게 오종수씨의 이야기를 기다려주었습니다.

"누가, 당신을 찾아왔다는 말인가요?"

"그는…… 모철수씨였어요."

인터뷰를 위해 교외의 한적한 카페에 자리를 잡았으나, 그곳이 결코 한산했다고는 볼 수 없었습니다. 기자와 오종수씨의 이야기를 엿들으려는 많은 사람들이 몰래 그들의 뒤를 밟은 터였으니까요. 오히려 그들로 인해 카페의 테이블은 가득막해져 하나뿐인 종업원만이 분주히 걸음을 옮기느라 바빴지요. 그런데 모철수라니요, 이게 대체 무슨 생뚱맞은 이야기일까요? 오종수씨의 입에서 나온 '모철수'라는 단어에 순간적으로 모두의 머리카락이 조뼛 섰습니다. 모철수라면, 여봇씨요 사나이에 의해 마지막으로 희생되어 채플린으로 변해버린, 바로 그 웨딩게스트가 아닙니까! 놀란 토끼눈이 되었던 기자는 일순 마음의 평정을 되찾고 입술을 씰룩이며 얼굴에 미소를 띠었습니다.

"모철수씨는, 이미 고인이 되신 분 말씀이지요?"

"죽은 게 아니라고 했어요."

오종수씨는 황급히 고개를 치켜들었어요.

"죽은 게…… 아니라니요?"

모철수씨는 분명 죽었는데, 죽은 사람을 만났다고 주장하니 기자는 더이상 대꾸할 기운조차 나질 않았습니다. 어딘가 조금 모자란 사람을 데려다놓고서는 특종이랍시고 인터뷰를 하고 있는 게 아닌가, 데스크에다가는 뭐라고 말해야 하나, 부장이 또 노발대발 침을 한 대야는 쏟아낼 텐데 어디 가서 밀짚모자라도 하나 빌려 쓰고 갈까, 하는 생각이 뒤엉켜 기자의 머릿속은 전선이 엉킨 듯 파닥거렸습니다. 하지만 오종수씨, 그는 종업원이 가져온 얼음 가득한 콜라를 뱃속 깊숙이 한꺼번에 쏟아부은 뒤 그제야 길고 긴 이야기를 시작했습니다. 기자는 긴장과 흥분에 휩싸여 오종수씨의 이야기에 귀 기울였습니다. 수첩의 종이가 빠르게 넘겨졌고, 녹음기의 테이프도 계속해서 갈아 끼워졌습니다.

올해 나이 스물셋의 오종수씨는, 우선 자신을 개그맨 지망생이라고 밝혔습니다. 오디션을 보러 다니는 틈틈이, 퀵서비스 영업소에서 일해 생계를 유지하고 있다고도 하더군요. 그가 모철수씨를 만난 날은, 아침부터 영 일이 풀리질 않아 컨디션이 좋지 않았다고 했습니다. 지난밤 개그극장단원모집 공개오디션에서 떨어진 뒤 포장마차로 들어가 옴팡지게 소주병을 비워낸 오종수씨는 다음날 아침 화장실 세면대 앞에서 콧수염이 떼어지지 않는다는 사실을 알았습니다. 술에 취해 집으로 돌아와 씻지도 않고 그대로 바닥에 널브러져 잠이 들었다는 것이 이내 기억났지만, 아무리 기분이 좋지 않았다곤 해도 분장을 지우지도 않고 술을 마시러 간 것은 잘못이었다는 후회가 밀려들었습니다. 머리는 삐죽삐죽 헝클어진데다 마구 뿌려댄 스프레이와 미처 떼어내지 못한 여자용 밴드스타킹이 한데 뒤엉켜 끔찍했습니다. 침과 눈물로 뭉개지고 진득해진 싸구려 파우더가 온통 얼굴을 수놓고 있는 것은 말할 것도 없었고, 하물며 풀을 바른 인중에 인조가발을 함부로 잘라 더덕더덕 붙여놓았던 터라 더욱 가관이었고요. 오종수씨는 거울 속의 자기 자신에게 "뭘 쳐다봐?" 하고 시비라도 걸고 싶은 마음이었습니다. 턱과 뺨이 얼얼하게 부어오를 정도로 힘을 주어 잡아당겼지만 콧수염은 좀체 떨어질 기미를 보이지 않았습니다. 이미 정오를 넘긴 터라 고민할 시간도, 해결할 방법도 없었던 오종수씨는 대강 눈에 띄는 대로 옷을 주워입고 내처 달렸습니다.

지하철 사 호선 노원역 근처에 자리한 영업소로 들어서자, 소장은 우악살스럽게 뒤통수를 내리치며 "이건 대체 뭐 하자는 시추에이션이야!" 하고 소리를 질러댔습니다. 지난번처럼 소파 한켠으로 나동그라져 탁자에 가슴을 짓찧지 않은 것은 그나마 다행이었습니다. 호흡곤란으로 눈앞이 까무룩해지는 경험은 다시 겪고 싶지 않은 끔찍한 기억이었으니 말입니다.

"서둘러, 세시까지 대화역이다."

소장은 오종수씨가 머리통을 쥐고 바닥에 쓰러져 있거나 말거나 찌무룩이 무거운 소포 꾸러미 하나를 내던졌습니다. 때마침 걸려온 전화를 받느라 소장이 시선을 돌린 찰나에 오종수씨는 서둘러 소포를 들고 사무실을 빠져나왔습니다. 소장의 야멸친 태도에 서러움이 복받치지 않는 것은 아니었지만 오종수씨는 이내 마음을 추슬렀습니다. 소장은 오갈 데 없는 열일곱의 자신을 거두어주었던 유일한 사람이었으니까요. 의뢰받은 각종 서류봉투며, 쇼핑백, 상자들로 작업장은 이미 부산스러웠습니다. 다들 피로에 절어 있는데다 교통사고와 물품분실 등 일주일 내내 좋지 않은 일들만 연달아 일어났기 때문인지, 오종수씨를 바라보고 인사를 건네는 여유를 가진 사람들은 한 명도 없었습니다. 오종수씨는 품에 안은 소포가 무거워 다리가 휘청거렸지만 부러 크게 "안녕하십니까" 하고 허리를 꺾었습니다. 맞대응을 해주는 사람이라고는 고작 두어 명 정도일 뿐, 그나마도 힘겨운 눈인사 정도였다고나 할까요. 나머지 직원들은 배송지를 확인한 후 물건을 챙겨 나가느라 다들 정신없이 바빠 보였습니다.

오종수씨가 생각하건대, 퀵서비스 영업소에는 단지 두 부류의 직원이 있을 뿐입니다. 자신의 오토바이를 몰고 도로를 누비는 특급 퀵서비스맨과 대중교통수단을 이용하여 순수 관절염 백 퍼센트의 다리품을 파는 소형 택배 배달원이 바로 그것이지요. 결코 어렵거나 난해한 분류가 아니라는 걸 눈치채셨을 겁니다. 오토바이를 소유하고 있느냐, 그렇지 않느냐에 따라 하루에 '따낼 수 있는' 서비스 건수가 달라지는 것입니다. 이곳은 퀵서비스 영업소, 그야말로 배달원 각자가 자신의 깜냥대로 서비스를 제공하고 하루 일한 만큼의 소득을 얻어가는 형태의 노동조합이나 다름없으니까요. 오토바이든 두 다리든 가릴 것 없이 무조건 발품을 많이 팔아 하루에 몇 건의 서비스를 이행했느냐에 따라 통장에 입금되는 일당이 달라지기 마련입니다. 하지만 오늘처럼 오후가 다 되어 서울 시내 외곽을 빠져나가야 하는 지역을 배송지로 부여받으면, 오가는 시간을 감안해볼 때 오늘의 퀵서비스 업무는 고작 한 건으로 마감되고 말 것으로 보입니다. 겨우 밥한 끼 벌이를 하는 셈이나 마찬가지지요.

별수 없이 소포를 품에 안은 오종수씨는 해쓱한 얼굴로 지하철역을 향해 걸어갔습니다. 그러나 개찰구 앞에서 주머니란 주머니는 다 헤집고서야, 허둥대며 나오느라 교통카드를 챙겨 나오지 못했다는 것을 깨달았습니다. 오종수씨가 씁쓸히 매표소로 걸어가서 열없는 목소리로 '한 장이요' 하고 말하기도 전에, 역무원은 능숙한 손놀림으로 던지듯 승차권을 내밀었습니다. 벙벙한 눈으로 받고 보니 '우대권'이라고 적혀 있었다고 하는데요.

'아, 콧수염……'

오종수씨는 허탈하게 웃으며 승강장 안으로 들어섰습니다. 떼어지지 않는 콧수염과 깨끗이 지우지 못한 화장, 지저분하게 헝클어진 머리카락으로 인해 노인으로 취급받았다는 사실이 우스웠습니다. '이참에 경로석에라도 앉아 가야겠다'고 생각한 건 그저 치기 어린 단순한 장난이었을 뿐, 별다른 뜻이 있거나 한 건 아니었어요. 그런데 바로 그곳에서 모철수씨를 만났다 이 말입니다.

"대한민국 국민이라면 모두가 알고 있는 사실이지만, 채플린이 되고 나서 다시 살아난 사람은 이제껏 단 한 명도 없었어요. 당신이 만난 사람이 정말 모철수씨 맞습니까?"

"맞습니다. 모철수라는 이름 세 글자를 똑똑히 들었어요."

기자가 믿기 힘든 얼굴로 모철수가 맞느냐고 재차 확인했던 것도 무리가 아닐 것입니다. 아홉시 뉴스의 자료화면을 통해 이미 채플린화되어버린 모습이 거듭 방영되었던 모철수씨. '실로 안타까운 일이 아닐 수 없습니다'라는 아나운서의 멘트가 아직도 귀에 들려올 듯 생생한데, 이 시대 마지막 채플린으로 기록된 모철수씨를 직접 대면했다니요.

"쿵! 떨어졌어요. 경로석에 엉덩이를 붙이고, 소포를 발밑에 내려놓은 뒤 십여 분쯤이나 흘렀을까요. 졸음이 몰려와 두 눈을 감으려는 바로 그 순간에, 저는 모철수씨와 맞닥뜨렸습니다. 전차와 전차 사이를 이어주는 연결통로 아시죠. 지하철이 달리다가 덜컹, 하는 듯싶었는데 순식간에 쿵! 한 사내가 연결통로 안으로 떨어졌어요. 애초에 연결통로 천장에 달라붙어 있다가는 마치 누군가 손을 뻗어 바짓가랑이라도 잡아당긴 것처럼, 그렇게 쿵! 내 눈앞에 나타난 겁니다."

경로석에 앉자마자 오종수씨는 자신이 탈락한 공개오디션에 대해서 생각하고 있었어요. 단지 사람들을 즐겁게 만들어주고픈 단 하나의 꿈을 이루기 위해 앞으로 몇 곱절의 고통을 감내해야 하는가에 관한 고민이 밀려들었으니까요. 어렸을 때 가족들과 헤어진 뒤 고아원에서 생활했던 그가 적을 둘 곳이라고는 그나마 자신에게 일거리를 주는 이 퀵서비스 영업소뿐이었는데, 그마저도 소장의 폭언과 구타에 지쳐가고 있는 실정이었습니다.

오종수씨, 그는 개그맨이 되겠다는 일념 하나로 슬로우슬로우 퀵퀵, 서울 시내 곳곳을 누비며 매일 매일을 살아온 사람이었는 데요.

"이따위 물건배달, 나 아니어도 할 사람 많잖아. 누구라도 할 수 있잖아. 난 그게 너무 싫다."

이것은 오종수씨보다 일곱 살이 많은 장형이 매사에 야멸스러운 소장의 어깨를 떠밀고 영업소를 박차고 나와서 했던 말입니다. 딱히 틀린 말이라고 볼 수도 없었습니다. '퀵서비스맨'이라는 이름은 누구 목에 걸어놔도 어렵지 않게 어울렸으니까요.

"퀵? 웃기지 말라그래. 빠르긴 뭐가 빨라. 너 그거 알아? 우리가 세상에서 제일 느리다는 거. 비 오는 날의 거북이만도, 달팽이만도 못하게 아스팔트를 박박 기어가고 있는 게 바로 지금 여기 있는 우리들이라는 거."

경제 사정이 좋지 못해 가족들이 모조리 흩어진 후 결혼을 약속한 애인과도 헤어진 장형은 오종수씨를 앉혀놓고 정신을 잃도록 소주를 들이키며 웃는 듯 우는 듯 넋두리를 쏟아냈습니다. 그 모습은 흡사 숨이 막힐 듯 웃어대는 것 같기도 하고, 구토를 하며 통증을 호소하는 것처럼 보이기도 했습니다. 어느 쪽이든 보는 이의 입장에서 괴롭기는 마찬가지였지만 말입니다.

"퀵? 퀵서비스라고? 웃기지 말라그래."

장형은 쉬지 않고 혀 짧은 소리를 내뱉었습니다.

"대체 누가 누구에게 퀵서비스 할 수 있단 말이지? 빛보다 빠르게, 내가 너를 추억하는 속도보다 빠르게 퀵으로 달려갈 수 있다면. 내가 삼 년을 오롯이 몸 바쳐 마음 바쳐 사랑한 너에게 퀵으로 돌아갈 수 있다면. 그래 그렇다면 나 장민호, 죽을 때까지 퀵서비스맨으로 살 수 있다 이거야."

'하지만 이건 아냐, 이건 아냐, 오종수……'를 마지막으로 장형은 쓰러졌습니다. 이로 소주잔을 깨무는 바람에 피투성이가 된 채 까부라진 장형을 들쳐업고 집으로 돌아오면서, 오종수씨는 장형이 말했던 '누구나 할 수 있는 퀵서비스맨' 하고 중얼거려보았습니다. 꼭 내가 아니어도 되는 일이라면, 꼭 내가 없어도 되는 곳이라면, 그럼 나는 대체 어디 가서 무슨 일을 해야 하는 걸까. 그런 생각에 이르자 갑자기 취기가 올라 얼굴에 열기운이 번졌습니다. 등에 업힌 장형이 새삼 빈 술병처럼 가볍게 느껴졌습니다. 일하다가 사고를 당해도 산재보험대상자에 속하지 못해 보상을 받을 수 없고, 의뢰받은 물건에 이상이 생기면 영업소가 아닌 배달원 당사자가 고스란히 생돈을 물어내야 하는 직업인 퀵서비스맨. 노동자이면서도 노동자 아닌 노동자로 살아가는 특수 고용노동자, 퀵서비스맨. 오종수씨는 못내 서글퍼져서 부러 왜틀비틀 인적 드문 골목길을 걸었습니다. 별도 달도 가로등도 없어 어둑하기만 했던 그 밤, 스스로 행복하지 않으면서 타인을 행복하게 해주려는 것이 얼마나 터무니없고 무모한 욕심인가를 생각했습니다. 그때를 떠올리며 부지불식간에 가슴이 먹먹해진 오종수씨의 코앞으로 한 사내가 달리는 열차 안에서 마술처럼 출현했으니 어때요, 정말이지 황당한 일 아니었겠습니까.

"다시 돌아가야 해."

그런데 오종수씨만큼이나 당황한 얼굴로 한동안 사위를 톺아보던 그 사내는 곧 손톱을 잘근잘근 깨물면서, 한시라도 빨리 돌아가야 한다고 읊조렸어요. 그러고는 자신이 떨어진 연결통로를 구석구석 살펴보았습니다. 사내의 모습을 찬찬히 훑어본 오종수씨는 그저 어안이 벙벙해질 따름이었는데 그것은 사내의 복장이 너무도 익숙하게 보아왔던 채플린과 하나 다를 바 없었기 때문이었습니다. 그는 전체적으로 깔끔한 검은 양복을 입고 있었으나 낡고 해진, 그러나 단단히 부풀어오른 구두를 신고 있었습니다. 무엇보다 가슴께까지 한껏 끌어당겨올려진 바지와 소품처럼 인중 위에 짧게 매달려 있는 콧수염이 오종수씨로 하여금 그가 더더욱 채플린이라고 확신하게 만들었습니다. 그때, 손에 말아쥔 중절모로 부채질을 하며 무심히 뒤로 돌아선 사내는 놀라 두 눈이 휘둥그레진 오종수씨를 발견하고는 스프링처럼 튀어올랐습니다.

"당신도 떨어졌군요!"

"무, 무슨 소리예요?"

"걱정 마요. 돌아갈 수 있으니까."

"어, 어디, 어디로요?"

지나치게 놀란 탓에 시작된 딸꾹질은 쉬이 멈추질 않았습니다.

"어디긴 어디요. 달에서 왔으니 달로 가야지요."

오종수씨의 딸꾹질은 더욱 심해졌습니다. 가슴을 한껏 들어 올리고 숨을 참으며 오종수씨는 고개를 거세게 좌우로 흔들었습니다.

"뭐요? 아니라고?"

잠시의 침묵이 흐르고, 열차문이 열렸다가 다시 닫혔습니다. 이번에는 사내의 눈이 휘둥그레졌습니다. 사내는 흘러내린 바지를 추키며 "그럴 리가 없는데" 하고 대답했습니다. 풀 죽은 표정과 기울어진 어깨가 상처받은 이의 그것처럼 안쓰럽게 느껴졌습니다.

"채플린이 아니라면 채플린을 볼 수가 없는데…… 당신은 정말 이상하군요."

사내가 말한 그대로였습니다. 지하철 안이 한산했다고는 하나 사람이 전혀 없는 것도 아니었어요. 하지만 모두들 아무런 소리도 들리지 않는다는 듯이 신경쓰지 않았습니다. 그곳에서는 다만 오종수씨와 사내만이 서서 큰 소리로 이야기를 나누고 있었는데도 사람들은 눈길조차 주지 않고 지루한 표정으로 창밖만 바라보고 있었으니까요. 멀뚱히 서서 사람들을 바라보는 오종수씨를 바라보며 사내는 어깨를 두어 번 으쓱거렸습니다. 그러고는 스스로 자신을 모철수라고 소개하면서 육 개월 전 어느 예식장에서 사라졌는데 혹시 알고 있느냐고 물었습니다.

"아, 아, 압니다. 뉴, 뉴스에서 봐, 봐, 봤어요. 하지만 당신은 주, 주, 죽었잖아요."

"죽은 게 아니에요."

한결 여유로워진 모철수씨는 입가에 미소를 띤 채 딸꾹질로 힘겨워하는 청년을 경로석에 앉히고, 자신도 그 옆자리에 앉았습니다.

"나도 내가 죽었다고 생각했는데 죽지 않았더군요. 다만 의식을 잃었을 뿐이었지요. 정확히 세 달 후에 나는 다시 깨어났어요. 백 일이 채 못 되어 내 심장은 다시 뛰기 시작했고, 눈을 뜨니 내 앞엔 여봇씨요 사나이가 있었습니다. 그는 내 눈동자 깊숙한 곳을 바라보며 나직하게 물었어요. 나와 함께 가겠는가, 가지 않겠는가. 나는 어쩐지 거절할 수 없을 것만 같다는 예감이 들었어요. 얼결에 따라가겠다, 대답하니 놀라운 세계와 맞닥뜨렸습니다."

"노, 노, 놀라운…… 세계요?"

그렇습니다, 모철수씨는 여봇씨요 사나이가 그랬듯 오종수씨의 눈동자 깊숙한 곳을 바라보며 이야기를 시작했습니다. 채플린이 된 모철수씨가 간 곳은 지구 바깥의 공간, 바로 달이었습니다. 그곳엔 온통 경이로운 광경 천지였습니다. 달엔 지구에서 사라진 모든 것들이 존재해 있었어요. 이만여 명의 채플린들은 물론이고, 사람들이 잊고 또한 잃어버린 무수한 것들조차 그곳에서는 평화로운 나날을 보내고 있었습니다. 양말 한 짝, 귀걸이 한 짝, 목걸이 줄에서 빠져나온 펜던트, 올 나간 밴드스타킹, 찢어지고 훼손된 어느 책의 페이지, 엽서에서 떨어져나온 우표, 건전지가 닳아버린 손목시계의 분침, 달콤하고도 쓰라렸던 생애 첫사랑의 기억까지, 사람들이 잊고 또한 잃어버리는 것들이 점차 많아질수록 달은 더 풍요로워졌습니다. 우리가 여봇씨요 사나이라고 이름붙인 남자, 그가 바로 '진짜 채플린'이었다고도 모철수씨는 덧붙였습니다. 모철수씨가 처음 달에 도착한 순간, 여봇씨요 사나이는 외투를 벗고 진짜 채플린으로서 달을 활보하기 시작했다고 하더군요.

이야기를 들으며 딸꾹질이 멈춘 오종수씨는 그제야 가슴을 쓸며 궁금했던 사항들을 물었습니다.

"그들은 왜 달에 사는데요?"

"글쎄요. 영원히 지구 둘레를 돌 수 있기 때문이 아닐까요."

"지구 둘레를 돈다고요?"

"우리가 사는 달은 그냥 달이 아니에요. '달리는 달'이지요."

"달리는…… 달?"

계속되는 오종수씨의 물음에 모철수씨는 미소를 거두지 않고 대답했습니다. 그러는 동안에도 지하철의 문은 계속해서 열렸다 닫히기를 반복했고, 동일한 간격으로 매달린 손잡이들이 한드랑 한드랑 움직였어요. 모철수씨와 오종수씨가 나누는 대화처럼 완만하고도 완곡하게 지하철은 부드러운 속도로 발을 구르며 앞으로 앞으로 나아갔습니다.

"나뭇가지에 매달린 사과를 떨어뜨리는 중력, 알고 있죠? 지구는 사과뿐만이 아닌 지구 위의 모든 것을 끌어당기고 있습니다. 하물며 지구는 달도 잡아당기지요. 하지만 달은 절대 지구로 떨어지지 않습니다. 왜 그럴까요? 그건 달이 끊임없이 앞으로 달리고 있기 때문이에요. 달은 지구로 떨어지는 동시에 앞으로 달리고 있기 때문에 먼 우주 공간으로 달아나지 않고, 영원히 지구 둘레를 돌 수 있습니다."

달이 달리고 있다는 것, 그리고 바로 그 달리는 달에 우리가 잊거나 잃어버린 모든 것들이 존재해 있다는 사실에 오종수씨는 꿈을 꾸듯 정신이 혼미해졌습니다. 사라진 엄마와 아빠, 두 남동생은 그렇다면 어디에 있는 것일까요. 열차가 달려나가는 속도에 맞춰 오종수씨의 마음도 덜컹거렸습니다. 오종수씨가 그들을 잃어버렸다면 달리는 달의 공간에는 분명 엄마와 아빠와 두 남동생이 살아 있을 테고, 그들이 오종수씨를 잃어버렸다면 달리는 달의 공간에 있어야 할 사람은 다름 아닌 자신이어야 할 텐데, 그 논리대로라면 오종수씨는 영원히 엄마와 아빠와 두 남동생과 조우하지 못할 것이 분명했으니까요.

"하지만 잊지 말아요. 달은 한시도 쉬지 않고 지구의 둘레를 돌고 있다는 걸. 그러니 무엇을 잊거나 혹은 잃어버렸다고 해서 상심해서는 안 돼요. 그것 또는 그들은, 분명 달에 있을 테니까 말입니다."

모철수씨는 가만가만 오종수씨의 어깨를 두드려주었습니다. 검붉은 눈물을 독처럼 품고 꽉꽉 뭉개져 있는 도장밥처럼 오종수씨는 금방이라도 울음을 토해낼 것만 같아 보였어요.

덜컹, 덜컹.

잠시 멈췄던 지하철은 다시 달리기 시작했고, 오종수씨는 크게 숨을 들이쉬고 다시 물었습니다.

"그런데 채플린은 도대체 누굽니까?"

"채플린?"

"진짜 채플린 말이에요."

"아, 그는."

"그는……?"

"그는 농담을 하는 사람입니다."

모철수씨의 말에 의하면 그는 농담으로써 달리는 달을 더욱 흥겹게 하고, 달의 공간에 정착한 이들을 안정되게 만들어주었다고 했습니다. 그의 가장 큰 특징으로는 독특한 걸음걸이를 들 수 있는데, 많은 이들의 관찰 결과 그는 정확히 농담 한 번에 총총총 세 걸음을 걷고, 지팡이를 휘둘렀다나요. 바닥의 면적을 골고루 활용하면서도 그치지 않는 그의 농담은 달과 달의 모든 것들을 풍족하게 만들어주었다고 하더군요.

"진짜 채플린, 그의 걸음속도는 농담에 비례합니다. 농담을 할수록, 사람들이 미소 지을수록, 그의 걸음걸이는 더욱 경쾌해지고, 속도도 빨라지죠. 농담엔 그의 표정과 몸짓, 무언의 언어로 가득해요. 그가 걷는 만큼 농담이 파동처럼 번지고, 그것은 순간의 분사로 달에 흡수되는 겁니다. 그의 농담은 달의 토양을 비옥하게 만들어주는 거름과도 같다고 할까요."

　이야기를 들으며 오종수씨는 '농담이란 뭘까' 하는 궁금증이 일었습니다. 진짜 채플린처럼 농담을 잘할 수 있다면. 내 농담이 입에서 입으로 회자되는 개그로 잠시나마 사람들의 미소를 따뜻하게 데울 수 있다면. 그렇게만 된다면 어딘가에서 혹시라도 엄마와 아빠와 두 남동생이 바람결에 씨앗처럼 날아간 내 농담의 이야기를, 알아들을 수도 있지 않을까.

　농담하는 사람⋯⋯

　오종수씨는 진짜 채플린의 농담 어린 걸음걸이와 농담 어린 표정, 농담 어린 이야기들을 머릿속으로 떠올려보고자 애썼습니다. 그러나 그는 지하철이 한번 더 덜컹이는 그 순간에 곧 이 또한 농담이 아닌가, 달리는 열차로 떨어진 모철수씨와 떼어지지 않는 콧수염을 달고 무거운 소포와 함께 지하철 안에서 덜컹이고 있는 이 상황 또한 농담이 아닌가, 하는 생각이 들었습니다. 비죽 웃음이 새어나올 만큼 어이가 없었습니다. 하지만 일순 마음이 유쾌해졌다는 것만은, 분명했지요.

　"당신은?"

　"네?"

　"난 돌아갈 거요. 당신은?"

　모철수씨는 오종수씨를 향해 거듭 물었습니다.

　"그곳에서 내 아버지가 환하게 웃는 얼굴을 보고 나니, 난 더 이상 이곳에 아무런 미련도 남지 않게 됐습니다. 아버지와 나는 꽤 지독한 사이였거든요. 어쨌거나 그러니 난 돌아가야만 해요. 당신은, 어떡할 겁니까. 나와 함께 가든, 이곳에 남든, 모든 선택의 주인은 당신입니다."

"저는 채플린이 아니잖아요."

"이렇게 나를 보고 있잖아요."

"……"

"우주는 시간과 공간이 하나로 뭉쳐 있어요. 질량과 에너지가 큰 별들 주변에서 우주의 시공간은 구부러지고 휘어집니다. 열차가 허리를 꺾으며 굽이치는 바로 그 순간에, 우린 이곳을 빠져나가야 할 겁니다."

그것만이 지구 밖의 공간인 달리는 달, 그곳으로 갈 수 있는 유일한 방법이라고 모철수씨는 말했습니다. 어쩐지 금방이라도 열차가 휘어질 것만 같다는 예감에, 오종수씨는 감전이라도 된 것처럼 발가락 끝이 저릿해져왔습니다.

"가야 돼요."

"……"

"곧 휘어집니다."

"……"

모철수씨의 재촉에도 불구하고 오종수씨는 아랫입술만을 잘근잘근 씹어댈 뿐, 아무런 대꾸도 하지 못했습니다. 뒤미처 열차가 터널을 통과하며 크게 휘어진다는 느낌이 들었습니다. 자칫하면 옆으로 고꾸라질 수도 있다는 느낌에 몸을 추스르면서도 오종수씨는 달리는 달에 대한 생각을 떨쳐버릴 수 없었습니다. 달이 달린다, 땀을 뻘뻘 흘리며 앞으로, 달리고 또 달린다…… 그러다 마침내 날갯짓을 하듯 순식간에 지하철의 연결통로에서 모철수씨가 형체도 없이 사라지는 그 순간 오종수씨는 달이 아주 가볍고도 우아한 몸짓으로 펄—쩍, 뛰어오르는 모습을 상상했습니다. 달은 넘실거리는 푸른 지구의 둘레를 무대 삼아 아리따운 춤을 추는 발레리나처럼 아라베스크와 애티튜드를 반복하며 날아오르듯 달리고, 또 달렸습니다. 펄쩍, 펄—쩍.

"믿을 수가 없습니다. 당신의 말이 사실이라면, 도대체 왜 모철수씨와 함께 가지 않으신 거죠?"

오종수씨의 이야기를 모두 들은 기자는 볼펜꼭지를 씹으며 도무지 영문을 모르겠다는 듯 되물었습니다. 카페 테이블을 모조리 차지하고 앉아 오종수씨의 이야기를 엿들은 많은 사람들은 들키지 않으려 애썼으면서도 기자의 말을 듣고는 자신들도 모르게 고개를 끄덕였습니다. 오종수씨는 그 물음에 빙긋, 웃음을 터뜨리며 대답했습니다.

"발밑에…… 아직 배달 전인 소포가 남아 있었거든요. 그것을 두고는 도저히, 모철수씨를 따라갈 수 없었습니다. 물론 꿈은 변함없이 개그맨이에요. 하지만 나는 지금 신속·정확·신뢰를 무기 삼아 이 사회 이 거리를 종횡무진 누비는 퀵서비스맨이기도 하니까요."

소포 꾸러미를 가슴에 안고 대화역을 빠져나가는 동안 오종수씨는 소포를 든 손바닥의 체온과 두 발에 실린 무게 그리고 이 순간에도 지구 한가운데로 끝도 없이 떨어져내리고 있을 그 거대하고도 가벼운 중력을 향해 온몸의 신경세포들을 집중시켜보았습니다. 어쩐지, 엄마와 아빠와 두 동생과 함께했던 그 벅찬 추억들이 지구의 중핵 정중앙에 오롯이 고여 있을 것만 같았습니다. 슬로우슬로우 퀵퀵, 발걸음도 가볍게 휘파람을 부르며 오종수씨는 걷고 또 걸었습니다. 그러고는 속으로 생각했지요. 지치지 않고 자신의 둘레를 돌고 있을 엄마와 아빠와 두 동생들에게 감사한다고. 다시 태아처럼 손가락을 입에 물고 한껏 웅크리는 날이 온다면, 그때는 꼭 하루에 한 번씩 엄마의 양수에 따뜻한 농담의 입김을 불어넣겠다고, 그렇게 하겠다고.

이야기가 끝난 뒤 악수를 청하는 기자의 손을 꼭 쥐어준 오종수씨는 카페를 나섰습니다. 여봇씨요 사나이든, 진짜 채플린이든, 우리가 슬퍼하고 아파해야 할 것은 아무것도 없었다는 것을 알고 난 오종수씨의 표정은 너무도 개운하고, 상쾌해 보였습니다.

'잊지 말아요. 달은 한시도 쉬지 않고 지구의 둘레를 돌고 있다는 걸. 그러니 무엇을 잊거나 혹은 잃어버렸다고 해서 상심해서는 안 돼요. 그것 또는 그들은 분명, 달에 있을 테니까.'

카페를 나와 크게 숨을 들이쉬며 오종수씨는 생각했습니다. 집에 돌아가면, 여전히 께저분한 방에서 이불을 뒤집어쓴 채 쓰린 속 부여잡고 있을 장형과 함께 파 송송 썰어넣고 라면이나 뜨끈하게 끓여먹은 뒤 여차하면 또 밤에 소주나 한잔하러 나가야겠다고 말이에요.

좋습니다, 이야기는 여기서 끝이되 결코 끝나지 않습니다. 우리는 자유롭고, 어떤 방식으로든 이야기는 계속됩니다. 이렇게 말하고 있는 지금 이 순간에도 우리는 우리만의 이야기를 만들어나가고 있는 것이 틀림없으니까요. 어떻습니까. 모철수씨의 말처럼 잊거나 잃어버린 세상 모든 것들은 달에 있습니다. 그러니 이제는 여러분도, 이야기를 시작해보지 않으시겠습니까?

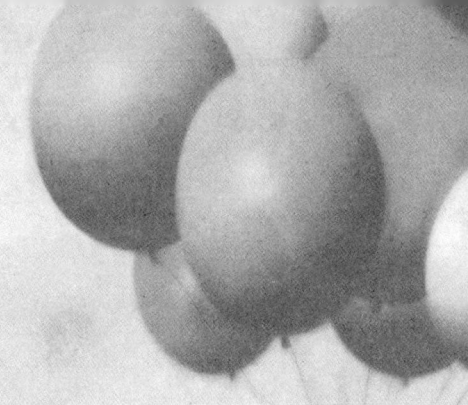

지도에 없는

오래된 장부들을 베고 누워 김씨는 탈진해서 중얼거렸다.

소리는 입 밖으로 나오지 못하고 혀끝에서만 뱅뱅 돌았다.

나를, 모르겠다고……?

1. 정의를 위해서

이야기는 아주 엉뚱한 곳에서, 어쩌면 조금은 사소하달 수도 있는 사건으로부터 시작된 것 같았다.

부동산 중개업 이십구 년 경력의 김씨는 햇볕이 잘 들고, 보증금 천오백만원 정도의 방을 원하는 손님에게 꼭 맞는 옥탑방을 보여주려다가 서울시 은평구 불광동 1-173번지가 없어졌다는 사실을 발견했다고 말했다.

"이곳을 잘 좀 봐주세요. 여기가 청과물점이고, 저기가 정육점이고, 좀더 올라가면 슈퍼가 있잖아요. 이 꼭대기에 슈퍼가 있네? 하면서 싹, 오른쪽으로 도는 겁니다. 그럼 거기서 1-173번지가 나와야 한다, 바로 이 말이죠."

김씨는 손에 말아쥔 지도를 펴들면서 고개를 갸웃거렸다. 지하철 삼호선과 육호선으로 연결되는 불광역을 기점으로 불광초등학교와 북한산현대홈타운에 크게 동그라미가 쳐져 있었다. 그 사이에 '불광동길'이라고 세로로 인쇄되어 있는 글자를 짚으며 김씨는 "지금 우리가 여기 서 있는 거란 말이오" 하고 중얼거렸다. 그러고는 빠른 속도로 걸어올라가기 시작했다. 경사는 가팔랐고, 1–173번지로 오르는 길은 꽤 멀었다. 그의 말에 따르면 슈퍼를 지나 오른쪽으로 몸을 틀었을 때 분명 1–173번지로 들어가는 줍다란 골목이 있어야 했다. 그곳은 폭이 일 미터가 채 되지 않는데다 담장 없이 바짝 붙어 늘어서 있는 집들이 판자를 서로의 지붕에 얹고 얼기설기 얽어져 있었기 때문에 높이 또한 이 미터를 넘지 못했다. 장마라도 지면 곧 무너질 모양새의 빗물받이와 보일러실에서 이리저리 잡아뺀 환기통들이 어깨를 맞대고 있었다. 1–173번지로 들어가는 입구에 위치한 골목은 그 모양새만큼이나 음산하고 습한 기운을 풍겼다고, 김씨는 덧붙였다.

"그렇다고 사람이 안 산 것도 아닙니다. 난 불광동서 나고 자란 이곳 토박이고, 은평구 땅이며 집이며, 전월사글세를 통틀어 내 손을 안 거쳐간 게 없다고 보면 돼요. 근데 이게 무슨 황당한 일이랍니까?"

김씨는 호쾌한 발걸음으로 손님과 함께 청과물점을 지나, 정육점을 지나, 슈퍼에 이르렀다. 그와 동시에 "보세요, 손님. 이 꼭대기에 슈퍼가 있죠? 다 왔습니다" 하면서 싹, 오른쪽으로 돌았지만 1-173번지로 들어가는 골목은 없었다. 그곳엔 그저 오래된 잿빛 시멘트벽만이 아이들의 낙서와 취객의 오물, 온갖 먼지와 쓰레기를 뒤집어쓰고 견고히 서 있었다.

"난 중개업자이지만, 일평생 내가 만든 지도를 사용해왔어요. 관할 동사무소나 시청, 지도판매업자들에게서 지도를 받아 사용해오진 않았단 뜻입니다. 그런데 이걸 좀 봐주시겠소? 손님이 돌아간 즉시 확인해보니 불광동 1-173번지는 어디에도, 기록되어 있지 않습디다."

김씨는 '대한민국최고지도'라고 인쇄된 코팅지를 무력하게 구겨버렸다. 그러고는 자신의 바지 뒷주머니에서 금방이라도 찢어질 듯 나달나달한 사절지를 꺼냈다. 색색의 연필과 볼펜, 형광펜으로 쓰고 그린 불광동이 펼쳐졌다. 셀 수 없이 많은, 이와 같은 크기의 지도가 방 한 칸을 모조리 차지하고 있을 정도라며 그는 너털웃음을 지었다.

"불광동 땅의 든 자리와 난 자리는 모조리 외운다 이 말입니다. 상호가 변경되면 그마저도 고쳐서 다시 적어놓습니다. 그런 제가, 서울시 은평구 불광동 1-173번지는 원래 없는 곳이니 그렇게 믿어라, 하면 믿어야 한다 그 말입니까? 청과물점을 지나고, 정육점을 지나면 슈퍼가 나오는데 거기서 오른쪽으로 싹, 돌기만 하면 있었던 1-173번진데, 분명히 있었던 1-173번진데, 원래 없었다고요? 그걸 지금 나보고 믿으라 그 말이요?"

재개발지역으로 구분되어 불도저에 의해 사라진 것도, 순우리

말 길이름짓기운동으로 인해 번지수가 바뀐 것도 아니었다. 김씨는 그럼에도 불구하고 사람들이 전혀, 1-173번지를 기억하지 못하는 것이 의아하다고 말했다.

"이십구 년차 중개업자라고 하셨습니까? 저는 삼십일 년차 공무원입니다."

하물며 동사무소에 가서 확인을 해봐도, 은평구 불광동 1-173번지라는 주소는 존재하지 않았다. 낡은 감색 양복을 입은 삼십일 년차 공무원은 손바닥에 침을 뱉어 옆머리를 가지런히 매만진 후 절도 있는 동작으로 의자에 앉았다. 계속 찾아봐도 마찬가지였다. 1-173번지는 지금으로부터 십 년 전, 이십 년 전 지도에도 나와 있지 않았고, 불광동에서 삼십여 년이 넘도록 살아온 사람들의 기억에도 존재하지 않았다. 고로 1-173번지는 아무 곳에도 없는 곳이었다.

"내 마누라마저 날 이상한 눈으로 쳐다보지 뭡니까. 잔뜩 의심스러운, 그러나 겁먹은 눈초리로 말이오. 이 양반이 이제 갈 때가 된 건가, 둘째가 대학을 마치려면 아직 삼 년은 더 있어야 하는데 이걸 어쩌나, 하는 눈이었어요. 1-173번지는 정말로 있다! 라고, 한밤중에 고래고래 소리라도 질렀다면 그 즉시 수화기를 들었을 겁니다."

김씨는 싸움에 진 아이처럼 풀죽은 목소리로 말했다.

"더 황당한 일은 그 다음에 일어났습니다. 햇볕이 잘 들고, 보증금 천오백만원 정도의 방을 원했던 바로 그 손님 말이오. 가파른 경사로 탓에 힘들게 모시고 올라갔는데 허탕이었으니 내 입장이 뭐가 됐겠어요. 감기가 들었는지 자꾸만 코를 훌쩍이는 탓에 고생을 시킨 것 같아 미안하기도 했지만 한편으론 명색이 이십구 년 경력의 중개업잔데 이 손님이 나를 얼마나 맹물로 볼까 자존심이 상하더이다."

김씨는 가겠다는 손님을 어르고 달래 사무실로 데려왔다고 했다. 차를 한 잔 내주고 알맞은 방이 있는지 다른 중개소로 전화라도 돌려볼 요량이었다. 그런데 소파에 앉아서도 손님이 계속 코를 훌쩍이는 통에 힐끗힐끗 얼굴을 들여다보니 아니 이게 웬걸, 김씨는 반가움을 감추지 못하고 의자에서 일어섰다.

"얼굴이 많이 까매지고 살이 제법 두툼히 붙은 것을 빼고는 달라진 게 없었어요. 분명 그 사람이었습니다. 지금으로부터 십오 년 전쯤, 바로 그 1-173번지의 옥탑방에 살았던 청년. 맞아요. 그때도 비염이 있어 언제나 코를 훌쩍거렸어요. 이따금씩 숨이 잘 쉬어지지 않아 갑갑한지 콧구멍을 벌름거리며 힘들어하곤 했었다는 기억도 났지요. 나는 아니 어떻게 이곳으로 다시 돌아왔느냐, 옛 생각이 나서 다시 돌아오려 하느냐, 웃으며 반갑게 물었습니다."

하지만 그는 재채기를 연달아 다섯 번이나 하느라 김씨의 말에 대꾸할 겨를이 없었다. 김씨는 탁자 위에 놓인 티슈를 뽑아 건네며 안쓰러운 듯 "거 참, 비염은 불치라더니 여전히 잘 낫지 않는 모양인가 보오" 하고 말했지만 그마저도 그의 코 푸는 소리에 묻히고 말았다.

"전혀 기억을 못 하는 겁니다. 기억상실증이라도 걸렸나 궁금해서 혹시 교통사고가 난 적이 있느냐고 넌지시 물었지만 그런 적도 없다더군요. 잘 떠올려봐라, 십오 년 전에 당신은 스물네 살이 아니었느냐, 꽃가루가 눈처럼 풀풀 날리던 일요일 오후에 남색 용달을 끌고 이사 오지 않았느냐, 그 집이 바로 아까 올라가서 보여주려 했던 1-173번지의 옥탑방이다……, 나는 주저리주저리 설명을 늘어놓았지만 분위기는 점점 싸늘해졌어요."

그는 김씨가 당최 무슨 말을 하고 있는지 모르겠다는 듯 노골적으로 눈살을 찌푸린 후 "글쎄요. 제가 이사를 좀 자주 다니는 편이라서 말입니다" 하고 대꾸했다.

"1-173번지 말이오. 북한산이 바라다보이던 그 옥탑방."

"제가 기억력도 좀…… 없는 편이라서 말입니다."

"내 얼굴을 찬찬히 봐요. 물론 그때보다야 좀 늙었지만 난 마른 체격도 여전하고, 여기 왼쪽 눈 옆에 있는 사마귀…… 이거 보이오? 사무실도 이십구 년째 이 자릴 지키고 있는걸, 뭐."

마음이 조급해진 김씨는 흡사 애원조로 말했지만 그는 묵묵부답이었다. 외려 답답하다는 시늉을 하며 그는 다음에 다시 오겠다는 말만 남기고는 가버렸다.

"그 즉시 시청으로 가서 지도 한 장을 사고, 집으로 돌아왔습니다. 케케묵은 먼지들을 털어내며 장부를 뒤지고 또 뒤졌죠. 밤을 꼴딱 새워 장부를 넘긴 후에야, 십오 년 전에 1-173번지의 옥탑방에 살았던 그 청년에 대한 기록을 찾아낼 수 있었어요. 그런데 왜, 기억하지 못할까요. 그 청년은 계약기간인 이 년을 채우지 못하고 방을 비웠지만, 사는 동안 나랑은 꽤 돈독했어요. 나는 끔찍이도 추웠던 그해 겨울엔가 보일러가 얼어서 동사 직전이었던 청년을 우리 집에 데려와 일주일가량 먹이고 재워줬던 적도 있었다 이 말입니다."

오래된 장부들을 베고 누워 김씨는 탈진해서 중얼거렸다. 소리는 입 밖으로 나오지 못하고 혀끝에서만 뱅뱅 돌았다.

나를, 모르겠다고……?

자신이 평생을 두고 오르내린 불광동 1-173번지가 없어졌다는 사실만큼이나, 그것은 김씨에게 충격적인 일이었다. 불광동서 나고 자란 이곳 토박이고, 은평구 땅이며 집이며 전월사글세를 통틀어 자신의 손을 안 거쳐간 게 없다고 믿고 있는 이십구 년 경력의 중개업자인 김씨. 이 가파른 불광동 땅으로, 정성을 다해 무수한 사람들을 들이고 또 내보냈는데, 누구보다도 자부심을 갖고 이곳에 붙박여 살았는데, 분명 친밀히 알고 지낸 사람인데, 도대체 왜 기억을 못 하는 것일까.

"그러니 나는 꼭, 찾아내야만 했습니다."

자신이 헛소리를 하고 있는 게 아니라는 것을 증명하기 위해서, 아내와 자식들의 손에 이끌려 병원에 감금당하지 않기 위해서, 아니 보다 더 절실한 심정을 다해 말한다면 불광동 1-173번지는 정말로 있었으며 자신이 바로 그 1-173번지에 사람을 들이고 또 들었던 이십구 년 경력의 중개업자라는 사실을 확인받기 위해서, 김씨는 더도 말고 덜도 말고 딱 오 년, 그 오 년여의 시간 동안 1-173번지의 옥탑방을 거쳐갔던 이들을 찾아나서겠다고 결심했노라고 말했다. "정의를 위해서"라고도, 김씨는 덧붙였다.

2. 나름대로 로망

이십구 년차 중개업자인 김씨의 장부에 적힌 기록에 의하면 지난 오 년간 1-173번지의 옥탑방엔 모두 다섯 명의 젊은이들이 머물렀다. 그들은 모두 이십대의 젊은 남자였고, 독신이었으며, 옥탑방에서도 물론 혼자 살았다. 김씨의 장부에는 그들의 세세한 살림살이와 옥상의 활용 여부에 관한 사항마저도 보고서처럼 빼곡하게 적혀 있었는데 각기 다른 다섯 명의 살림살이는 마치 한 명의 젊은이가 오 년 동안 살았다고 해도 손색이 없을 만큼 변화 없고, 무료했다.

"모두 일 년이 채 못 되어 옥탑방을 떠났습니다. 가장 오래 머물렀던 사람도 일 년을 조금 넘겨 살았을 뿐이었어요. 뭐, 그럴 만도 했겠죠. 여름엔 덥고, 겨울엔 춥고…… 무엇보다 북한산이 가까워 별의별 벌레들이 다 극성이었을 겁니다. 공기 좋고, 경치도 나무랄 데 없었겠지만 이런 곳에서 혼자 산다는 건 말처럼 그리 쉬운 일이 아니니까 말이오. 하지만 이게 다, 젊었을 때 아니면 또 경험할 수 없는 일 아니겠습니까. 나는 조건만 맞는다면 부러 그 옥탑방을 추천하기도 했는데요."

김씨는 은근히 자랑스레 장부를 펼쳐보였다. 장부에 적혀진 대로라면 분명, 1-173번지는 존재해야 마땅했다. 다섯 명의 청년들 중 단 한 명이라도 찾아내기만 한다면야 김씨가 그토록 주장해 마지않는 1-173번지를 증명해내는 일은 어려워 보일 것 같지 않았다. 김씨는 한 손엔 지도, 한 손엔 장부를 들고 뒷주머니엔 이십구 년째 붓고 있는, 만기를 고작 일 년 앞둔 적금통장을 야무지게 찔러넣은 후 결연히 길을 나섰다며 눈에 힘을 주었다.

가장 최근까지 1-173번지의 옥탑방에 살았던 남자는 '갑'으로, 이십구 세였고 여전히 독신이었다. 갑은 아현동의 허름한 오피스텔을 얻어 사무실 겸 살림집으로 쓰고 있었다.

"잘 오셨습니다. 어떻게 아리따운 신부님과 함께 안 오시고 신랑님 혼자……?"

만면에 미소를 띠고 두 팔 벌려 김씨를 맞이하는 바람에, 그는 사뭇 긴장했다. 사무실이라고는 하지만 온갖 쇼핑몰 전단지와 상호 불명의 중화반점 스티커가 먼지를 뒤집어쓴 채 나뒹굴고 있었고, 비서 한 명 없이 달랑 하나의 책상과 어디선가 주워왔을 법한 소파 그리고 때에 전 간이침대가 놓여 있을 뿐이어서 어딘지 을씨년스러운 분위기마저 풍겼다.

"조금 불편하시겠지만, 그래도 앉으시죠."

소파는 뜯겨진 천 틈새로 솜과 스프링이 흉물스럽게 튀어나와 있었다. 주춤거리며 엉덩이를 붙이면서도 김씨는 갑에게서 시선을 뗄 수가 없었다. 월세 없이 보증금만으로 들어갈 수 있는 방이었으면 좋겠다고, 잠만 잘 곳을 구하고 있으니 방이 그다지 좋지 않아도 관계치 않겠다고, 부동산에 들어서서 씁쓸히 말을 뱉어내던 갑이 맞는 것 같았다.

"신부님과 함께 오시지 않으셔도 괜찮습니다. 제가 충분히 신부님 마음에 드실 만한 상품으로 골라드릴 테니까요. 아무런 걱정도, 하실 필요가 없습니다. 자, 그럼 카탈로그를 함께 보실까요?"

종이컵에 녹차 티백을 넣고 뜨거운 물을 담아온 갑은 짐짓 활기찬 목소리로, 책자 형식의 상품목록을 첫 장부터 읽어내려가기 시작했다. 갑의 머리엔 까치집이 지어져 있는데다 눈가엔 미처 떼지 못한 눈곱마저 끼어 있었다.

"저기……"

"아유, 신랑님. 긴장하실 것 없습니다. 녹차부터 한 잔 쭉 들이켜세요. 늦장가가신다고 친구 분들께 놀림을 많이 받으셨나 보죠? 요즘 세상에야 나이 마흔 넘어 결혼하는 것쯤은 예삿일도 아닙니다. 쉰, 예순에 새 인생 시작하시는 분들도 수두룩하다니까요? 그럼요, 그럼요. 다만 경제위기를 극복한 지 얼마 되지 않는 이때에, 대한민국 중산층이 픽픽 쓰러져나간다는 이때에, 일생일대의 결혼식을 얼마나 알뜰하게 그러면서도 신랑 신부님 마음에 꼭 들게 치러내느냐, 그것이 문제 아니겠습니까! 네, 바로 그겁니다. 그런 의미에서 예식 날짜는 언제쯤으로 생각하고 계신지 찬찬히 이야기 좀 나누어보실까요?"

오피스텔 문 앞에 '알뜰결혼식추진위원회'라는 문패가 달려있었던 것을 생각하며 김씨는 어느 타이밍에 맞춰 말을 꺼내야 할지 고민했다.

"나…… 모르겠습니까?"

김씨는 열의를 다해 불광동의 이십구 년차 중개업자인 자신을 소개했다. 1-173번지의 옥탑방을 주선받고 수수료 십만원을 지불하지 않았느냐고, 지난해 봄에 이사 와 가을이 끝날 때쯤 이사 가지 않았느냐고, 혹시 자신을 알아보지 못하겠느냐고 설명했다. 갑의 얼굴에 잠시 당혹스러운 표정이 어리는 것을 김씨는 보았다.

"그, 글쎄요. 제가 이사를 좀 자주 다니는 편이라서 말입니다."

"1-173번진데, 젊은이. 북한산이 바라다보이던 옥탑방 말이야."

아랫입술을 잘근잘근 깨물며 한동안 곰곰 기억을 더듬던 갑은 김씨 앞에 놓아두었던 녹차를 한입에 들이킨 후에야 다시금 미소를 되찾았다.

"제가 기억력도 좀…… 없는 편이라서 말입니다."

갑은 부러 헛웃음을 지으며 뒤통수를 긁적였다. 정말이지 아무엇도 기억이 나지 않는다는 모습이어서, 김씨로서는 더이상 다그치기도 민망해졌다.

"주위에 형편이 어려워 결혼식을 올리지 못한 신랑 신부님들 계시면 중개 좀 부탁드리겠습니다. 저희가 합동결혼식 전문인데, 그게 또 막상 해보시면 나름대로 로망이 있거든요. 그럼, 부탁 좀 드리겠습니다!"

발걸음을 돌리는 김씨의 등에 대고 갑은 "꼭 연락주세요!" 하고 소리쳤다.

"어떻게 그럴 수가 있죠? 바로 지난해까지 자신이 계절을 넘기며 살았던 곳을 기억하지 못한다니요. 이게 말이나 됩니까? 1-173번지가 애초에 없는 곳이라는 말보다 더 어이가 없었습니다."

김씨는 아직도, 오피스텔을 나서며 등뒤로 들려오던 갑의 활기찬 목소리를 잊을 수 없다고 말했다. 명랑한 음색에 가려진 피로한 얼굴이 떠올라, 더이상 따져 물을 수도 없었다고 김씨는 고개를 가로저으며 말을 이었다.

3. 차원이 다르다

갑이 이사 오기 전에 1-173번지의 옥탑방에 살았던 남자는 '을'로, 이십칠 세였고 여전히 독신이었다. 대학을 갓 졸업한 을은 인력소개전문업체에서 일하고 있었다. 인부관리팀에 소속되어 근무하는 을을 만나기 위해 김씨는 새벽 네시 반까지 영등포역으로 나가야 했다.

"저기……, 누굴 좀 만나러 왔는데요."

"일단 기다려주세요. 저희 업체에서는 정확히 한 시간 반의 교육을 마치신 분들께만 현장에 배정받으실 수 있는 기회를 드립니다. 협조해주시길 부탁드릴게요. 자, 들어가세요."

김씨는 직원의 억센 힘에 밀려 비좁은 컨테이너박스로 들어갔다. 커다란 화이트보드를 앞에 두고 대략 오십여 명의 인부 지원자들이 긴장된 표정으로 복작복작 모여 있었다. 김씨는 오로지 을을 만나야 한다는 일념하에 그 틈바구니로 끼어들었다. 잠시 뒤 들어온 을은 컨테이너박스가 흔들리도록 쩌렁쩌렁한 목소리로 이야기하기 시작했다.

"다양한 연령대! 다양한 기술인력! 아버님들이야말로 이십일세기를 이끌어가는 최첨단 멀티플레이어이십니다. 바로 제가, 그것이 거짓이 아니라는 것을 가르쳐드리겠습니다. 못 박고, 지붕 고치고, 도로의 보도블록 하나 놓는 데만 해도 우리 아버님들이 하시면 수준이 다르고, 차원이 다르다는 걸 보여주십시오. 결단코, 좌절하시면 안 됩니다."

을의 뒤로는 도합 세 명의 직원이 각기 색깔만 다른 티셔츠를 입고 서 있었는데, 가슴에는 제각각 '일하고 싶은 당신' '당신의 잠재된 능력을 보여주세요' '바로 이곳, 현장인력에서!' 라는 문구를 새긴 채였다. 인부 지원자들 모두 두 눈을 빛내며 을의 강연을 들었다. 을이 저런 청년이었던가를 확인하기 위해 김씨는 몰래 장부를 펼쳐보았다.

"시 쓰는 걸, 좋아하거든요."

김씨의 장부에 따르면 1-173번지의 옥탑방에 살았던 을은 제대 후 복학을 앞두고 서울에 올라온 학생이었다. 짐이라고는 간단한 취사도구와 책상, 몇 권의 시집뿐이라던 을의 말과는 달리 정작 이사 당일 그가 방에 늘어놓은 시집의 양은 상당했다. 보일러와 수도, 전기 등이 이상 없이 돌아가는지 점검차 들렀던 김씨는 놀라 이 많은 시집들이 모두 을의 것이냐고 물었다. 그리고 그런 김씨에게, 을이 멋쩍은 듯 웃으며 한마디 수줍게 뱉은 것이 "시 쓰는 걸, 좋아하거든요"였다. "미래의 시인에게 사인이라도 받아둬야겠네!" 하고, 짓궂게 장부의 흰 면을 펼쳐 내밀었던 일이 기억났다.

"아버님들이야말로 위풍당당하게 일하고, 정정당당한 대우를 받아야 할 권리가 있습니다. 저희 현장인력에서는 아버님들께서 오랜 세월 축적해오신 사회경험과 풍부한 노하우를 높이 평가합니다. 본격적으로 일하시기에 앞서 저희가 짧게나마 실시하는 이런 교육들은 현대사회가 요구하는 멀티플레이어로서 일하시게 될 아버님들께 보다 더 실제적인 문화와 교양을 습득시켜드리는 데 그 목적이 있습니다. 그저 재밌게 들으시고, 기운을 북돋아 가신다, 그렇게 여겨주시면 됩니다."

을은 웅변대회에 나온 어린아이처럼 긴장돼 보였고, 실제로 씩씩한 말솜씨이긴 했지만 간간이 떨려나오는 음색을 감추진 못했다. 말이라도 붙여보려면 교육을 끝까지 받는 수밖에는 별다른 도리가 없겠다고, 김씨는 팔짱을 끼며 생각했다.

"당까이노 세다이, 이 말은 현재 일본의 오십대 후반을 가리키는 말입니다. 흔히 단카이 세대로 일컬어지는데요. 황폐한 사회, 최악의 경제상황 속에서도 아이들은 끊임없이 태어나게 마련이잖아요. 이차대전 이후 일본에서도 베이비붐이 일어났습니다. 신생아들이 많이 출산되었다는 의미로 단괴, 덩어리, 즉 단카이 세대로 부르는 것입니다. 그들은 전쟁으로 피폐해진 전후 일본 사회를 오늘날 이만큼 건설시킨 주역이라고 할 수 있습니다. 하지만 이미 오십대 후반, 고령화 시대를 앞당기는 사회 문제로 논의되고 있는 것도 사실이죠. 직장에서 물러난 단카이 세대를 재교육시켜 사회인력으로 거듭나게끔 만드는 것이 일본에서도 주요한 과제로 인식되고 있는 실정입니다. 그러나 우리는 어떠합니까! 사오정, 오륙도가 난무하는 대한민국은 지금 대체 무엇을 하고 있습니까! 이제 저희 현장인력이, 정부가 하지 못하는 일을 맡겠습니다. 아버님들께서는 그저 저희만 믿고, 따라오시면 됩니다!"

을은 얼굴이 벌게진 채로 목에 핏대를 세웠다. 컨테이너박스를 가득 채운 인부 지원자들은 박수를 치며 '현장인력! 현장인력!' 하고 복창했다. 을의 뒤에 선 세 명의 직원들이 색색의 티셔츠를 펄럭이며 분위기를 주도했다. 김씨 역시 얼결에 손을 머리 위로 들어올려 박수를 쳤다.

"나…… 모르겠습니까?"

교육이 끝나고 밖으로 나가려는 을의 팔을 필사적으로 붙든 김씨는 숨을 몰아쉬며 불광동의 이십구 년차 중개업자인 자신을 소개했다. 1-173번지의 옥탑방을 주선받고 수수료 십만원을 지불하지 않았느냐고, 지지난해 여름에 이사 와 겨울이 끝날 때쯤 이사 가지 않았느냐고, 혹시 자신을 알아보지 못하겠느냐고 설명했다. 을의 땀에 전 이마가 짜증으로 찌푸려지는 것을 김씨는 보았다.

"그, 글쎄요. 제가 이사를 좀 자주 다니는 편이라서 말입니다."

"1-173번진데, 젊은이. 북한산이 바라다보이던 옥탑방 말이야. 경치가 좋아 시가 잘 써질 것 같다고 하지 않았나."

김씨의 말을 듣는 을의 양 눈썹은 점점 더 꿈틀거렸다.

"현장배정을 받으실 거라면 신원확인서를 작성해주시고, 좀더 생각해보셔야 할 것 같으면 다음주 이 시간에 다시 방문해주십시오. 오로지 저희 현장인력만이 업계 최저 수수료를 고집하고 있다는 점을 명심해주시면 감사하겠습니다."

고개를 수그리고 걸어가는 을의 뒷모습을 바라보며 김씨는 망연자실할 수밖에 없었다.

"불광동 1-173번지 말이야! 1-173번지!"

발악하듯 소리를 지르는 김씨를 많은 인부 지원자들이 지나쳐 갔다. 김씨는 점차 불길한 예감에 사로잡혔으나, 이내 마음을 다 잡았다. 장부엔 아직 1-173번지에 살았던 이들의 기록이 지워지지 않고 남아 있었다. 1-173번지가 있었다는 사실을 진실로 증명해줄 청년들이, 분명 어디선가 살아가고 있을 터였다.

"정말 기억이 나질 않았던 건지, 아니면 일부러 모른 척한 건지 잘 모르겠습니다. 그렇게 소리를 쳤는데, 뒤도 한번 안 돌아보고 가더군요. 이해할 수가 없었어요."

김씨는 아직도, 땀이 밴 을의 이마가 잊히질 않는다고 말하며 두 손에 힘을 주어 쥐었다 폈다를 반복했다.

4. 동에 번쩍, 서에 번쩍

을이 이사 오기 전에 1-173번지의 옥탑방에 살았던 남자는 '병'으로, 이십육 세였고 여전히 독신이었다. 김씨가 병을 찾아낸 곳은 마침 그날 처음으로 문을 연 상계동의 '369신용금고'였다.

"369는 무슨 놈의 369야! 장난해?"

제복을 입은 경비원 두 명에게 두 팔이 붙들린 채 병은 발버둥치고 있었고, 김씨는 곁에서 병의 얼굴을 꼼꼼히 뜯어보며 장부에 기록된 그 젊은이가 맞는지 확인하느라 여념이 없었다. 작달막한 키의 병은 귀가 아주 큰 탓에 눈에 띄는 인상이었다. 게 다가 친절한 성격에 사교성이 좋았고, 특히 어른을 공경하는 마음씀씀이가 기특했던 청년이었다. 이사 온 첫날, 자신은 현재 대학에 다니고 있지 않고, 컴퓨터 부품을 조립하는 회사에 다니면서 검정고시를 준비하는 중이라고 싹싹하게 대답하던 것이 기억났다.

"음료수 한 잔 드시겠어요?"

먼지 묻은 목장갑을 벗고도 한참이나 바지에 손을 문지른 뒤에야 손수 종이컵에 음료를 따라 건네주던 병의 모습이 떠올랐다. 그런데 대체 무슨 일일까. 분명 1-173번지에 살았던 병이 확실한데, 다른 곳도 아니고 하필이면 신용금고 안에서 경비원들에게 팔이 붙들려 버둥거리고 있다니 무슨 사연일까 싶어 김씨는 걱정이 앞섰다. 그때 369신용금고의 지점장이 넥타이를 추스르며 나타났다. 오전이라 많은 사람들이 찾아온 것은 아니었지만 새로 개점하는 날이었던데다, 큰소리가 나자 웬 소란인가 싶어 이웃한 상가의 장사치들이 모두 몰려든 상황이었다.

"반갑습니다. 저희 369신용금고를 찾아와주신 고객님께 마음으로부터 크나큰 감사를 드립니다. 무슨 불편한 사항이라도 있으십니까?"

지점장은 머리가 희끗하고 한눈에 보아도 나이가 있어 보였지만 이십대 후반의 병에게 깍듯이 예의를 차렸다. 다분히 기계적인 어투에 입을 삐죽대는 구경꾼들이 두어 명 남짓 눈에 들어왔다.

"당신들 말이야…… 이러는 거 아냐, 진짜!"

홍분한 기색이 역력한 병이 거의 울부짖는 수준으로 소리쳤으나 지점장은 꿈쩍도 하지 않았다.

"고객님, 저희 369신용금고는 대한민국 국민 모두가 부담 없이 저금하고, 박수치며 예금을 찾아가는 그날까지 정성을 다해 봉사하겠다는 자세로 업무에 임하고자 합니다. 개점 한 달 내에 통장을 개설하시는 고객 여러분께는 특별히 창구에서의 이체·송금 수수료를 면제해드리며, '재해 보장 369짝짝 보험'까지 무료로 가입해드립니다. 불만사항이 있으시면 부디 기탄없이 말씀해주십시오. 의견 수렴 즉시 개선하도록 조치하겠습니다."

인자한 미소를 지으며 지점장이 "그 손 좀 놔드리지" 하고 경비원들에게 이야기하자 병의 팔은 자유로워졌다. 병은 왼쪽 어깨를 주무르며 울 듯 말 듯한 표정으로 따지듯 항변했다.

"내가 일주일 전부터 문 앞에 붙여놨잖아요. 보고도 모른 척하는 게 사람 무시하는 게 아니고 뭐예요. 내가 그렇게 내 이름 쓰지 말라고 했는데 왜 쓰는 거예요. 이게 당신 이름이라고 생각해보란 말이에요, 기분이 좋은가 안 좋은가! 신경이 쓰이나 안 쓰이나!"

병의 말인즉슨 이러했다. 개점을 앞두고, 369신용금고는 대대적인 홍보행사와 함께 각 동의 곳곳에 현수막을 내걸었다. 개점 한 달 내 통장 개설시 이체·송금 수수료 면제와 '재해 보장 369짝짝 보험'의 무료가입 선전도 잊지 않았다. 전단지가 나붙었고, 지점장이 직접 출연해 예의 그 번듯한 미소를 지으며 지역 유선방송의 전파도 탔다. 그에 발맞춰 병 역시 개점 일주일 전부터 하루도 빠짐없이 나와, 셔터가 내려진 369신용금고의 문 앞에 정성스레 종이를 붙였다.

'제 이름은 홍길동입니다. 부디 귀 지점의 예금 또는 출금·신탁·보험·신용카드·가입·해지 등 관계된 모든 용지의 예시에 제 이름을 사용하지 말아주십사 간곡히 부탁드립니다. 귀 지점의 무궁한 발전을 빕니다'

어찌된 일인지 아침에 오면 종이가 바닥에 떨어져 있거나, 어디론가 사라지고 보이지 않았지만 그래도 병은 개의치 않고 일주일 동안 똑같은 내용의 종이를 곧 개점할 신용금고의 문 앞에 붙였다고 했다. '이쯤 했으면 당연히 쓰지 않았겠지' 하고 생각했던 병은 그러나, 혹시나 하는 마음으로 확인차 들른 개점 첫날의 369신용금고에서 또다시 자신의 이름을 발견하고는 흥분했다. '보시고 따라하세요!'라고 친절히 써 있는 손글씨 밑으로 '예금주 홍길동'이라고 적혀진 모습을 보는 순간, 병은 피가 거꾸로 솟았던 것이다.

"각 지역의 관할 시청, 동·읍·면사무소, 각종 교과서와 참고서, 정부간행물·신문·잡지, 하다못해 다종다양한 헬스클럽과 찜질방, 인터넷 쇼핑몰에서까지 모든 예시와 결제 안내 등에 제 이름을 사용해요. 그리고 이제는 당신네들 같은 별 요상한 이름의 신용금고에서까지 제 이름을 써대고 있어요. 왜요? 왜요? 대체 왜 그렇죠? 왜 제 이름이죠?"

눈물을 그렁그렁 매단 얼굴로 병은 따져 물었다.

"그까짓 이름 갖고 웬 소란이냐, 이름을 바꿔라 하는 사람들도 많았어요. 하지만 내가 왜 멀쩡한 내 이름을 바꿔야 하나요? 부모님이 계셨다면 저도 생각해봤겠죠. 어머니 아부지, 왜 제 이름을 이렇게 지으신 거죠? 이제는 제 이름 좀 바꿔도 될까요? 하지만 여쭤볼 부모님이 없어요. 그러니 바꿀래도 바꿀 수가 없어요. 동사무소에 가서, 시청에 가서 항의를 해도 알았다고 말하며 웃고 넘길 뿐 바꿔주지 않아요. 덕분에 사람들은 매일 매일 예금주 홍길동, 세대주 홍길동, 전입신고자 홍길동을 입에 달고 살죠. 369는 뭐가 잘났어요?"

병은 흥분을 이기지 못하고 따발총처럼 쏘아붙였다. 지점장은 점차 얼굴이 벌게졌고, 입가의 근육이 씰룩거렸다.

"369는 뭐가 잘났냐고요! 도대체 홍길동보다 뭐가 잘난 이름이라서, 남이 애써 한 부탁도 무시해버리고 당신들 이름도 아니면서 내 이름을 함부로 쓰는 거예요? 예시 인생은 이제 지긋지긋하다고요!"

"내 이름도 홍길동이다, 이 망할 놈의 자식아!"

지점장은 폭발하듯 소리를 지르며 넥타이를 풀어 바닥에 내동댕이쳤다. '지점장 홍 길 동'이라고 쓰인 은빛 명찰이 지점장의 양복 오른쪽 가슴 부분에서 흔들렸다. 겁에 질린 여직원 한 명이 지점장의 이름이 쓰인 원목 명패를 들고 달려와 라운드걸처

럼 머리 위로 높이 들었다. 병을 붙들었던 경비원들은 허겁지겁
달려가 지점장의 팔에 매달렸다.

"내가 썼다, 아무도 모르게 새벽에 출근해서 내 이름 내가 썼
어! 사내자식이 그깟 이름이 뭘 어쨌다고 울고불고 생난리야!
홍길동이 어때서! 그 훌륭한 홍길동 선생이 부끄럽다 이거냐?
동에 번쩍, 서에 번쩍 하는 이름이니 시청이며 동사무소며 은행
이며 신문이며 번쩍번쩍 새겨지는 게 당연하지, 뭐가 그리 싫다
고 질질 짜, 짜기를! 너 이 새끼 이리 와! 내 아들이었으면 넌
허리꺾기 십육 회, 쪼그려 앉아 뛰기 백삼십구 회, 팔굽혀펴기
사백오십오 회야! 당장 이리 와! 어쭈, 이리 못 와?"

병은 서러운 듯 입술을 달싹이다가는 엉엉 눈물을 흘리며 369
신용금고를 뛰쳐나갔다. 사람들은 휭하니 달려가는 병의 뒷모습
과 분노로 침을 한 대야는 쏟아놓고 씩씩대는 지점장의 얼굴을
번갈아 쳐다보았다.

"사람 소리지르는 거 처음 봅니까? 할 일 없으면 당장 집에
가서 구들장 지고 썩어가는 십원짜리나 한 자루씩 모아와욧! 좌
로 정렬, 하낫 둘! 모두 앞으로 갓!"

지점장은 바닥에 떨어진 넥타이를 낚아채며 호통을 쳤고, 사
람들은 화들짝 놀라 허둥지둥 열을 맞춰 신용금고를 빠져나갔
다. 김씨 역시 어리둥절하게 서 있다가는, 병이 사라진 방향으로
젖먹던 힘을 다해 달렸다. 1-173번지의 옥탑방으로 이사 오겠다
고 결정한 후 입주계약서를 작성하면서 "제 이름이 좀 웃기죠?"

하고 배시시 웃었던 병의 앳된 얼굴이 도로를 가로지르는 김씨의 머릿속에 스쳐지나갔다.

"나…… 모르겠습니까?"

김씨는 주택단지로 들어가는 입구의 공원에 앉아 있는 병을 가까스로 찾아냈다. 그러고는 땀을 뚝뚝 흘리며 열의를 다해 불광동의 이십구 년차 중개업자인 자신을 소개했다. 1-173번지의 옥탑방을 주선받고 수수료 십만원을 지불하지 않았느냐고, 지금으로부터 삼 년 전쯤의 겨울에 이사 와 일 년 가까이 머물다 이사 가지 않았느냐고, 혹시 자신을 알아보지 못하겠느냐고 설명했다. 병의 얼굴은 눈물로 번들거리고 있었는데, 그의 눈동자에 잠시 경계의 빛이 어렸다 사라지는 것을 김씨는 보았다.

"그, 글쎄요. 제가 이사를 좀 자주 다니는 편이라서 말입니다."

"1-173번진데, 젊은이. 북한산이 바라다보이던 옥탑방 말이야. 이사 오던 날 나한테 음료수도 따라주지 않았나, 왜. 검정고시를 본다고 했었지 아마? 지금쯤이면 대학생이 되었겠군그래?"

병은 조심스레 김씨의 얼굴을 찬찬히 뜯어보았다. 자신에 대해 상세히 알고 있는 눈앞의 낯선 인물이 의아하다는 듯, 그러나 전혀 기억이 나지는 않는다는 듯 고개를 갸웃거렸다. 김씨는 인내심을 갖고 기다렸다. 병이 1-173번지에 살았다는 사실만 떠올려준다면, 1-173번지의 옥탑방을 소개해주고 이삿날 음료수까지 함께 마셨던 자신을 기억해준다면 더 바랄 나위가 없을 것 같았다.

"죄송해요. 기분이 좋지 않아선지 지금은 아무것도, 기억이 나질 않네요."

"불광동 1–173번지의 옥탑방을 모르겠단 말인가? 자넨 거기서 일 년이나 살지 않았나."

"모르겠어요, 아무것도. 기억이 나지도, 기억하고 싶지도 않아요. 죄송해요, 아저씨."

"지금 살고 있는 집도 옥탑방인걸요……"라고도, 병은 웅얼거렸다. 김씨는 터질 듯 가슴이 답답해져왔다. 터덜터덜 걸어 공원을 빠져나오면서 김씨는 땀 찬 손에 들러붙은 장부를 펴고 목록에서 병의 이름을 지웠다.

"정말이지 캄캄했지만, 한편으론 그래 괜찮다, 이제 겨우 세 명의 젊은이만 만나봤을 뿐이야, 아직은 괜찮아, 라고 주문을 걸 듯 중얼거렸습니다. 정말 그랬거든요. 눈이 퉁퉁 부은 스물여섯의 젊은이를 계속 닦아세우고 싶지도 않았고, 내겐 1–173번지에 살았던 또다른 젊은이가 아직 남아 있었으니까, 괜찮았다 이 말입니다."

그 다음날 369신용금고 앞을 지나쳐가며, 김씨는 건물에 커다란 현수막이 드리워져 있는 것을 보았다. "아주 유쾌한 광경이었습니다" 하고 김씨는 너털웃음을 터뜨렸다.

'길동아, 울지 마라. 369신용금고가 있다! —지점장 홍 길 동'

5. 정확히 삼 분 소요

병이 이사 오기 전에 1-173번지의 옥탑방에 살았던 남자는 '정'으로, 이십삼 세였고 여전히 독신이었다. 장충동의 어느 찌개요리전문점에서 정을 찾아낸 김씨는 그가 앞치마 대신 머리띠를 두르고 있는 광경을 목격했다. 식당 입구에는 정을 포함해 대략 사십여 명의 장충동지역 내 식당종업원들이 모여 자리를 지키고 있었다. 멀리서도 그들의 이마에 붙여진 '각성하라!' '전면 개선' '고통 근절' 등의 격정적인 문구들이 눈에 띄었다.

"가스렌지의 휴대화를 가능하게 만든 부르스타! 우리는 당신들의 노고를 치하합니다. 그러나 장충동 내 사십여 명의 요식업종사자 여러분, 우리가 일하는 식당의 모든 부르스타를 꺼내 확인해보십시오! 용기탈착레바가 제자리에 붙어 있는 게 당최 몇 개나 되는지! 부탄가스 넣고, 점화손잡이 돌리기 전에 우리는 먼저 안전에 유의하여 빠르고 정확하게 용기탈착레바를 내려야 합니다. 하지만 플라스틱이 떨어져나간 레바를 엄지손가락으로 내려야 할 때의 그 공포! 아으, 그 공포……!"

"아으, 그 공포……!"

정이 확성기에 대고 몸서리를 치자, 사십여 명의 식당종업원들이 아스팔트에 주저앉은 채로 똑같이 몸을 배배 꼬았다. 지나는 사람들이 발걸음을 멈췄고, 이웃한 상점의 사람들이 전부 몰려들었다.

"우리 요식업 종사자들은 이미 지난해 봄부터 여러 차례에 걸쳐 본사에 리콜을 신청한 바 있습니다. 그 과정은 다음과 같습니다. ①장충동 내 일반음식점으로 등록된 모든 업소의 부르스타를 모은다. ②플라스틱이 떨어져나간 레바의 개수를 조사한다. ③각 부르스타의 구입시기와 레바가 고장난 날짜를 적어 문서화한다. ④부르스타 본사에 리콜을 요청한다. 그러나 현재 본사에서는 아무런 조치도, 취해주지 않고 있는 실정입니다. 동지 여러분, 이래서야 되겠습니까!"

"이래서는 일할 수 없다! 이래서는 일할 수 없다!"

모두들 금방이라도 뛰쳐나갈 기세였다. 장충동의 도로 일부를 점거하고 농성에 들어간 식당종업원들로 인해 자동차들은 연신 경적을 울려댔고, 어떻게 알았는지 무장한 의경들을 태운 버스 한 대가 달려와 멀찌감치 주차했다. 김씨는 아무리 장부와 정을 번갈아 들여다보아도 자신이 불광동 1-173번지의 옥탑방을 소개해주었던 그 청년이 맞는지 확신이 서질 않았다.

"딱 세 달만 다녀오는 거야. 가을 학기가 시작되면 올라올 거니까."

"……"

"쌀 있으니까 밥 해먹고, 학교 갔다 오고, 밤에는 문단속 잘하고 자면 되는 거야."

"……"

"금방 온다. 방학 동안만, 버텨줘."

"......"

이사 온 첫날, 정의 형은 따로 짐을 꾸려 어깨에 멨다. '형님 다녀오마' 하고 능치듯 정의 머리칼을 흩뜨렸지만 정은 끝내 단한 번도 입술을 떼지 않았다. 그때의 불광동은 막 초여름으로 들어서고 있었다. 옥탑방을 벗어나 불광동 길을 따라 내려가는 형의 뒷모습은 뜨거운 햇볕에 닿아 녹을 듯 흐느적거렸다. 김씨는 단출한 이삿짐을 부려놓을 생각은 않고 부동자세로 서서 제 발치만 내려다보던 정이 아주 작은 몸짓으로 어깨를 들썩이던 것을 떠올렸다. 이후 아침저녁으로 터벅터벅 가파른 경사로를 오르내리던 정의 모습을 보긴 했지만 늦가을쯤엔가 올라가본 옥탑방은 문도 잠겨 있지 않은 채로 덜렁덜렁 바람에 휘둘리고 있었다. 보증금도 없이 월세 이십오만원으로 급히 계약을 했던 터라 주인은 별수 없다는 듯 다시 입주자를 물색했지만 김씨로서는 내심 그들 형제의 일이 궁금하고, 걱정되었다. 그러나 그때의 그 뜨겁던 여름, 이도 저도 시선을 둘 곳 없이 홀로 서 있었던 작은 소년이, 도로의 한복판에서 확성기를 든 정이 맞는지의 여부에 관해서는 도무지 확신할 수 없었다.

"우리는 주문에서 세팅까지, 그리고 계산에서 테이블 정리, 다시 세팅까지 정확히 삼 분 소요를 목표로 합니다. 온종일 부르스타를 들고 나르고 종횡무진 식당을 누벼야 하는 우리 종업원들에게 있어 고장난 레바의 리콜 문제는 아주 중대한 사항입니다. 살갖이 벗겨지고, 물집이 미처 아물지도 못하고 다시 터집니다."

정의 말에 사십여 명의 식당종업원들은 "옳소! 옳소!" 하고 맞받았고, 이후 순번을 정해 돌아가며 확성기를 손에 들었다.

"주인은 온종일 같이 있어 봤자 레바엔 새끼손가락도 대려 하질 않습니다. 무조건 저를 부릅니다. 내 손가락은 뭐 고무나 납덩이인 줄 안다고요…… 흑!"

"이건 우리 요식업 종사자들의 생존권에 관한 문제나 마찬가지예요. 엄지손가락 찢어진 게 한두 번인 줄 아세요? 아침부터 피 보면 기분이 얼마나 더러운지, 아니 얼마나 기분이 나쁜지 아시냐고요!"

"손님들이 뻔히 쳐다보고 있는데 손가락 아프다고 행주를 사용하거나 옷깃을 끌어당겨 레바를 내릴 순 없잖아요. 이건, 아으 정말이지 이건, 쪽팔림의 문제이기도 해요!"

김씨는 정에게 가까이 다가가 보다 자세히 얼굴을 들여다보고 싶었으나 점차 늘어나는 구경꾼들에게 밀려 부유하듯 제자리만 맴돌았다. 종업원들이 각자의 고충을 이야기하는 동안 정이 농성 대열을 추슬러 퇴계로를 향해 진군할 채비를 마치자 김씨는 마음이 조급해졌다. 김씨는 장부를 부여쥐고 "부르스타, 거 참 손 아프죠" "레바 좀 제대로 만들지 않고" 하고 부러 큰 소리를 내가며 시나브로 정 가까이 다가갔다. 끝끝내 그와 눈이 마주쳤을 때 김씨의 손엔 '현대인은 보다 더 능동적이고 진취적으로 자신의 삶의 질을 개선해야 할 필요가 있다 — 부르스타 용기탈착레바 리콜신청협의회 장충지부' 라고 인쇄된 흰 깃발이 들려 있었다.

"나…… 모르겠습니까?"

김씨는 더운 김이 오르는 정의 어깨를 두어 번 두드려준 후 열의를 다해 불광동의 이십구 년차 중개업자인 자신을 소개했다. 지금으로부터 사 년 전쯤의 초여름에 형과 함께 1-173번지의 옥탑방에 이사 오지 않았었느냐고, 중개수수료 십만원도 큰 맘 먹고 받지 않았으며 이삿날 짐도 같이 날라주었는데 혹시 자신을 알아보지 못하겠느냐고 설명했다. 정은 사색이 된 얼굴로 김씨를 돌아보며 간신히 입술을 달싹거렸다.

"그, 글쎄요. 제가 이사를 좀 자주 다니는 편이라서 말입니다."

"1-173번진데, 젊은이. 북한산이 바라다보이던 옥탑방 말이야. 형이 자네만 남겨두고 어딘가 다녀온다고 하지 않았었나, 왜. 형하고는 어떻게, 지금 같이 살고 있는 건가?"

"누구신지 모르겠습니다만 좀 비켜주세요."

김씨에게 돌아오는 것은 감정 없이 차디찬 음성뿐이었다. 김씨는 매몰찬 반응에 섭섭함을 감추지 못하면서도, 눈을 마주치지 못하고 김씨의 어깨를 비껴가는 정의 표정에서 그가 사 년 전에 불광동 1-173번지의 옥탑방에 살았던 젊은이라는 사실을 한눈에 알아보았다.

"정이 맨 머리띠가 땀에 젖어 자꾸만 흘러내렸습니다. 머리띠를 추키며 정이 계속 걸어가는데, 가만 보고 있으니 등뼈가 찌르찌르 아파옵디다. 여관방에서 파스를 붙이고 끙끙대는데 내가 왜 지금 이 짓을 하고 있나, 하는 생각에 불현듯 서러워지더군요. 1-173번지가 없었다고는, 지금도 인정할 수 없어요. 정말로 있었으니까요, 1-173번지는. 하지만 혼란스러운 것만은 분명했다 그 말이죠. 나만 알고 있으면, 나만 기억하고 있으면 된 게 아닌가? 나는 대체 뭘 하고 있는 거지? 큰놈은 딴생각 안 하고 공무원시험 준비 잘하고 있나? 작은놈은 방학한 지 꽤 됐을 텐데 아르바이트라도 하고 있나? 마누라는 남편이 집 나가 죽었다며 벌써 장례라도 치러버리고는 동네 아낙들과 질펀히 모여 앉아 '별 이상한 놈팽이도 다 있었지 뭐유' 하고 지껄이고 있는 건 아닌가? 별별 잡생각이 다 들어서 화도 내고, 소리도 질러보고, '병신, 내가 병신이다!' 가슴도 쳤습니다. 하지만 그 와중에도 등에 붙인 파스는 너무도 뜨끈뜨끈하고 화끈거리더군요."

김씨는 여관방의 때 묻은 이불을 껴안고 장부의 목록에서 정의 이름을 지웠다고 말하며 쓸쓸히 웃었다.

6. 고! 고를 해야죠!

이후 김씨는 한 달간, 고민에 고민을 거듭했노라고 고백했다. 이제 남은 청년은 단 한 명이었으므로, 앞선 이들이 그러했듯 마지막 청년마저 불광동 1-173번지의 옥탑방에 살았던 사실을 기억해내지 못한다면 김씨의 노력은 아무런 성과도 얻지 못하고 수포로 돌아가게 될 터였다. 찾아갈 것인가, 말 것인가. 어느 쪽을 택한다 하더라도 두려움의 크기는 달라질 것 같지 않았다. 김씨는 볕이 들지 않는 여관방에 누워 천장만 바라보며 하루하루를 보냈다. 지난해 장마에 빗물이 스며들었는지 천장엔 얼룩덜룩한 자욱이 쥐 오줌처럼 번져 있었고, 도무지 열려야 열리지 않는 창문이 바람결에 덜컹이는 통에 깊은 잠을 이룰 수도 없었다. 살풋 선잠이 들었다가 꿈결에 화들짝 놀라 깨는 일이 반복되었다.

"술 좀 들어, 쭉 쭉. 옳지…… 잘 먹는다."

김씨는 아버지의 목소리를 듣고 싶어 잠에서 깨어나도 눈을 뜨지 않았다. 아버지는 환하게 미소 지었고, 소주잔을 건네며 말랑말랑한 몸짓으로 술을 권했다. 한평생 허리를 구부리고 일해 아들 넷, 딸 둘을 먹이고 입혀 키워낸 아버지는 일흔을 조금 넘겨 정신을 놓으셨다. 아내는 시어머니가 없어 편히 산 덕으로 말년에 시집살이를 하고 있다며 툴툴거렸지만 이날 입때껏 두 아들 뒷바라지에 고생 많은 것을 알고 있기에 뭐라 한마디 대꾸하기에도 눈치가 보였다. 근면성실을 입에 달고 살아온 아버지는 과음을 싫어했고, 화투장 한번 손에 쥐는 법이 없던 분이었다. 그런데 치매 노인의 우울증치료에 효과가 있다기에 가르쳐드린 화투를 아버지는 의외로 재미있어하셨다. 온종일 집안의 식기란 식기는 모조리 꺼내 일을 벌여놓아 아내에게 호통을 듣고서도, 김씨가 집에만 들어서면 소주잔을 들고 달려나오시곤 했다.

"한 잔만 해, 아범. 딱 한 잔만. 응?"

아들이 목울대를 넘기며 술 한 잔을 맛있게 받아마시고 나면, 아버지는 당신의 방으로 들어가 낑낑대며 두꺼운 모포를 펼치고 화투장을 죽 벌여놓았다. 잔뜩 굽은 허리와 부지깽이처럼 마른 몸, 편찮으시기 전엔 거동조차 불편하셨던 아버지의 몸, 그 어디서 그런 기력이 솟아나는지 김씨로서도 영문을 모를 일이었다. 저리 정정하신데 치맨들 어떠랴, 저리 즐거워하시는데 졸린 게 뭐 그리 큰 문젤까. 김씨는 기꺼이 밤을 새워 아버지와 함께 화투를 쳤다. 매화가 피고, 학이 날고, 아버지가 마른 뱃가죽을 부여쥐며 껄껄 소리 높여 웃었다. 장성한 아이들 덕에 부엌 옆의 곁방에서 주무시면서도 불편한 내색조차 않던 아버지. 아버지의 그 좁다란 방 안에서 벌어지는 화투판은 그래서, 그 자체만으로 부자간의 눈부신 소풍이자 조촐한 축제였다.

여관방에 누운 채로 김씨는 아버지의 화투장을 손에 쥐고 "아이고 아버지, 고! 고! 고를 해야죠!"라고 외치던 자신의 모습을 보며 빙그레 웃었다. 아버지가 주름이 자글자글한 입으로 오물오물 발음하던 "옛다, 고!"가 귓바퀴에서 맴을 돌며 사그라지지 않자 김씨는 그제야, 얼얼한 허리춤을 부여잡고 일어났다. 마지막 눈 감으시던 날, 아버지가 김씨의 축축한 두 손을 부여잡고 해주었던 말 또한 바로 그것이었다.

"아범아. 고……, 고 하자. 옛다, 고!"

김씨는 붉게 충혈된 눈으로 아버지를 바라보았지만, 아버지는 아주 편안하고 해낙낙한 표정이었다. 좀더 평수를 늘려 이사 가게 되면 꼭 널찍한 방 하나 내어드려야지 했는데, 삼 년 아니 이 년 아니 적어도 일 년만 더 기다려주셨으면 됐는데, 불초한 자식 맘도 모르고 아버지는 웃으며 '고'를 외쳤다.

"아버지, 나도 곱니다! 나도 고!"

면도를 하고, 옷을 갈아입은 뒤 김씨는 결연히 여관방을 나섰다. 햇볕이 푸지게 쏟아지는 거리를 하염없이 걷고 걸어 앞으로 나아갔다. 마지막 청년을 찾든 찾지 못하든, 불광동 1-173번지를 기억하든 기억하지 못하든, 자신을 알아보든 알아보지 못하든, 김씨는 무조건 '고' 해야만 했다.

7. 브이를 만들며

그리하여 김씨는 마지막으로, 정이 이사 오기 전에 1-173번지의 옥탑방에 살았던 '무'를 찾아갔다. 이십육 세의 그는 여전히 독신이었다. 김씨는 무를 보자마자 그가 1-173번지의 옥탑방에 올라와 가장 처음으로 했던 말을 기억해냈다.

"와우, 요 쏘 나이쓰! 나이쓰 뷰우! 유 노우 와람쎄잉?"

스물이 갓 넘어 보이는 앳된 얼굴의 무는 온통 영문으로 프린트된 모자며 티셔츠, 청바지를 걸치고 있었는데 그마저도 바지는 너무 크고 길어서 죄다 제 운동화로 밟고 다녔고, 팔이며 목에는 온통 쇠줄 같은 현란한 장신구를 달고 있어서 움직일 때마다 쟁강쟁강 소리를 냈다. 김씨는 커다란 카세트플레이어를 어깨 위에 올려놓고 사지를 흐느적거리면서 지하철역과 1-173번지의 옥탑을 오가는 무를 바라보며 어이없이 웃곤 했던 것이 생각났다.

무는 명동 한복판에 서서 예의 그 흐물흐물한 몸놀림으로 사람들에게 다가가 전단지를 나누어주고 있었다. 김씨는 비슷한 또래의 젊은이들이 여남은 명 정도 함께 모여 있는데다, 모두 같은 옷차림을 하고 있어서 처음에는 도대체 누가 무인지 잘 분간할 수가 없었다. 하지만 헐렁한 티셔츠를 입은 한 청년이 납작한 모자를 비뚜름하게 쓰고 "요 쏘 섹시 아가씨, 이거 좀 종이 좀 받아봐봐봐!" 하고 노래하듯 소리쳤을 때 김씨는 비로소 그를 찾았다는 마음에 나지막한 탄성마저 자아냈다.

"쿨, 쿨, 우린 모두 쿨, 쿨, 쿨 드링커가 되어야 햇! 너도 쓰고 나도 쓰는 햇, 햇, 그러나 우리는 쿨 드링커가 되어 웃어야 햇!"

무가 입고 있는 주황색 티셔츠에는 '건전한 음주문화에 앞장서는 Cool Drinker!'라는 글자가 초록색으로 현란하게 프린팅되어 있었다. 김씨는 천천히 무를 향해 걸음을 옮겼다. 어쩐지 긴장이 되어 한마디도 꺼낼 수 없을 것만 같은 기분이었다. 무는 어깨를 으쓱해 보인 뒤 김씨에게 전단지를 건네주었다.

"요 쏘 아저씨, 아저씨도 이젠 쿨, 쿨, 쿨을 알아야 햇! 첨잔은
노, 첨잔은 노……"

무는 두 발을 차례로 교차시키며 앞서거니 뒤서거니 몸을 움
직이더니, 쿨 드링커가 되기 위해 알아야 할 계명을 외우기 시
작했다. 전단지를 마이크처럼 말아쥐고 '안주는 필수, 음주속도
천천히'와 같은 내용을 노래하듯 쏟아내는 무 앞에서 김씨의 등
이 땀으로 축축해졌다.

'어디 조용한 데라도 들어가서 이야기할 수 있다면 좋으련
만.'

발 디딜 틈 없이 복작거리는 명동 한복판에 서서 불광동 1-
173번지의 옥탑방에 살았었느냐고 묻는다는 건 어쩐지 생뚱맞
게 여겨졌다.

"나…… 모르겠습니까?"

무는 김씨의 말을 듣지 못했는지 모자를 매만지며 돌아섰다.
동시에 무릎의 관절을 꺾어 바닥에서 빙그르르 돌아 보였다. 흡
사 바지로 바닥에 커다란 원을 그리며 주저앉는 모양과 같았는
데 놀랍게도 무는 몸에 스프링이라도 매단 것처럼 빠르게 상체
를 일으켰다. 주위에 있던 사람들이 박수를 치며 깔깔거리자 무
는 손가락으로 브이를 만들며 "옙, 베이비"라고 말했다. 가사를
알아들을 수 없는 노래들이 여기저기서 들려와 마구 뒤섞였고,
오가는 사람들로 거리는 장사진을 이뤘으므로 김씨는 도저히 무

에게 말붙일 기회를 얻지 못했다.

김씨는 오후 네시부터 아홉시까지 꼬박 다섯 시간 동안 무를 기다렸다. 무는 같은 옷을 입은 무리들과 함께 음악을 틀어놓고 춤을 추기도 하고, 골목으로 들어가 밥을 먹기도 하면서 자신들의 키만큼 높이 쌓아올려졌던 상자 안의 전단지들을 모조리 사람들 손에 쥐여주었다. 사람들은 받고 나서 바로 바닥에 흘려버리거나, 손 안에서 구겨버렸고 그것 역시 이내 바닥으로 던져졌다. 골목에 비껴선 채로 멍하니 사람들 틈바구니에 끼어 있던 김씨는 무가 탈진한 표정으로 모자를 깊숙이 눌러쓰는 모습을 보고는 서둘러 걸음을 떼었다.

"나…… 모르겠습니까?"

상자를 챙기고 신발에 밟힌 전단지 몇 장을 들어 올리던 무가 힘겹게 고개를 들었다. 김씨는 다시금 열의를 다해 불광동의 이십구 년차 중개업자인 자신을 소개했다. 1-173번지의 옥탑방을 주선받고 수수료 십만원을 지불하지 않았느냐고, 지금으로부터 꼭 오 년 전쯤의 봄에 이사 와 일 년을 조금 넘겨 살다 이사 가지 않았느냐고, 혹시 자신을 알아보지 못하겠느냐고 설명했다. 무는 입술을 꼭 다물고 머릿속으로 생각해보는 시늉을 하더니, 얼마 지나지 않아 어깨를 으쓱해 보였다. 무 역시 불광동 1-173번지의 옥탑방을 기억하지 못하는 것이 분명해 보였다. 이미 앞서 네 명의 젊은이들을 만나고 온 김씨로서는 예상하지 못했던 일도, 당황스러워할 일도 아니었다. 그러면서도 다리가 후들거

252

리는 것만은 감출 수 없었다. 몸살이 날 듯 한기가 느껴졌다. 김씨는 미안하다고, 사람을 잘못 본 모양이라고 에둘러 말하며 돌아섰다.

"그때의 기분을 잊을 수가 없어요. 처음에야 다섯 명을 모두 찾고도 1-173번지가 있었다는 것을 증명해내지 못할 줄은 꿈에도 몰랐죠. 분명히 있었으니까, 그곳에 살았던 사람들이 있었으니까, 찾아내기만 한다면야 어려울 게 뭐 있으랴 싶었던 거예요. 하지만 놀랍게도 다들 기억하지 못하더이다. 불광동 1-173번지의 옥탑방에 살았던 사실도 기억하지 못하는, 혹은 기억하려 들지 않는 이들에게 늙고 추레한 얼굴을 들이대며 기억하냐고 묻는 것도 어리석게 느껴졌습니다. 그런데 이상하죠. 화가 나야 정상일 텐데 오히려 후련했으니 말이오."

8. 묘하게 슬프면서 웃기기도

애초에 1-173번지를 기억하냐고 묻는 것 자체가 우스운 일이었다고 김씨는 말했다. 이렇게나 빡빡하게, 삶을 살아가고 있는 젊은이들에게 무언가를 기억해달라고 요구하는 것부터가 너무도 가혹한 일이 아니었겠냐고 되묻기도 했다.

"허청허청 명동역으로 걸어가는데 아내 얼굴만 둥둥 떠오르더군요. 나이 먹고 할 짓이 없어서 밖으로 도냐고, 악다구니를 써낼 모습이 눈에 선했어요. 그래도, 보고 싶지 뭡니까. 퍼질 대로 퍼진 아내의 그 물큰한 엉덩잇살마저 그리워지지 뭡니까. 다 늙어 주책입디다, 눈물까지 핑 돌았으니."

붉어진 얼굴로 혀를 끌끌 차며 김씨는 "명줄 끊어지는 줄 알았지 뭐요. 삼일밤낮을 싹싹 빌어서 간신히, 안방에 들어갔어요. 남우세스러워 혼났습니다, 거 참" 하고 덧붙였다. 집으로 들어간 날 밤, 아버지가 웃으며 '옛다, 고!'를 외쳤던 방에 누워 김씨는 곰곰 생각해봤다고 했다. 아무도 찾아오지 않는 먼지 쌓인 사무실에서 나름대로 로망 있는 합동결혼식을 준비하는 '갑', 이 나라의 중년들을 멀티플레이어로 만들겠다고 목놓아 부르짖는 '을', 자신의 이름이 도용되는 것을 막고자 가로 뛰고 세로 뛰는 '병', 요식업 종사자들의 엄지손가락 안전을 사수하기 위해 부르스타의 레버 리콜을 요구하는 '정', 이 사회를 쿨 드링커들로 채워 건전한 음주문화를 사수하겠다고 노래하는 '무', 그리고…… 이제와 새삼 그들을 찾아다니며 불광동 1-173번지에 살았던 것을 기억하느냐고, 나를 알아보지 못하겠느냐고 애원하듯 물어보는 김씨 자신.

"지금으로서는 누가 갑이고, 누가 을인지조차 사실 잘 분간이 가질 않습니다. 분명 다섯 명을 만났는데, 꼭 한 사람을 만나고 온 것 같은 느낌이란 말이오. 어쩐지 기분이 묘하기도 하고, 묘하게 슬프기도 하고, 묘하게 슬프면서 그게 또 웃기기도 하고……"

그래도 김씨는, 그나마 아내와 아이들이 자신을 잊지 않고 맞아준 게 다행 아니냐며 멋쩍은 듯 목덜미를 어루만졌다.

　"그래요, 서울시 은평구 불광동 1-173번지는 이제 없습니다. 원래 없었다는데, 기억이 안 난다는데, 지도에 없다는데, 어쩌겠어요. 내가 뭘 할 수 있겠습니까. 금세 환갑이 될 테고, 머지않아 아버지처럼 '옛다, 고!'를 외칠 텐데. 그래요. 없다고 쳐도 좋다 이 말입니다. 하지만 분명히, 1-173번지는 있었습니다. 잊어도 상관없어요. 기억하지 못해도 괜찮습니다. 1-173번지는 정말로 있었으니까요. 청과물점을 지나고, 정육점을 지나면 슈퍼가 나오는데 거기서 오른쪽으로 싹, 돌기만 하면 있었던 1-173번지 말입니다. 응? 그걸 누가 믿느냐고⋯⋯?"

　김씨는 주섬주섬 자신의 물건들을 끌어당겨 코앞에 대고 흔들어 보였다.

　"거 사람 참. 여기 있질 않소, 내 지도랑 장부. 이걸 양손에 쥐고 있는 한, 나는 아직 끄떡없습니다. 불광동 1-173번지의 옥탑방에는 십 년 전, 이십 년 전에도 분명, 사람이 살았으니 말이오. 여기 다 씌어 있어요. 그러니 고! 고를 해야 한다 그 말씀!"

　햇볕이 잘 들고, 보증금 천오백만원 정도의 방을 원하는 손님에게 꼭 맞는 옥탑방을 보여주려다가 서울시 은평구 불광동 1-173번지가 없어졌다는 사실을 발견한 부동산 중개업자 이십구 년 경력의 김씨는 "그래서 이야기가 좀 길어졌는데 말입니다⋯⋯" 하며 다시금 자신의 낡은 지도를 조심스레 펼쳐들었다. 깨알같이 작은 크기의 주택, 상점, 도로, 골목들이 이름표처럼 번지수를 매달고 고스란히 옮겨져 있었다. 북한산 바로 아래 놓인 1-173번지에는 빨간색 색연필로 거듭 동그라미가 둘러져 있어 금방이라도 구멍이 뚫릴 것만 같았다. 김씨는 제법 의기양양한 표정으로 "이게 내 지도입니다. 보세요. 여기 분명히 1-173번지가 있지요?" 하고 물었다.

"다시 말하리다. 맨 처음에도 밝혔듯이 난 불광동서 나고 자란 토박이죠. 은평구 땅이며 집이며, 전월사글세를 통틀어 내 손을 안 거쳐간 게 없다고 자부하는 사람이에요 내가. 일평생 내가 만든 지도로, 그 누구의 눈도 믿지 않고 오로지 내 발품만 믿고 살아왔는데 나를 알아보지 못하겠습니까?"

김씨는 주름진 얼굴을 바투 들이대고는 코를 벌름거렸다.

"자세히 좀 봐요. 지금으로부터 십삼 년 전의 늦여름에 내가 불광동 1-173번지의 옥탑방을 주선해줬는데 기억이 안 나요? 1-173번지에 살았던 일이 도무지 기억나지 않는다고요? 거 왜, 이삿날 장대비가 내리는 바람에 온몸이 쫄딱 젖어가며 짐을 나르지 않았소. 빗물이 들어갈세라 다 부서져가는 고추장항아리를 두 시간이나 온몸으로 덮어 껴안고 있었는데, 그런 내가 정말로 기억나지 않아요? 나를, 나를 정말 잊었단 말이오?"

그러니까 생각해보면 이야기는 아주 엉뚱한 곳에서, 어쩌면 조금은 사소하달 수도 있는 사건으로부터 시작된 것 같기는 했다.

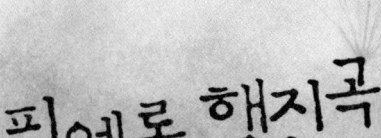

피에로 행진곡

나로서도 자세히 설명할 수 없는 이유를

그가 조목조목 캐물을까봐 나는 서툴게 입을 떼었다.

"재밌는 얘기, 또 없어요?"

1

"재밌는 얘기 해줄까요?"

"……"

"해줄게."

"……"

"들어봐요, 응?"

"……"

"이상한 사람에 관한 이야기야. 나이 서른의 장성한 남잔데 일요일 아침이면 지하철 입구에 쌓인 신문지 더미처럼 앉아 있단 말요. 그냥 앉아 있는 건 아니고, 사지 육신 멀쩡한 사내가 가판대를 떡하니 세워놓고는 뭘 팔겠지. 듣고 있소?"

"……"

"신문인데 좀 작은 종이가 겹겹이, 외눈으로 봐도 제 손으로 만든 신문이야. 만들어서는 가판대에 놓고 팔지 않겠나. 가 들여 다보니 그래 뭐겠소? 나 원, 월요일 아침에 뭘 먹었느니, 화요일 정오엔 뭘 했느니, 수요일엔 화장실 가서 몇 분이나 있었느니, 목요일엔 전화를 몇 통이나 어디로 걸고, 또 금요일엔 어떤 세 금고지서를 받았느니, 토요일 밤엔 무슨 무슨 텔레비전프로그램 을 보았다느니 하는, 시시콜콜 잡다한 수다가 그득 적혀 있지 뭐요. 그게 진짜인진 모르겠지만."

"……"

"고작 그깟 신변 잡문을 읽으려고 오백원이나 지불했다 생각 하니 코를 떼인 듯 얼굴이 붉어지더군. 하지만 우스운 건 또 뭔 고 하니 한 달간 매주 일요일마다 사내를 찾아 들여다보기 시작 하니까 꽤 재미있단 생각이 들더라 이거요. 이걸 누가 사?"

"……"

"아무도 안 사지, 아무렴. 그런데 그 친구는 그렇게 하염없이, 자기의 일거수일투족을 적어 신문처럼 만들고는 사서 읽어줄 손 님을 기다리는 거야."

정말이지 지독하다고, 나는 생각했다.

"저 일해야 하는데요."

"이제야 입이 트였군."

외려 화색이 도는 그의 표정이 싱거워 나는 가뭇없이 고개만 돌렸다. 그는 여드레째 내리 찾아와 수다만 늘어놓고 있었다.

"곧 사장이 도착할 거예요."

나는 짜증 섞인 목소리로 대꾸하며 파우더 발린 분첩을 거칠게 손등에 두드렸다.

"가요, 좀."

"알겠네, 알겠어. 그럼 내 빨리 말하지."

"……"

"빨리 말할게."

"……"

"들어봐요. 응?"

"……"

"더 우스운 건, 가만 보니 사내의 신문을 사는 사람이 나뿐만은 아니었단 거야. 물론 가뭄에 콩 나듯 손님이 들긴 들었는데 하루는 방문 삼 주 만에 사내의 신문을 사가는 어떤 치를 붙들고 물었지. 오룡동 37-2번지에 사는 서른다섯 살의 은행원이었네. 왜 이 신문을 사셨소, 어쩐지 감격스러워져 물으니 대체 뭔지 궁금해서 참을 수가 없었다고 그러더군."

"계속하실 겁니까?"

분장을 마치고도 오 분여를 더 기다려주었지만 더는 참을 수가 없었다. 곧 사장이 도착할 테고, 이벤트가 시작되려는 참이었다. 조급한 마음에 나는 부러 딱딱거렸으나 아무 소용도 없다는 사실을 이내 깨달았다. 귀밑까지 시뻘건 립스틱을 칠해 입매가 말려 올라간 탓에 내 표정은 분명 웃는 낯일 터였다. 화를 내도 화난 표정으로 보이지 않을 테니 슬며시 분한 마음마저 들었다.

"기가 막히지 않나? 궁금해졌다는 거 말이오. 별게 있을 리가 없는데, 그게 뭐 지역소식지도 아니고 특종이 실린 긴급호외도 아닌데, 궁금해졌다니. 돈을 내고 누군가의 시시콜콜한, 털어봐야 먼지밖에 나올 것 없는 일상을 산다니 기가 찰 일 아니오. 더더군다나 그런 재미도 없는 이야기를 적어 파는 사내의 모습을 상상해봐요. 우습지만, 충분히 그럴듯하질 않나 말이야."

"스포츠신문 안 봐요? 거기엔 맨 그렇게 기가 막힌 일밖에 없습니다. 한 장 사 보시죠."

"연예인이랑 비교할 수야 없지."

그가 어깨를 으쓱거리며 눙쳤다.

"그래 봤자 신용불량자였을 텐데, 뭐 그리 기가 막혀요?"

조사맨은 미동도 없이 눈만 끔벅거렸다. "카드사에서 의뢰가 오긴 했지만……, 그래도 말소를 하느냐 안 하느냐는 일단 조사를 해본 이후에야" 하고 그가 입술을 옴죽거리자 가무스름한 면도자국이 실룩댔다. "흐응" 하고 나는 콧방귀를 뀌었다. 더운 바람조차 불지 않는 무더위에, 금방이라도 어깻죽지가 옴팡 땀으로 젖어들 것만 같았다.

"아저씬 공무원이라면서 도대체 일은 언제 해요?"

딴에는 새통맞게 대거리를 했으나 그는 천진하게 미소지으며 내 어깨 위로 손을 올렸다.

"나야 늘 불철주야 근무중이지."

머리 위에서 태양이 한껏 제 몸을 달구고 있다는 느낌이 들었다. 내리쬐는 햇볕이 아스팔트에 닿아 이글거리는 모습이 먼지 묻은 차창에 반사되었다. 그 와중에도 내레이터모델들이 영업 준비를 하느라 분주히 오갔다. 사장은 금세 도착해 잔소리를 퍼부어댈 터였다.

"점심 먹고 다시 옴세."

그는 엉덩이를 궁싯거리며 돌아섰다. 얼굴이 땀으로 번들거릴까 나는 서둘러 손거울과 분첩을 찾아들고 화장을 고치기 시작했다. 파우더를 찍어 두드리는 손에 괜한 힘이 들어가자 분가루가 공중에 말갛게 흩뿌려졌다. 탈의실의 작은 차창 바깥으로 저 멀리, 또다시 우산을 든 누군가가 사뿐히 하늘 높이 날아올랐다가는 섬광처럼 반짝, 사라져버리는 광경이 눈에 들어왔다.

'또.'

우산을 들고 두리둥실 하늘로 떠올라 반짝하고 사라져버리는 사람들이 나타난 것이 언제부터인지 확실히 알 수는 없었다. 다만 이제 그런 광경은 그다지 신기할 것도 새로울 것도 없는 축에 속했다. 하루 평균 대여섯 명 정도의 사람들이 우산을 쓰고 하늘로 둥둥 부유하는 현상은 이제 너무도 일상적인 것이어서 누구의 이목도 끌지 못했다. 그러다 오늘은 몇 명의 사람들이 우산을 쓰고 하늘로 떠올랐다는 소식을 일기예보에서 알려주기 시작하자, 사람들은 곧 그들을 꽃씨가 날리고 우박이 쏟아지고

서리가 내리는 것 같은 자연 현상의 하나로 간주해버렸다. 왜 일기예보인지는 잘 모르겠지만 정말 그랬다. 때로는 그저 아무런 이유도, 의문도, 해답도 필요 없는 그런 것들이 삶의 도처에서 모래알이 튀듯 발밑에서 버스럭대는 경우가 종종 있었다. 어쨌거나 오늘은 우산 든 사람을 보자마자 가슴 한구석에 먹물이 번진 듯 한기가 돌았다. 어쩐지 묘한 긴장감이 느껴졌다. 그리고 나는 불현듯 조금 아까 내게서 돌아선 그가 머리 위로 한들한들 손을 흔들었는지 구름을 몰아가듯 낮게 휘파람을 불었는지 그것만이 애끓게 궁금해지기 시작했다.

2

그는 조사맨이었음에도 불구하고, 별달리 조사를 하는 낌새를 보이지는 않았다. 다짜고짜 엄포를 놓거나 당황스런 질문을 퍼부으며 추궁을 하지도 않았다. 그저 매일 아침 나를 찾아와 얄기죽얄기죽 어깨를 옴츠리며 흡사 비밀이라도 폭로하듯 시답잖은 이야기를 늘어놓는 것이 업무이자 일과랄까. 일주일이 넘도록 그는 지치지도 않고 입술을 축이며 말을 이어오고 있었다. 사흘도 못 견디고 나가떨어진 건 오히려 내 쪽이었다. 이럴 줄 알았다면 주민등록말소 신청 따위 절대 하는 게 아니었는데, 하고 뒤늦게 후회했지만 모두 부질없는 일이었다. 동사무소 측에서는 등록된 거주지에 사람이 살고 있지 않은 것이 사실인지 한 달의 조사기간을 거친 뒤에야 말소 신청을 받아들여주겠다고 일 갈해왔다. 그러니까 말하자면 그는 주민등록말소 신청자에게 파견되는 조사담당 공무원의 자격으로 나를 방문하고 있는 셈이었다. 혹여 탐정처럼 빡빡하게 굴지는 않을까, 은연중 진갈색 바바리코트와 알이 두꺼운 돋보기안경 같은 이미지를 상상했던 내게 그의 등장은 도리어 실망스러울 정도였다. 원체 깡마른 체격이긴 했지만 그가 걸친 검은색 양복바지와 아이보리색 반팔 셔츠는 심심하다 못해 지루하게까지 느껴졌던 것이다.

"재밌는 얘기 해줄까요?"

작달막한 키의 조사맨은 매일 아침 싱글싱글 웃으며 중장년의 꺼칠한 턱을 코앞에서 바투 치켜들었다. 그럴 적마다 나는 매형이 수염을 기른다면, 아니 지금 살아있기나 하다면 이와 비슷한 냄새를 풍길까 생각하다가는 급히 체머리를 흔들곤 했다. 늦둥이로 태어난 내가 애초에 누나와 터울이 많이 지는데다, 매형마저 누나와 띠 동갑이고 보니 아버지뻘처럼 느껴지곤 했던 사람, 어린 나를 목말 태우고 누나 앞에서 빙글빙글 돌아 웃게 만들던 사람, 아무것도 모르고 말을 뱉던 시절, 아저씨가 내 아버지였으면 좋겠다는 천연스런 말에 귓불까지 벌건 물이 훅 달아오르던 사람이 내 매형이었다. 그런 그가 수염을 기른다면, 아니 지금 살아있기나 하다면. 조사맨을 만난 첫날부터 나조차 아리송할, 뜻 모를 화를 삭이지 못했던 것은 어쩌면 그 때문이었을지도 몰랐다.

"해줄게."

내 대답에는 아랑곳없이 조사맨은 이야기를 시작했더랬다.

"들어봐요, 응?"

가장 처음으로 들었던 이야기는 어느 김밥집에 관한 내용이었다. 집에서 나와 지하철을 타고 버스로 갈아타는 출근길 내내 조사맨은 내 옆구리에 달라붙어 수다스럽게 볼칵볼칵 말을 쏟았다. 나는 여봐란 듯 손에 쥔 화장품가방을 붕붕 바람 소리가 나게 휘두르며 걸었지만 그는 전혀 개의치 않고 종종걸음으로 따라붙었다. 김밥을 마는 일 외에는 아무것도 하지 않는 어느 가게의 아주머니, 그녀는 온종일 더러운 의자에 붙박여 흰 밥덩이로 김을 찍어누르는 일만을 반복한다고 했다.

"말하자면 좀 특이한 김밥집이라 그거요. 분식과 문학의 조우라고나 할까."

조사맨은 분식집의 낙서 가득한 벽면 한 귀퉁이에 『참가문학』과 『오늘도 나룻배는 바다를 향해』가 단 한 권도 빠져나가지 않은 채로 곱다시 쟁여 있는 광경을 흥미롭게 느꼈다. 김말자 시인의 시집을 구입하길 원하시는 분은 직원에게 문의해주세요, 라고 적힌 글귀를 그가 소리내어 읽는데도 아주머니는 전투적인 태세로 김밥을 말더라고 그는 당시의 장면을 장황하게 풀어놓았다.

"아주머니가 김말자 시인이시오?"

"……"

"그럼 아주머니가 직원인 게로군?"

"……"

"거, 참가문학이 뭐하는 문학입니까?"

"……"

"한 권에 얼마요?"

"……"

그 어떤 질문에도 응하는 법 없이, 아주머니는 묵묵히 앉아 김밥을 마는 손을 재게 놀릴 뿐이어서 조사맨은 늘 허기가 졌다.

"무려 한 달 동안이나 하루도 거르지 않고 테이크아웃으로 김밥을 샀는데, 해도 너무하지 않으냐 말이오."

'무릇 장사란 서비스 정신이 있어야 하는 건데' 하고 조사맨은 시들먹한 표정으로 이맛살을 찌푸렸다. 대체 누가 누군지 알아야 '김말자'라는 이름을 가진 사람의 주민등록을 말소할지 말지의 여부를 가릴 텐데, 조사맨은 그것을 알아내지 못해 힘들었다고 숨을 몰아쉬며 말했다. 나는 지하철과 버스를 갈아타며 보폭을 빨리해 인파 속을 빠져나갔지만 용케도 뒤쫓아와 등뒤로 달라붙는 바람에 조사맨의 수다를 막아낼 수 없었다. 희멀건한 율무차가 담긴 눅눅한 종이컵을 입에 물었을 때처럼 처량한 감정을 아느냐고, 조사맨은 누차 물었다. 먹고 또 먹어도 그 김밥은 배가 고프더라는 말까지, 편지 끝의 추신처럼 입에 매달았다. 그러고는 김말자 시인과 그의 시에 대해서, 직원에 대해서, 참가

문학에 대해 알고 싶다고 끝내 포효하듯 목소리를 키웠다.

"그걸 지금 왜 나한테 묻는 건데요!"

나는 주머니 속에 감춰놓은 동전들을 짤깍짤깍 손바닥에 궁굴려 넣어 문대며 신경질을 부렸다.

"아니 그게⋯⋯, 분식집에서 김밥을 마는 김말자 시인의 시집을 사기 위해서는 직원에게 문의를 해야 한다지 않소. 김말자도 궁금하지만 시집이 어떤지 읽어보고 싶기도 하고, 뭐 나야 시의 시옷 자도 모르는 문외한이네만은⋯⋯, 그래도 그렇지 입 한번 뻥긋하지 않는 아주머니만 동그마니 앉아 김밥만 말아댈 뿐이니 이거야 영 답답해서 원."

고까운 듯 핏대를 세웠지만 나 역시 사부자기 궁금해지긴 매일반이었다. 버스 손잡이를 쥐고는 몸의 무게를 가만가만 내맡겨 흔들려가는 동안 나는 조사맨이 말한 김밥집을 상상했다. 김말자 시인은 김밥을 마는 동시에 시를 쓰는 사람일지도 몰랐다. 김밥을 말지 않으면 시구가 떠오르지 않는, 김에 살고 밥에 죽는 사람일지도 몰랐다. 단무지 하나 올려놓고 일 행 완성, 계란 하나 올려놓고 이 행 완성. 김밥 한 줄 둘둘 말아 시 한 편을 완성하는 시인이라면⋯⋯ 그래 뭐, 예술가치곤 밥을 굶지는 않겠구나, 얼토당토않은 생각에 웃음이 새어나와 입술이 부들거렸다.

'그 김밥은, 맛있을까?'

괜스레 침이 고인 탓에 나는 여물을 되씹는 소처럼 입 안에서

혀로 잇바디를 훑었다.

"그래 나는 김말자 시인이 아주머니의 남편 혹은 동생일 수도 있지 않나, 생각해봤지."

"딸일 수도 있겠죠."

무심결에 대답이 튀어나오는 순간 버스가 급정지했고, 조사맨은 빨간 원피스를 입은 아가씨의 가슴에 코를 박았다. 소란스러움을 뒤로하고 유유히 버스에서 내렸던 그날이 바로 조사맨과 만난 첫날이었다.

3

"뭘 그리 넋을 놓고 있어?"

눈앞에서 풍선이 터지는 통에 화들짝 정신이 들었다. 하얀 밀가루로 범벅된 색종이와 금가루가 부스스 떨어져내리다가는 금세 사람들의 발길에 채여 뭉개졌다.

"날이 더워 그래? 다리는 어쨌어?"

존이 인형탈의 바지춤에 다리를 꿰며 물었다. "사장 올 시간 다 됐는데 왜 얼이 빠져서 그래" 하며, 존은 목발처럼 탈의실 벽에 기대어 세워져 있는 내 다리를 가져다주었다. 나는 멋쩍게 웃으며 한쪽은 짧고 다른 한쪽은 긴 그것들을 받아들고는 왼쪽 다리에 채워진 의족의 버클을 풀었다. 나무다리를 이어붙이고 허리를 일으켜세우면 나는 당당히 거리의 피에로로 활보할 것이다.

"존."

"응?"

"오늘도 싫은 소리 들었구나?"

존이 희디흰 잇바디를 드러내며 소리없이 웃었다. 우울할 때면 더 크고 화사해지는 그의 아찔한 미소가 서글퍼 나는 대답을 기대하지 않은 채로 마냥 고개만 주억거렸다.

"조사맨은?"

"또 올 거야."

"그래."

"밥 먹고 오겠다고…… 그러고 갔어."

"응."

존은 그를 부를 때마다 조사원이 아닌 꼭 '조사맨'이라는 단어를 썼다. 일견 어느 영웅의 일원이라도 된 것처럼 '맨' 자를 붙여주었으나 도리어 그것이 그를 더 우스꽝스럽게 보이게 했다. 매일같이 빨랑거리며 찾아와 수다보따리를 부려놓는 조사맨의 등뒤로 붉은 망토가 휘날리는 상상을 하면 더욱 그랬다. 해죽이 웃는 얼굴로 바르작거리며 주민등록말소 신청자를 찾아다니는 이 시대의 영웅, 조사맨. 처음으로 존이 그를 두고 '조사맨'이라고 지칭했을 때 나는 어이가 없어 입을 씰기죽거렸던가, 아니면 그저 무심히 실소를 흘렸던가.

심드렁한 대화를 이으며 나는 으레 그랬듯 존에게 디오도런트를 흔들어 건네주었다. 땡볕에 뒤집어쓰는 털옷 덕분에 몸이 온통 땀띠로 범벅이 되면서도 존은 또 싫다는 투로 손을 내저었다. "네 화장독에나 신경 좀 쓰시지"라는 말을 마지막으로, 존은 지퍼를 올려 몸피를 갖춘 후 인형탈의 머리를 뒤집어썼다. 존의 까만 피부와 하얀 치아와 부숭부숭한 손등의 털은 사라지고, 패스트푸드의 마스코트만이 덩그러니 서 있는 꼴이 되자 열없이 맥이 빠졌다. 존은 나와 스물네 살 동갑내기이고, 그 역시 혼자 산다. 혼혈에, 고아원 출신인 존의 본명은 그가 강보에 싸여 고아원 문 앞에 놓였을 때, 목에 걸린 이름표에 적혀 있었다. '조온'이라는 두 글자는 서툴게 씌어 있었고, 아주 흐릿했다.

"근육을 좀더 키워왔으면 좋겠는데."

나와 함께 하고 있는 이벤트 일 말고도, 모델이 되고 싶어하는 존은 온라인 쇼핑몰의 피팅 모델로 일하게 된 것을 즐거워했다. 그러나 사진촬영팀장이 항상 존에게 못마땅한 얼굴을 하고는 내키지 않는 요구를 해온다고 존은 불만스러워했다. 고아원을 나와 직업학교를 수료하며 자동차정비자격증을 땄지만 그는 정비사가 아닌 모델이 되고 싶었다. 외국에 나가본 적도, 외국어를 배워본 적도, 하물며 제 부모가 어느 나라 사람인지도 알지 못하는 존에게 그러나 여느 한국인의 옷맵시를 기대하는 쇼핑몰 직원은 없었다. "그 누리끼리한 얼굴만이라도 어떻게 해결해봐. 마늘을 먹어 그런가, 어째 점점 더 노래지는 거야!"라며 팀장이 참을 수 없다는 듯 카메라를 내려놓을 때면 존은 울고 싶게 화가 난다고 불퉁거렸다.

"티셔츠는 늘 꽉 조이는 것만 내게 맡겨. 살갗을 더 태워오래. 여기서 어떻게 더 까매져?"

토종 한국인인 존이 피팅 모델 아르바이트를 계속하는 것이 괜찮은 일일까, 나는 고민스러웠다. 당사자인 존은 더욱 속이 상할 것이다. 나는 패스트푸드의 마스코트로 변신한 그의 뱃가죽에 대고 아낌없이 칙칙 디오도런트를 뿌려댔다.

"몸을 만들고, 네 개성을 지키는 건 좋다 이거야. 하지만 무리한 요구는 받아들이지 마."

존은 날개를 단 듯 양팔을 퍼덕이다가는 황급히 탈을 벗어들었다.

"왜 오줌 냄새가 나는 거지."

존이 붉은 혀를 빼물며 구토하는 시늉을 했고, 나는 "범인은 조사맨이야"라고 말한 뒤 키들거렸다.

"이것은 암모니아 독! 아, 나는 이렇게 죽고야 마는 구나. 아임 다이. 그대여, 부디 내 복수를."

존은 바닥으로 쓰러지는 시늉을 해보이고는 아예 벌러덩 누워버렸다. 누가 시키지도 않는데 상황극을 꾸며 장난치길 좋아하는 존의 성격은 누나와 닮았다. 오 년 전, 내 왼쪽 다리와 함께 도로 반대편으로 날아가 떨어져버리지만 않았다면 누나와 매형은 내 대학등록금을 마련하느라 하루하루 허리가 휘게 일하면서도 "아임 다이"를 외치며 벙시레 웃곤 했을 것이다. 누나와 매형의 얼굴에 하나 둘 주름이 새겨지는 동안 나는 그 주름의 반동으로 도서관과 강의실을 뛰듯이 오가고, 녹초가 될 때까지 농구코트를 누비며, 심장이 녹아날 듯한 끈질긴 연애에 내 생애 가장 빛나는 시간을 보내주었을 것이다. 누나와 매형 그리고 결혼십 년 만에 누나의 뱃속에 자리를 잡고서는 한껏 웅크린 채로 제 엄지를 빨고 있었을 내 늦둥이 조카가 그렇게 도로 위에 한데 뒤엉켜 붉고 노란 물감처럼 뭉개지지만 않았다면, 정녕 그랬다면, 누나 부부가 벌여놓은 사업 빚이 내 등을 짓눌러 기어이 주민등록말소 신청자 명단에 이름을 올리진 않았을 것이다.

"괜찮아?"

존이 걱정스러운 얼굴을 바짝 들이대며 휴지로 꼭꼭 내 이마를 눌러주었다. 식은땀이 콧등 위로도 몽글몽글 솟았다. 왼쪽 허벅지가 쑤셔왔지만 살점 없는 나무다리만이 내 왼쪽 골반 밑을 채워주고 있을 따름이라는 것을 나 역시 모르지는 않았다. 호흡을 가다듬으며 나는 아주 천천히 "괜찮아" 하고 말했다. 존이 굳은 표정을 풀고는 예의 그 시원스런 입매를 끌어올렸다.

"피에로는 네가 했어야 하는데."

내가 말하자 존은 고개를 가로저었다.

"아니. 어디 네 다이아몬드 눈물을 당해낼 재간이 있어야지."

존은 엄지와 검지를 둥글게 맞물려 광대뼈 어간에 대고는 "굿, 굿" 하고 천천히 숨을 뱉듯 말했다. 이따금 풍선을 그려 넣는 날을 빼고는 내 두 뺨엔 어김없이 다이아몬드 눈물이 맺혀 있다. 울며 웃는 어릿광대의 다이아몬드는 언제까지나 마모되지도, 사라지지도 않을 것이다. 결코 말라서는 안 될 나의, 빛나는 눈물.

"준비 다 됐지?"

존을 향해 마주 웃는 동시에 마침맞게 사장이 나타났다. 그것은 내레이터모델들이 일렬로 늘어서서 앰프 가득 울려퍼지는 음악에 맞춰 몸을 흔들기 시작해야 하는 시간을 의미했다. 흔히 재래시장에서 손쉽게 볼 수 있는 옷차림의 사장은 여느 날과 다름없이 펄럭이는 고쟁이 바지에 상가친목도모 야유회에서나 입을 법한 얼룩덜룩한 색깔의 티셔츠를 입고 왔다.

"자, 자. 오늘도 무사히, 무사히."

아무도 귀담아듣지 않는데도 사장은 주문을 외듯 입술을 오물거리며 생쥐처럼 행사장을 돌아다녔다. 사장의 불룩 솟은 등 너머로 또 누군가가 우산을 들고 바람결에 날리는 꽃씨처럼 가벼이 둥둥, 하늘 높이 떠올라갔다. 이번에는 가만가만 손을 흔들어주고 싶은 마음이 간절했으나 아랫입술만 깨물고 말 뿐 선뜻 용기가 나질 않았다.

"아, 또 한 명 날아간다."

존이 탄복하듯 눈을 빛내며 하늘을 올려다보았다. 언제나 그랬듯 눈꺼풀을 깜빡일 새도 없이, 우산을 쓰고 날아가던 그는 스스로 몸에서 플래시를 터뜨린 것처럼 번쩍, 하고 순식간에 자취를 감췄다. 그와 동시에 회반죽 같은 구름이 엉키며 몰려드는가 싶더니 착시인 듯 물러나버리는 모습이 눈에 들어왔다. 바람한 점 없이 끈끈한 무더위의 정오가 지나고 있었다.

"오늘 벌써 세 명째야."

존이 눈을 떼지 못하고 웅얼거렸다.

4

어느덧 행사장 한쪽에서는 사람들로 하여금 룰렛을 돌려 경품을 증정하는 행사가 한창이었다. 길게 줄지어 선 사람들을 헤치고 들어선 내레이터모델들이 흐벅진 다리들을 성큼성큼 들어옮기며 흘러나오는 음악에 맞춰 춤을 추기 시작했다. 나는 땀이 난 손바닥을 문대다 못해 다시 디오도런트를 집어 들었다.

"조사맨이 오늘은 뭐래?"

서늘한 디오도런트가 살갗에 닿아 사라지는 때에 맞춰 존이 물었다. 그 순간, 왜인지는 모르겠지만 조사맨이 숟가락 하나 가득 크게 퍼올려 입 안으로 넣고 있을 뜨끈한 쌀밥이 내 눈가에 어룽거렸다.

"오늘은 풍선 이벤트만 해도 되니까 그나마 좀 낫다."

내가 대꾸 없이 말을 돌리자 인형탈을 팔뚝에 올려놓고 튕기던 존이 멀뚱히 나를 바라보았다.

"장소가 비좁아 그렇지 뭐."

"놀랍지 않아? 이제 우린 스물네 시간 동안 단 일 분 일 초도 문을 닫지 않는 패스트푸드점이 있는 서울에 살게 되는 거야. 스물네 시간을 오롯이 우릴 위해 자리를 내주고, 에어컨을 틀어주고, 햄버거를 만들어주는. 첫차가 다니지 않는 새벽 세시에 셔터가 내려진 역사 바깥에서 오들거리지 않아도 된다고. 단, 주머니에 햄버거 값을 치를 돈만 충분히 들어 있다면 말이야."

"놀랍기야 하지. 패스트푸드점이 항상 열려 있길 원하는 사람들이 있다는 거잖아" 하고 말하며, 존은 다시 인형탈을 높이 띄웠다. "아닌가, 잔말 말고 스물네 시간 꾸준하고도 끈질기게 패스트푸드점을 이용하라는 모략인가?" 하며 고개를 갸웃대기도 했다. 존은 안정된 자세로 인형탈을 품에 안았다.

"조사맨이 뭐랬냐면."

"응."

존이 옆구리에 한 손을 얹은 자세로 나를 향해 돌아섰다.

"일주일 동안 자기가 한 일을 모조리 적어서 신문처럼 파는 남자에 대해 말해줬어."

"뭘 판다고?"

"웃기지. 자기가 뭘 먹었는지, 뭘 했는지, 뭘 봤는지 그런 걸 적어서 판다나."

"그걸 사는 사람이 있다고?"

존은 코웃음을 쳤다. "그러니까" 하고 내가 배를 쓸어내리며 대답했다. 파스를 붙이기나 한 듯 왼쪽 다리가 욱신거리기 시작했다. 내레이터모델들의 행사는 반 시간이 넘게 이어질 테고, 이후 풍선 이벤트는 런앤런—준비된 천 개의 풍선이 모두 소진될 때까지 계속될 터였다. 허벅지의 통증이 빠르게 사그라지기를 바라는 수밖에는 별다른 도리가 없었지만 시큰거림이 가라앉지 않는다면 낭패였다. 일진이 나쁘다고 생각하며 나는 다시 손거울을 집었다. 존의 말마따나 요사이 화장이 완벽히 지워지지 않는 것은 사실 꽤 신경쓰이는 일이었다. 오일로 거듭 꼼꼼히 클렌징을 하는데도 화장용 물감은 그런 굴곡 그대로 자국이 남곤했다.

"그것 참, 교통카드 남자 얘기보다 더 재미가 없군" 하고 존은 또 계속해서 종알거렸다.

"글쎄."

조사맨이 매일 교통카드를 충전하는 남자에 대해 이야기해주었을 때 정작 흥미를 보인 것은 존이었다. 조사맨은 언제나 같은 지하철역에 출근하다시피 살며, 부동자세로 앉아 있는 사람에 대해 말했다. 그는 언뜻 일흔은 넘어 보이는 노인과 같은 외양을 하고 있었지만 기실은 쉰을 갓 넘긴 중년의 사내였다. 반 년이 다 되어가도록 집에 들어오지 않아 사망한 것으로 여긴 집주인에 의해 주민등록말소 신청이 접수된 상태였다. 그는 처음 만난 조사맨에게 거리낌없이 "형"이라고 불러 조사맨을 곤혹스럽게 만들었다고 했다. 늘 지하철 승강장 1-1 가까이 놓인 의자에 앉아 열차가 미끄러져 들어오기만을 기다린다는, 열차가 들어오고 빠져나갈 때마다 규칙적인 속도로 손을 흔든다는 사내. 때때로 나와 존은 그의 모습을 상상하며 조사맨의 눈을 피해 서로에게 "형", "형" 하고 불러대기 바빴다.

"재밌는 것은 말이야, 그가 죽은 아내를 대신한 보상금으로 모조리 교통카드를 충전하고 있다는 사실이라 그거요."

"모조리요? 어떻게요?"

존은 자못 열성적으로 대꾸하며 조사맨의 다음 이야기를 기다렸다.

"교통카드를 충전할 수 있는 최대한도의 금액이 오십만원이라고 합디다. 매일 첫차가 들어올 시간이면, 매표소 앞으로 어기적어기적 걸어가 최대한도로 충전된 금액의 교통카드를 한 장씩 산다지 뭐요."

"그것 참 고약한 취미네요."

존이 흥미롭다는 듯 낄낄댔다. "나 한 장만 주지" 하고 덧붙이자 조사맨이 "그르게 말이야"라며 빙글빙글 웃었다. 그와 동시에 "카드로 바뀌었으니 다행이지, 그 옛날 토큰 쓰던 시절이었으면 어쩔 뻔했어" 하고는 모두들 혀를 내둘렀는데 이상하게도 그의 이야기는 며칠이고 머릿속에서 떨쳐지질 않았다. 이내 존은 자신의 전 재산을 모조리 쏟아부은 교통카드들을 쥐고 그가 가고 싶은 곳은 어디인 걸까 가늠해보는 버릇이 생겼노라 고백했다. 나 역시 언제고 돌아와 앉아야 할 나무 밑동처럼 견고히,

플라스틱 교통카드 한 장을 말아쥐듯 주먹 안에 넣고 열차를 기다리고 있는 사내의 모습을 떠올릴 때면 의족을 닦는 손에 힘이 들어가 괜한 고생을 했다. 스트레스에 근육이 놀라 뭉쳐버리면 하룻밤을 열에 달떠 끙끙대고야 마는 것이다.

"난 어디로든 갈 수 있지. 무에 걱정이야."

꼭이 그런 날에, 가뭇가뭇 끊어진 영상으로 사내는 꿈에 찾아들었다. 이해할 수 없었지만 누나와 매형, 제 엄지를 입에 물고 꼬물거리는 조카마저 그의 곁에 다가서서 "무에 걱정이야"를 합창하듯 반복했다. 나는 음표 없는 그들의 노래가 끝나기를 기다려 조카의 손을 사붓이 쥐고 말했다.

"화장이 잘 지워지질 않아."

"무에 걱정이야."

"없는 살점이 떨어져 나갈 듯이 시큰거려."

"무에 걱정이야."

"내 몸이 자꾸만 더럽고 흉해져."

"무에 걱정이야."

그야말로 경쾌하게 한목소리를 내며 그들은 손에 손을 맞잡고 나를 에워쌌다. 형체가 분명하지 않은 조카는 둥글게 몸을 말고 꼬물꼬물 내 의족에 글자를 적었는데 자세히 보이지가 않았다. 내가 무슨 말을 해도, '무에 걱정이야' 하고 오금을 박아댈 것이 뻔했으므로 나는 입을 다물고 허허롭게 그들을 바라보았다. 하지만 꿈에서나마 나는, 그다지 나쁘지 않다고 생각했던 것 같다.

잠에서 깨어나 허리를 일으키면 분리해 뉘어놓았던 의족이 지레
내 몸 위로 올라와 골반을 짓누르고 있기 일쑤였지만.

"어쩐지 비가 올 것 같아."

"무에 걱정이야."

"뭐라고?"

나도 모르게 불거져나온 대답에 걱정스레 미간을 좁히던 존이
어이없다는 듯 웃음을 터뜨렸다.

"그래, 그런 긍정적인 마인드! 좋아요, 아주 좋아요."

존이 짓궂게 엉덩이를 흔들었고, 그사이 사장이 들어와 내레
이터모델들의 오프닝 공연이 끝나간다는 사인을 보냈다. 나는
다리의 이음새를 고정시킨 뒤 바지의 지퍼를 올리고는 크게 몸
을 세워 일어섰다. 바깥엔 많지도 적지도 않은 사람들이 모여
있었다. 이 많은 풍선을 모두 소화하려면 어쩌면 저녁까지 지루
하게 버텨야 할지도 몰랐다. 이벤트를 시작하기도 전인데 바람
이 빠져나가는 풍선처럼 다리가 후들거렸다.

"그런데 말이야."

"응?"

바깥으로 나가려는데 존이 인형탈을 아직 벗은 채로 내 다리
를 붙들었다. 존의 손은 털로 뒤덮여 있었으나 감촉이 느껴지지
는 않았다. 말하지 않아도, 나는 존이 무슨 말을 하고 싶어하는
지 알 수 있을 것만 같다는 마음이 들었다. 사라— 존은 일 년
전 우리를 떠나간 사라를 떠올리고 있는 것이 아닐까. 그녀가

없어지던 날도 꼭 이렇게 덥고, 습하고, 깜깜한 오후가 먹장구름 뒤로 감춰져 있었다.

"괜찮아, 존. 나쁘지 않잖아."

존은 고개를 주억거렸고, 나는 이를 악물고 숨을 들이쉬었다. 명치끝이 쓰라려오는 간격이 점차 짧아지고 있었다. 허벅지의 통증이 배꼽을 타고 명치끝으로까지 올라오는 날엔 언제나 일진이 좋지 않았다. 불안감에 두 손이 끈끈이처럼 달라붙어왔다.

"그래, 부활절 계란처럼."

사라가 존과 나에게 마지막으로 남긴 말은 바로 이것이었다. 부활절에 색색깔의 물감으로 그림을 그려둔 계란은 오랜 시간 놓아두면 점차 가벼워진다. 자기 역시 속이 텅 비어버린 채로, 가뿐히 피에로 그 자체가 될까봐 그녀는 두렵다고 말했다. 그리고 뒤미처 무어라 입술을 뗄 겨를도 없이 어느 순간 우산을 쥔 사라는 조붓이 하늘로 튕겨오르고 있었다. 유유히 공중을 향해 떠가는 그녀의 두 다리가 발목으로, 발등으로, 발바닥으로 보인다 싶던 때에 별이 한순간 제 몸피를 키웠다 줄어들 듯 사라는 머리카락 한 올 없이 푸른 하늘 망망대해에서 지워졌다. 생전 처음으로 목격한, 우산을 들고 하늘로 올라가는 사람이 바로 그녀였다는 사실은 이후 존과 나 모두에게 상처로 남았다.

"기다리고 있다는 걸, 알까?"

내 대답을 듣지 않고, 존은 인형의 머리를 푹 눌러썼다. "그게 뭔데?" 하고 물으면 존은 "그게 뭐든" 하고 대꾸할 것만 같았다. 되묻는 대신에, 나는 "웅" 하고 작게 대답했지만 그것을 존이 듣지 못했으면 하고 바랐다.

5

"아예 없는 사람이 되는 거요."

"……"

"의료보험 혜택도 못 받지."

"……"

"내 이름으로 된 통장 하나 못 만든다 그 말이야."

"……"

그게, 나를 찾아오는 주된 목적이었을 텐데도 조사맨은 간헐적으로 울려오는 자동차의 경적 소리만큼이나 뜸하게 입을 열었다. 그러나 그런 류의 말을 꺼내는 경우에도 귀를 후비듯 별로 대수롭지는 않다는 투여서 외려 듣는 사람이 더 민망할 정도였다. 일 년 가야 주민등록증을 꺼내는 일이 몇 번 되지 않듯 그깟 주민등록쯤 없어진다 해서 뭐 그리 큰일일까, 나는 반문했다. 동사무소 서류 꾸러미에 이름 석 자 올라 있는 것과 그렇지 않은 것의 차이가 무엇인지 감이 오질 않았다. 미안한 말이지만 그러기엔 누나와 매형이 내 등에 지워준 빚이 너무나 컸다. 돌이켜보면 그들을 잃은 대가로 받은 보상금의 액수가 모래알에 게 눈 감추듯 줄어드는 속도에 놀라워하던 순간에 이런 상황쯤 이미 예상하고 있었는지도 몰랐다. 세상에 홀로 남겨진 그날 이후 삼 개월 안에 상속포기를 결심하지 않은 것 또한 그렇게까지 해서 세상에 남길 미련 따위, 없애고 싶었는지도 몰랐다. 누나와 함께 내 다리 한쪽을 잃은 그 순간, 더이상은 나 자신을 위해 스스로 어떠한 노력도 하고 싶지 않아졌다. 누나와 매형이 내게 남긴 채무를 계산하고, 가정법원에 상속포기각서를 제출하면서까지 내 남은 후줄근한 생을 향해 잔달음치기엔 잃어버린 것들의 무게가 너무나 거대했던 탓이었다. 나는 미련없이 동사무소로 향했고, 주민등록말소를 신청했다. 아예 없는 사람이 된다고 해서 나쁠 것이 있을까, 나무다리를 이어붙인 채 울며 웃는 피에로로 살아가면 그뿐.

"괜찮아, 존. 나쁘지 않잖아."

땀이 밴 손으로 주먹을 쥐었다 펴길 반복하며 나는 홀로 중얼거렸다. 아이들의 새까만 머리통들이 다리 밑에서 바글거리고 있었다. 두 눈을 빠끔히 치켜든 아이들이 풍선을 그러쥐기 위해 까치발을 들고 휘청대는 모습이 보였다. 나는 천천히 걸음을 떼어 옮기며 시끄러운 음악에 맞춰 몸을 흔들었다. 필시 그들의 눈에 나는 웃고 있는 모양일 테니, 허리를 움직이고 양팔을 휘둘러 춤을 추면 그만이었다. 이곳에서 나는 피에로. 컵을 기울여도 흘러내리지 않는 물처럼 단단해져 한바탕 곡예를 벌이는 반짝이는 눈물의 피에로인 것이다.

그러다 방향을 알 수 없이 불어오는 바람에 허리가 휘우듬히 수그러든다 싶은 차에, 색색의 풍선들이 아이들의 손에서 빠져나와 하늘로 솟았다. 퍼붓는 빗줄기에 펑, 펑, 어디선가 풍선이 제 몸을 터뜨려대는 소리만이 사람들의 허둥대는 구둣발 소리에 뒤엉켰다. 물비린내가 코끝으로 끼쳐들었다.

"얼른 들어오지 않고 뭐 해."

등뒤로 존의 목소리가 들렸다.

'괜찮아, 존. 나쁘지 않잖아' 하고 나는 붕어처럼 입을 벙긋거렸다. 내 다리가 내 것이 아닌 것처럼 느껴지는데도 괜스레 설레듯 심장이 쿵쾅거렸다. 없는 다리의 통증으로 가슴이 뻐개져오는 것만 같아도 나는 웃고 있으니, 괜찮지 않을 이유가 없었다. 나쁘지 않았다. 물에 닿아도 지워지지 않는 화장용 물감으로 정성껏 그려 넣은 다이아몬드 눈물도 절대 지워지거나 떨어지지 않을 테니까, 나쁜 일은 아직 아무것도 일어나지 않은 것이다.

한 걸음, 두 걸음, 나는 큰 보폭으로 걷는다. 긴 다리를 이어붙이고 공중을 디디면 나는 무중력상태가 된다. 허공을 밟는 스텝은 가든하고, 나는 그 누구에게도 빨려들어가지 않는다. 중력조차 날 잡아당기지 않는 시간. 아무도 날 막을 수는 없다. 아임 다이, 그러나 무에 걱정인가. 나쁘지 않다, 나쁘지 않다. 아임 다이, 나쁘지 않다.

'그런데 조사맨은……?'

폭짝폭짝 찌는 열기를 고스란히 되몰아 나갔던 조사맨이 어째

서 여태 돌아오지 않는 건지 불쑥 그의 행방이 궁금해졌다. 빗
줄기는 점차 거세져만 가고, 젖은 바짓단을 타고 빗물이 나무다
리를 적실 테지만 그래도 어쩐지 걸음을 멈추고 싶지는 않았다.
이대로 계속 걷고 걸어 아무도 알지 못하는 길로 접어들었으면
하는 마음이 간절해졌다. 그 누구도 발견치 못한 길, 이 세상 어
디에도 표시되지 않은 길, 지도에조차 나와 있지 않은 길로 무
작정 걸어나가면 "아임 다이, 아임 다이" 하고 웃으며 죽는 시늉
을 해대던 누나와 매형을 만날 수 있을까. 그래, 만날 수 있지
않을까. 지구는, 아직 둥근데.

"혹시……, 필요하다면."

낯익은 목소리가 귓불에 닿는 동시에 희붐하던 시야가 또렷해
졌다. 흠뻑 젖은 몸이 시서늘해져서 아래윗니가 맞부딪쳐졌다.

"어떻게 내 키만큼 올라온 거예요?"

조사맨의 대답을 들을 것도 없이, 허우적댄 손에 아스팔트 위
로 찰방이는 물이 닿았다. 내가 넘어져 있다는 사실이 못내 서
러워져 무거운 추를 매단 듯 고개가 자꾸만 아래로 떨어졌다.

"다리는……"

"괜찮아요."

조사맨은 내 젖은 다리를 가리키며 근심스런 표정을 지어 보
였다. 그러나 아무려면 어떠랴. 이까짓 나무다리 따위, 다시 만
들어 달면 그뿐 조금의 미련도 남길 것은 되지 못했다.

"받지."

우산을 내민 조사맨의 손앞에서 나는 뙤록뙤록 눈동자를 굴리며 헛기침을 했다. 목구멍이 따끔거리는 것을 들키고 싶지 않았다.

"받아도 돼."

"곧 그칠 겁니다. 소나기일 테니까."

"어디 비뿐인가. 너무 뜨거운 햇볕도, 거세고 거친 바람도, 부끄러움도, 기쁨도, 슬픔도, 이것만 있으면 문제 될 게 없는데."

재활치료를 끝낸 뒤 내 나이 스물둘에 처음으로 이벤트 회사의 피에로를 자원했을 때, 사장은 굽은 등을 더 한껏 구부리고 내 다리를 살폈다. 그러고는 새까만 생쥐처럼 옹알거리며 "피에로가 된 이상, 그 무엇도 가리거나 감춰서는 안 돼. 그리고 그무엇도, 보여줘선 안 되지" 하고 말했다. 분장용 도구와 의상을 내어주면서 "오늘도 무사히, 무사히" 하고 곱씹어 중얼거리는 것이 우스워 나는 "뭐가요?" 하고 물었다. "뭐든" 하고 사장은 또 모이를 주워넘기듯 입을 달싹거렸더랬다.

받을까 말까. 받아도, 될까. 안 받으면, 안 받으면 무엇이 달라질까. 달라지긴, 할까.

이제 갓 정오가 지났을 뿐일 텐데 사위는 어스레했고, 존도, 사장도, 어딜 갔는지 보이지 않는 것은 물론 사방에 온통 비 듣는 소리만이 천지였다. 내가 제대로 정신을 차리고 있는 것이 맞는지 의아스러웠다. 눈꺼풀이 자꾸만 무거워져서 나는 도리질을 쳤다. 조사맨은 여전히 우산 쥔 손을 거두지 않고 있었다.

나는 대체 얼마나 멀리 홀로 걸어온 거지.

"자, 받게."

"아저씨."

"응?"

"괜찮아요. 난 아직은……"

"아직은……?"

"날아가고 싶지 않아요."

"그럼……"

조사맨은 나직한 숨을 뱉어내며 어깨를 늘어뜨렸다. 그의 처진 어깨를 보니 미안한 마음이 들었지만 아직은 좀더, 있고 싶었다. 나는 왜, 반가운 마음으로 우산을 받아들지 않았을까. 나로서도 난처한 기분이 들기는 매한가지였다. 다만 수레를 끌듯 물에 젖은 다리로나마 걷고 또 걸어 나를 기다리고 있는 누군가를 향해 가고픈 마음이 들었다. 나로서도 자세히 설명할 수 없는 이유를 그가 조목조목 캐물을까봐 나는 서툴게 입을 떼었다.

"재밌는 얘기, 또 없어요?"

바짓가랑이를 손에 쥐고 나는 거칠게 몸을 일으키려 애썼다. 흰 머리칼로 덥수룩한 조사맨의 정수리가 눈에 들어왔다. 조사맨은 말꼼말꼼 눈동자를 굴리다가는 다시 환하게 미소지었다. 우산 든 손을 바꿔들며 조사맨이 휘적휘적 앞장서 걸었다. 나는 말없이 그의 작은 보폭을 따라 천천히 다리를 들었다. 그러고는 조사맨의 뒤를 쫓으며 이제부터라도 우산을 들고 하늘로 날아가는 사람을 만난다면, 꼭 손을 높이 들어 힘껏 흔들어주겠노라 마음먹었다.

"해줄게."

"……"

"들어봐, 응?"

"……"

조사맨은 앞으로도 스무날은 더 넘게 나를 찾아올 것이다. 매일 한 가지씩, 재미있는 이야기랍시고 『화장실에서 앉아 보는 오 분 유머집』 따위에조차 들어가지 못할 사람들의 이야기를 복닥복닥 뭉쳐 떨어뜨릴 것이다. 그러니 괜찮다고— 철벅이는 아스팔트를 피에로의 부푼 구둣발로 밟고 간대서 괜찮지 않을 일은 아무것도 없다고 나는 생각했다. 나쁜 일은 아직, 그 무엇도 일어나지 않았으니까. 더불어 좋은 일도, 내 생애 눈물겨운 찰나의 시간도, 아직은 벌어지지 않았으니까. 그러니 괜찮다. 정말이지 나는 괜찮았다. 빛나는 다이아몬드의 눈물을 눈 밑에 매달고 있는 한, 그 누구의 노랫말처럼 나는 항상 웃음 간직한 피에로일 수 있으니. 그러니 내가 오늘도 걷는 이 발걸음은 오롯이 나를 향한 직진, 나를 위한 행진.

개인방언으로 그려낸 환상의 세계

손정수(문학평론가, 계명대 문예창작과 교수)

1. 개인방언의 문학적 의미

언어는 한 개인의 사유물이 아니라 공동체가 공유하는 문화적 자산이라고 보는 것이 일반적이다. 언어라는 것이 발생했고 또 존재하는 기본적인 의의도 그것을 공유하는 사람들 사이의 원활한 소통에 있다. 그런 의미에서 언어는 일종의 규범이라고 할 수 있다. 하지만 그 규범은 그 언어공동체 내에서 균일하게 작동되지는 않는다. 지역과 계층 등의 요인에 따라 차이가 나기도 하고 시간의 변화에 따라 변천을 겪기도 한다. 한 구성원의 구체적인 발화가 이루어지는 것은 바로 그와 같은 유동적이고 입체적인 언어의 시공간의 좌표 속에서일 것이다. 랑그와 파롤 사이의 이항대립은, 모든 이항대립이 그러하듯 어느 지점에 이르면 숙명적으로 해체된다.

　문학작품의 언어는 그 공동체의 언어 수행의 좌표 속에서 어떤 특정 영역에 걸쳐 있다. 그것은 대체로 규범적인 언어 수행의 중심에서 어느 정도 떨어진 거리에 위치하고, 바로 그 거리가 특정 언어에, 소통적 기능에 부가된 미적 기능을 부여하며, 바로 그 장면에서 일상언어와 대비되는 문학언어의 특수성이 생성되지만, 그러나 그 역시 고정적, 절대적인 것은 아니다. 특정 공동체의 문학적 전통이 찍어온 산발적인 점들이 어느 시점 이후 기하학적 도형의 형태로 이루어진 특권적 지대를 형성하게 된다. 한 공동체의 문학이 갖는 미적 규범이 그 과정에서 생성된다. 그것은 애초에는 한 개인에 의해 고독하게 수행된 예술적 저항이었지만 이제는 한 공동체가 보유한 문학적 자산의 목록에 등재되어 당당한 문학적 권위를 누리게 된다. 한 언어공동체 속에서 문학적 발전은 어느 지점에 이르면 그 자체의 고유한 새로움을 통해 생성되는 것보다 기존의 문학적 규범을 재조합하거나 혹은 갱신하는 작업을 통해 이루어지는 면이 더 두드러지게 된다.

　이와 같은 새로운 국면에서 참신한 문학적 실천은 그와 같은 관습화된 미적 규범의 전제들을 의식적으로 위반하면서 성립된다. 새로운 텍스트와 그 언어의 문학성은 그 자체의 미적 자질이 아니라 그것이 대응, 혹은 위반하고 있는 선행 텍스트(pretext)와의 대비를 통해 확보된다. 리파테르가 시의 기호적 분석에서 규명하고 있는 바와 같이, 사회방언(sociolect)에 대비

되는 개인방언(idiolect)이 문학성의 성립 요건으로 등장하는 것은 바로 이 장면에서이다. 난삽하고 주관적인 것으로만 치부되었던 개인방언은 이제 선행 텍스트를 매개로 새로운 미학을 창출하는 유력한 수단으로 등장한다.

2. 개인방언의 양상

염승숙의 첫 소설집에 실려 있는 여덟 편의 단편들에는 낯선 단어와 문장들이 자주 눈에 띈다.

우선 단어부터 보면 그것들은 대체로 부사나 형용사들이다. 대표적인 것들만 살펴도 '잔미운'(44쪽), '모짝'(45쪽), '생게망게한'(87쪽), '실쌈스러웠던'(91쪽), '상글방글'(121쪽), '두글두글'(141쪽), '어빡자빡'(141쪽), '울가망해져'(157쪽), '한드랑한드랑'(207쪽) 등 주로 구어적 표현에서 사용되는 순우리말 관형어들이 소설 안에 두루 산포되어 있다.

그런데 잘 살펴보면 순우리말 관형어들만 있는 것이 아니다. 거기에는 겉으로는 그와 유사하지만 사실은 사전에 등록되어 있지 않은 '엉터리' 단어들이 섞여 있다. '악다구니'에서 변형된 것으로 보이는 '엉머구리'(122쪽)나 '호락호락'에서 살짝 일탈한 '호랑호랑'(123쪽), '짜릿짜릿'의 음성 이미지를 활용한 '싸릿싸릿'(125쪽) 같은 단어들이 그 예들이다. '말을 타고 재주를 부리는 일'이라는 의미를 가진 '말놀음'이라는 단어를 '말을 가지고 하는 유희'로 전치시켜 사용하고 있는 대목(122쪽) 역시 넓게 보면 이 범주에 속한다. 여기에서 작가가 순우리말과 유사 순우리말을 의식적으로 배치하고 있다는 점과 거기에는 어떤 전략적 의도가 숨겨져 있다는 것을 감지할 수 있다.

그들 가운데 어떤 단어들은 사전에 등록되어 있고 또 어떤 것들은 그렇지 않지만, 그러니까 전자는 사회방언이고 후자는 개인방언이지만, 모두 낯설기는 마찬가지이다. 한자어와 외래어를 합치면 팔십 퍼센트가 넘는 우리의 언어 현실에서 보면 순우리말 가운데 표준적인 것과 그렇지 않은 것의 차이는, 일상생활의 언어감각에서라면 사전을 일부러 찾아보기 전에는 실감되기 어렵다. 그 순우리말 언어들의 규범성을 보증했던, 그리고 그 수행에 당위성을 부여했던 민족주의적 관념이 그 구체적인 실천 속에서 규정력을 발휘하기가 점점 더 어려워진 상황 속에서는 더욱 그러하다. 그와 같은 규범적 언어의 취약지대에서 개인방언은 그 출현의 조건을 발견한다.

규범적 언어가 취약해지는 상황은 특정 세대의 경우에 한자어에서도 빈번하게 발견된다. 남북한은 어느 사이 전통적인 한자문화권 가운데 더이상 한자를 공식적으로 사용하지 않는 지역이 되었다. 공식문서와 미디어에서 한자가 거의 사라진 우리의 언어 현실에서 정확한 한자어의 구사는, 적어도 일상 속에서는 기대하기가 점점 더 어려워지고 있다. 젊은 세대일수록, 교육수준이 낮을수록 그와 같은 양상은 뚜렷하다. 염승숙 소설에 등장하는 어색한 한자어 사용의 문맥들은 그의 소설들의 화자와 등장인물들이 한자어의 규범적 활용 능력으로부터 멀리 소외되어 있는 인물들이라는 사실과 밀접하게 맞물려 있다고 할 수 있다.

(A) 한 달의 조사기간을 거친 뒤에야 말소 신청을 받아들여주겠다고 일갈해왔다.(265쪽)

(B) 나 역시 사부자기 궁금해지긴 매일반이었다.(268쪽)

(C) 그들을 잃은 대가로 받은 보상금의 액수가 모래알에 게 눈 감추듯 줄어드는 속도에 놀라워하던 순간에 이런 상황쯤 이미 예상하고 있었는지도 몰랐다.(282~283쪽)

(D) 조사맨은 말꼼말꼼 눈동자를 굴리다가는 다시 환하게 미소지었다.(287쪽)

위의 문장의 발화자들은 '一喝'이라는 한자어나 '사부자기'라는 순우리말 부사의 정확한 의미를 알 만큼 제대로 교육받은 계층 출신의 인물들이 아니다. 그들에게는 '마파람에 게눈 감추듯 하다'는 속담도 정식 교육을 통해서가 아니라 일상의 구어 생활로부터 비정규적으로, 그렇기 때문에 원본 그대로가 아니라 뒤틀린 형태로 습득되었을 공산이 크다. '말꼼말꼼'과 같은 유사단어들도 그런 과정에서 무의식적으로 성립되었을 것이다.

이와 같은 성격의 인물들은 소설이라는 근대 예술장르의 언어와 격절된 존재들이었다. 그들은 그들이 보유하지 못한 규범적 언어를 능숙하게 활용하는 엘리트 지식인들에 의해 재현되는 수동적 존재들에 지나지 않았기 때문이다. 이때 규범적인 문학언어는 의도와 무관하게 결과적으로 그들을 소설로부터 분리시키는 장치로 작용된다. 소설 속에는 그들이 등장하고 그들의 삶이 기술되어 있으되 그 기술의 언어는 그들의 것이 아니었다. 당연히 그 규범적 언어들이 그들을 주인공으로 삼아 그려내는 공동환상 혹은 집단환상 역시 그 소설의 창작자인 지식인의 것이지 그들의 것이 아니었다.

최근 소설에 등장하는 개인방언들은, 그리고 그것이 그려내는 개인환상들은 유치하고 세련되지 못한 그 언어 그대로, 그 거칠고 투박한 그 상상 그대로 한국 소설의 새로운 국면을 암시하고 있다. 염승숙 소설의 일탈적인 문체는 그 새로운 소설의 화자와 인물들을 위해 마련된 것이라고 할 수 있다. 이처럼 비문학적 언어를 가지고 문학작품인 소설을 써야 하는 역설이 염승숙 소설의 창조적 오문을 낳았던 것이다.

3. 개인환상의 양상

1) 개인환상의 특징들

이렇듯 염승숙의 소설은 기본적으로 규범적 언어, 문학적 언어로부터 소외된 존재들의 이야기이다. 그들의 어설프고 유치한, 그러나 그렇기 때문에 그들 존재에 즉자적인 언어들이 그려내는 환상 역시 기왕의 소설들처럼 논리적이고 필연적인 방식으로 제시되고 있지는 않다.

가령 등단작이기도 한 「뱀꼬리왕쥐」의 '나'는 꼬리뼈 전문 물리치료사라는 직업을 갖고 있다. 그 해괴한 직업 자체가 현실로부터 치환, 압축된 꿈 같은 환상일 것이지만, 그렇기 때문에 기왕의 소설에서라면 그 치환, 압축의 과정과 그 원인에 대한 현실적 분석이 이루어졌을 터이지만, 여기에서는 다만 그 환상만이 제시되어 있을 뿐 그 과정이나 원인에 대한 분석이 전혀 나와 있지 않다. '나'는 환자이지 분석가가 아닌 것이다. 그렇기 때문에 '나'는 "쉴새없이 볼칵거리며 솟아나는 환상에서 자유롭지 못"(24쪽)하다.

내 몸을 마음대로 할 수 없다는 것. 내 몸을 믿을 수 없게 된다는 것. 나는 내 눈이 보여주는 시공간의 풀숲을 헤맨다. 내 머리가 판단하는 세상과 우주의 바다에서 허우적거린다. 매시 매분 매초, 나는 반듯한 걸음으로 표지판을 향하여 걷지만 매순간 나

를 맞이하는 것은 막다른 골목의 담벼락뿐.(25쪽)

　환상은 끊임없이 새로운 환상을 몰고 온다. 그 반복의 과정 속에서 '나'는 더이상 환상의 주체가 아니다. '나'는 그 환상들이 통과하는 교차점일 따름이다: "텅 빈, 나의 몸. 그 무엇이 들어와 나를 채운다 해도, 변할 것이 있으랴. 나는 여전히 나, 척추가 부러지고 파충류의 표피를 얻어도 나는 여전히 나, 세상을 바라보고 세상에 존재하는 나, 나의 몸."(34쪽) '나'에게 꼬리뼈를 내놓고 자신들의 세계로 들어오라고 권유하는 '뱀꼬리왕쥐' 역시 그와 같은 환상의 연쇄고리로부터 파생된 것이다. 왜 갑자기 그런 환상이 등장하는지 설명되어 있지 않아 당혹스럽지만, '나'가 그 환상 바깥에 서 있는 자가 아니라 바로 그 환상을 앓고 있는 자라는 사실을 고려하면 이 소설에서는 오히려 그 편이 더 자연스러울 수 있다.

　「뱀꼬리왕쥐」가 새로운 환상으로 진입하는 장면에서 그쳐 있다면 「수의 세계」는 그 환상 속을 유쾌하게 주유하는 이야기이다. 몸에 숫자를 새기고 태어난 주인공 '공영'이 수(환상)의 세계를 믿는 반면, 그가 사랑한 '하나'는 수를 믿지 않고 현실을 믿는다. 그 믿음은 '하나'가 현실이라는 공동환상 속에 머물러 있는 반면 '공영'이 그 공동환상을 벗어나 그 바깥의 세계로 진입하는 이유를 설명해준다. 공영이 들어간 그 바깥의 세계는 자연수(현실)에 대비되는 소수(마이너리티, 주변부 현실)들의 세계이거나 허수나 무한수처럼 실재감이 약하거나 없는 세계이다. 염승숙은 이 이상한 '수의 세계' 속에서 펼쳐지는 공영의 모험을 그 특유의 만화적 상상력으로 그려내고 있다.

「뱀꼬리왕쥐」나 「수의 세계」의 환상은 이렇듯 직접적이고, 그렇기 때문에 생경하다. 환상의 생성과정이 드러나지 않거나 너무 도식적으로 드러나 있기 때문이다('뱀꼬리왕쥐'로 비약하는가 하면 '수의 세계'로 도식화되고 있다). 그것은 즉흥적이고 단순하며, 그래서 그것은 소설적이라기보다 동화적, 우화적, 만화적인 것에 더 가깝다.

그에 비해 「거인이 온다」 「춤추는 핀업걸」 등의 소설에서는 환상의 생성과정이 간접화되어 드러나 있다.

2) 개인환상의 파생방식

「거인이 온다」는 시청 공무원인 '나'가 사랑니를 뽑으러 치과에 가는 이야기이다. 그런데 치과에 가니 의사가 '나'의 사랑니가 사실은 사랑니가 아니라 1822년 발견된 바 있는 '이구아노돈'이라는, 공룡의 뼈라고 한다.

이 이야기는 낯설고 황당하지만 사실 익숙한 장면을 밑그림으로 깔고 있다. 언어공동체에 속한 상당수의 구성원들이 알고 있는 것처럼 이범선의 「오발탄」(1959)에서 변리사 사무실에 다니는 '철호'의 가족은 전쟁 직후 피난 내려온 월남민들이다. 이 소설은 철호가 아내가 출산중 사망하자 양공주 여동생이 건네준 병원비로 앓고 있던 사랑니를 한꺼번에 모두 뽑아버리고 그 출혈의 충격으로 환상 속을 헤매는 장면으로 결말을 맺고 있다. 여기에서 환상의 원인은 분명하게 주어져 있다.

'사랑니'를 비롯한 몇 개의 동위소(isotopy)들이 「오발탄」과 「거인이 온다」의 상호 텍스트성을 말해주고 있다. 그런데 새 텍스트에서 이 동위소들은 선행 텍스트에서와는 다른 변형된 맥락 속에 위치한다. 가령 「거인이 온다」에서는 아내가 거인증을 앓고 있는 것으로 치환되어 있다('나'가 집을 나서기 전 아픈 아내가 '나'를 배웅하는 장면은 현진건의 「운수 좋은 날」에 의해 부분적으로 치환되어 있다). 말하자면 「오발탄」을 비롯한 선행 텍스트로부터 조합된 이미지들을 마치 꿈작업(dream work)과 같은 과정을 통해 한 단계 더 압축, 치환시켜나감으로써 얻어진 환상이 곧 「거인이 온다」인 셈이다. 그렇기 때문에 이 환상은 현실적인 것을 비현실화하고, 낯익은 것을 낯선 것으로 만든다. 그리하여 환상이 진행될수록 비현실성과 낯섦은 증폭된다.

이 소설의 결말에서 시청 공무원인 주인공은 자신이 시달리던 민원, 그러니까 눈이 자꾸만 사라진다는, 누군가 눈을 먹어치우고 있다는 민원의 실체를 확인하게 된다.

나는 두 눈을 희번덕거리며 헐겁게 매달린 눈밭의 엷은 막을 조심스레 헤쳤다. 그와 동시에 나의 시야는 믿을 수 없는 광경으로 뒤섞이고 얼크러졌다. 검실검실한 광경에 입이 딱 벌어졌다. 작

은, 그러나 무수한 공룡들이 옹긋옹긋 모여앉아 눈을 뭉쳐 허겁지
겁 입속으로 집어넣고 있었다. 나는 얼먹은 표정으로 옴짝달싹 못
한 채 하염없이 그들을 바라볼 수밖에 없었다. (102~103쪽)

　무수한 작은 공룡들이 '옹긋옹긋' 모여앉아 눈을 뭉쳐 허겁지
겁 입 속으로 집어넣고 있는 '검실검실' 한 광경. 이 조그만 공룡
의 환상에는, '나'의 사랑니가 '이구아노돈'이라 주장하는 의사
의 이야기가 그 생성의 한 요소로서 개입되어 있을 것이다. 하
지만 그 두 환상은 원인과 결과로서 대응되고 있는 것이 아니
다. 그것들은 오히려 자유롭게 반복되는 지속적인 연상과정에서
임의적으로 선택된 두 지점에 가깝다.
　「수의 세계」의 숫자로 치환된 인물들에서도 루이스 캐럴의
『이상한 나라의 앨리스』의 한 장면을 연상할 수 있었지만, 그리
고 「뱀꼬리왕쥐」에서 '뱀꼬리왕쥐' 역시 앨리스를 이상한 나라
로 데려간 토끼의 변형체라고 볼 수도 있었지만, 「춤추는 핀업
걸」에서 그 연관성은 더 폭넓게 드러나 있다.
　이 소설의 화자인 '나'는 꼭 몸의 절반만큼 조로(早老)를 앓
고 있다. '나'의 몸속에는 속도가 다른 두 개의 시계가 째깍거리
고 있는 셈이다. '나'의 주위에는 떠돌이 아버지가, 빚쟁이들을
피해 달력 속으로 숨는 엄마가, 엄마처럼 달력 속을 드나드는
'작달막' '새' '지겨워' 등의 핀업걸들이 있다. 여기에 눈덧신토
끼까지 등장하면 '나'가 빠져 있는 이른바 '앨리스 증후군'의

증상은 더욱 두드러진다.

이처럼 「거인이 온다」와 「춤추는 핀업걸」에서는 환상이 생성되는 경로와 그 근거들이 암시되어 있다. 하지만 그 경로와 근거들을 정확하고 분명하게 복원하는 것은 가능하지 않고 또 그다지 의미 있는 일도 아니다. 언어공동체가 공유하는 선행 텍스트(집단환상)를 활용하여 새로운 텍스트(개인환상)를 생산해내는 이 방식에서 그 선행 텍스트들은 단일하지도 않고 또 분명하게 드러나 있지도 않다. 여기에서는 패러디나 알레고리와 같은 치환의 전략이 없다. 환상은 다만 환상 그 자체로 제시되어 있을 따름이다.

3) 개인환상의 현실적 근거

그렇다고 이 환상들이 자동적으로 증식되기만 하는 것은 아니다. 거기에는 그러한 환상을 생성시킨 현실적인 근거들이 잠재해 있다. 다만 그 환상의 원인을 현실 속에서 직접 발견할 수 있다고 믿는 것은 지나치게 단순한 것이다. 환상은 궁극적으로 현실을 비껴나가기 위한 방어기제일 것이고, 그러기에 거기에는 복잡한 치환과 압축의 과정이 개입할 것이기 때문이다. 그렇기 때문에 환상은 직접 현실로 환원되지 않는다.

「채플린, 채플린」 연작과 「지도에 없는」 「피에로 행진곡」 등의 소설에는 염승숙 소설의 인물들이 환상에 탐닉할 수밖에 없는 현실적 근거들이 암시되어 있다. 이 소설들에는 공통적인 현상이 있다. 채플린으로 변하거나(「채플린, 채플린」 연작), 불광동 1-173번지가 갑자기 사라지거나(「지도에 없는」), 우산을 들고 하늘로 떠올라 사라지는(「피에로 행진곡」) 등의 현상이 그것이다. 「채플린, 채플린」 연작에서 채플린으로 변하는 사람들은 가짜 하객 역할을 하는 웨딩게스트 모철수처럼 존재감이 희미한 인물들이다. 「지도에 없는」에서 불광동 1-173번지에 살았던 사람들 역시 마찬가지이다.

　　아무도 찾아오지 않는 먼지 쌓인 사무실에서 나름대로 로망 있는 합동결혼식을 준비하는 '갑', 이 나라의 중년들을 멀티플레이어로 만들겠다고 목놓아 부르짖는 '을', 자신의 이름이 도용되는 것을 막고자 가로 뛰고 세로 뛰는 '병', 요식업 종사자들의 엄지손가락 안전을 사수하기 위해 부르스타의 레버 리콜을 요구하는 '정', 이 사회를 쿨 드링커들로 채워 건전한 음주문화를 사수하겠다고 노래하는 '무', 그리고…… 이제와 새삼 그들을 찾아다니며 불광동 1-173번지에 살았던 것을 기억하느냐고, 나를 알아보지 못하겠느냐고 애원하듯 물어보는 김씨 자신.(254쪽)

　　이들 역시 갑, 을, 병, 정, 무 등으로 불릴 만큼 존재감이 희미한 인물들이다. 위에서 드러나 있듯 이들이 필사적으로 하는 일들 역시 마찬가지로 우스꽝스러울 정도로 사소한 것들이다. 「피에로 행진곡」에서 한쪽 다리가 불구이고 누나 부부가 사망하면서 남겨놓은 빚에 허덕이고 있는 '나'나 고아원 출신의 혼혈아 '존'을 포함하여 거기에 등장하는 주민등록말소 신청자들의 신세 역시 크게 다르지 않다.

염승숙의 소설에서 공통적으로 아버지가 무기력한 존재로 그려져 있다는 점도 그와 관련된다. 「뱀꼬리왕쥐」에서 아버지는 고양이가 삼켜버렸고, 「채플린, 채플린」 연작에서 아버지는 어설프게 채플린 흉내를 내고 있다. 「지도에 없는」에서 아버지는 정신을 놓아버렸고, 「피에로 행진곡」은 그런 아버지조차 없는 고아들의 이야기이다. 말하자면 상징적 규범이 약화된 그 지점에서 환상은 범람하고 있는 것이다. 존재감이 희미한 그들은 현실에 발을 딛고 서 있기가 힘들다. 그들은 언제든지 환상 속으로 날아가버릴 수 있는 가벼운 몸의 소유자들이다.

이대로 계속 걷고 걸어 아무도 알지 못하는 길로 접어들었으면 하는 마음이 간절해졌다. 그 누구도 발견치 못한 길, 이 세상 어디에도 표시되지 않은 길, 지도에조차 나와 있지 않은 길로 무작정 걸어나가면 "아임 다이, 아임 다이" 하고 웃으며 죽는 시늉을 해대던 누나와 매형을 만날 수 있을까. 그래, 만날 수 있지 않을까. 지구는, 아직 둥근데.(285쪽)

이 존재감이 희미한 인물들이 갖는 환상은 그렇게 고상하거나 화려하지는 않지만, 따뜻하고 낙관적이다. 자기의 일거수일투족을 적어서 신문으로 만들고는 사서 읽어줄 사람을 기다리거나 김밥을 말면서 시를 쓰는 사람들의 이야기는 아마도 유치하고 소박했을 것이다. 그러하기에 세상을 향해 꺼내기 힘든 자기만의 환상이었을 것이다. 염승숙의 소설은 그들의 환상이 비록 유치하고 단순할지 모르나 거기에는 그들만의 절실함이, 솔직함과 소박함이 담겨 있다는 것을 새삼 확인시켜주고 있다.

4. 개인환상의 문학적 방향

이처럼 염승숙의 소설이 그려내는 세계는 기존의 규범적인 언어로 접근하기 어려웠던 개인환상들의 세계이다. 그 세계는 기존의 우리 소설이 전위적인 언어를 동원하여 새롭게 개척하고자 했던 영역과는 조금 성격이 다른 듯하다. 그렇기 때문에 염승숙의 소설은 매끈하고 유기적인 서사이거나, 분열을 실험하는 급진적인 서사와는 거리가 있다. 그 이야기는 오히려 단순하고 평면적인 반복과 나열을 즐겨하는 성향이 있다.

그렇다면 이 작가는 자신이 만들어낸 환상을 누구와 공유해야 하는가. 아마도 궁극적으로는 자신의 소설 속에 등장하는 인물들과 같은 그 개인환상의 주체들일 것이다. 하지만 그들은 아직 자신들 속에서 출몰하는 개인환상들을 향유할 준비가 되어 있지 않은 듯하다. 그들은 미디어가 제공하는 공동환상에 더 많이 노출되어 있는 실정이다. 그럼에도 그의 소설은 모든 개인이 자신의 고유한 환상의 주체가 되는 세계를 꿈꾸고 있다. 그것은 염승숙 소설의 전제이자 목표이다. 동시에 그것은 비문법성의 문학적 실험이 갖고 있는 딜레마이기도 하다.

이런 문제는 단기간 내에 의지에 의해 해결될 수 있는 성격의 것이 아니다. 집단환상 속에 빠져 있는 그들을 리좀적 네트워크로 끌어들일 필요가 있고, 또 그럴 수 있는 장치와 전략이 필요하다. 그것은 그들이 자신의 언어적, 문학적 능력을 주체적으로 전유하는 과정과 나란히 진행될 수밖에 없다. 그것은 지금으로서는 매우 아득해 보인다. 그럼에도 그러한 방향을 향해 앞서 내딛는 시도들이 출현하고 있다는 것은 분명 고무적인 일이 아닐 수 없다. 다만 충분한 가속을 얻기 전까지는 좌우로 뒤뚱거리며 몸을 흔들어야 하는 단거리 주자의 출발 장면처럼 새로운 시도의 초반부는 늘 흔들림을 동반하는 법이다. 이 작가는 그 국면을 성실하고 우직하게 감당해냈으니 그의 이 첫 소설집은 그가 개인환상의 주체들의 현실 속으로 더 깊이 뛰어 들어가 그들과 더 직접적으로 소통하기 위한 힘찬 도움닫기라고 할 수 있을 것이다.

작가의 말

초점이 맞지 않았거나, 뭉개져버린 사진들을 꽤 많이 가지고 있다. 정확한 이유야 알 수 없고 또 기억나지도 않지만, 프레임의 내부 혹은 외부에서 어떤 흔들림이 일어나거나 가해졌을 것임엔 분명하다. 이제껏 얼마나 많은 무수한 내가, 이렇게 '흔들린' 채로 시간의 궤적을 그러쥐고 걸어왔을까 생각하니 아찔하다.

문득 누군가의 정확한 모션에 의해 던져진 볼링공처럼 레일 위로 쓸려내려가는 지구를 상상한다. 세계는 그처럼 레일을 비껴나거나 경로를 벗어나며, 흔들린 채로 미끄러져 들어왔을 것이다. 언제고 곧 쓰러질, 그리하여 오로지 쓰러질 일만 생의 목표로 하는 볼링핀처럼 나는 이제껏 척추를 세우고, 팔다리를 일자로 붙여 꼿꼿이 서 있기만 했던 것은 아닌지 새삼 부끄러워지는 마음 크다.

전신을 훑고 지나는 불안을 배꼽 깊숙이 감추며 처음, 이야기
를 짓던 밤을 떠올린다. 나는 이 세계에서 내가 누구이며 어디
서 왔는지 알고 싶었고, 일 초 전에 숨쉬던 나는 일 초 후에 어
디로 가는지 묻고 싶었다. 말하고 생각하는 내가 진짜 '나'인지
의심스러웠고, 나를 살게 하는 이 역시 정말 나란 주체가 맞는
지 의아스러웠다. '숨'이 어디로부터 오는지도 알지 못하면서,
내가 분명 여기 이렇게 '있다'는 사실을 어떻게 증명해낼 수 있
는지 나는 두려웠다. 존재하는 모든 이야기를 갖고 싶어했던 건
결국 그 두려움에서 비롯된 나의 이기심 때문이었을 것이다. 너
무나 거대하고 아득한 이야기의 원형들을 양손에 그러쥐고 나는
그 모든 이야기의 처음과 끝을 상상하는데 몰두했으니 말이다.

'흔들림'은 아마도 이야기의 힘, 그 작고 소소한 위안의 소설
적 마력을 깨닫는 순간에 찾아왔던 것이 아닐까 생각한다. 내가
당신으로 숨쉬는 이야기, 당신이 우리로서 살아나가는 이야기.
펜을 놓은 순간 이야기의 주인은 이미 내가 아니다. 그것은 이
야기를 펼친 자의 것이며, 고로 누구라도 이야기의 결을 따라
매만지거나 함께 걸어나갈 기회를 갖는다. 그 어떤 이야기의 결
말도, 완성도 존재하지 않는다. 세상 그 누구에게도, 이야기를
홀로 소유할 권리는 없는 것이다.

다만 내가 지금 이 순간 바라는 것이 있다면, 이야기에 귀 기울이는 동안에는 그 누구도 아프거나 괴롭거나 슬프지 않았으면 한다는 것. 당신에게 건네는 나의 조그만 농담이, 작게나마 따뜻한 위로로 다가갔으면 좋겠다.

그러니 이 기묘하고 아름다운 이야기의 세계에서 나는 앞으로도 좀더 오랜 시간, 흔들릴 것임을 안다. 볼링은, 단 한 개의 핀이 남았을지언정 그것을 쓰러뜨려야만 게임이 끝나는 것일 테니까. 지구는, 여전히 무서운 속도로 내게 돌진해오고 있다.

흔들리되, 내가 좀더 잘 흔들리며 앞으로 나아가고 싶게 만드는 이들이 곁에 있다. 늘 끝없는 생의 긍정으로 내 어깨를 두드려주는, 나를 목마르게 하는 많은 사람들에게 고마운 마음을 전한다. 그중에서도 사랑하는 부모님, 하나뿐인 오빠와 새언니, 그리고 든든한 조군. 감사로 맞이한 생애 첫 책의 기쁨은 오롯이 이들에게로 돌려져야 마땅하다.

불쑥 당신의 이야기도 듣고 싶은 마음을, 부족하나마 이곳에 고백해도 좋을는지. 이 한 권의 소설을 펼쳐든 당신의 손목과, 어깨와, 무릎과, 머리카락이 궁금해진다. 당신의 눈빛과 목소리가 궁금해 나는 종종 손톱 밑이 저리고, 어느 날엔 간간이 잠을 설칠지도 모를 일이다.

그래도 나는 당신을 향해 나아가는 이 지난한 이야기의 길 위에서 방향을 잃지 않고 묵묵히 걸어갈 수만 있다면 더 바랄 것이 없겠다고 중얼거려본다. 이야기는 끝이되 결코 끝나지 않으며 또한 누구라도, 이야기할 수 있다는 사실을 잊어서는 안 될 테니까. 서로의 이야기에 귀 기울이는 데 인색한 것은 옳지 않다. 더 깊어진 눈과, 더 단단해진 손으로 가까운 날에 꼭 다시 당신과 만날 수만 있다면.

2008년 겨울
염승숙

문학동네 소설집

채플린, 채플린

ⓒ 염승숙 2008

초판인쇄 │ 2008년 12월 11일
초판발행 │ 2008년 12월 17일

지은이 염승숙
펴낸이 강병선
책임편집 조연주 강건모 권윤진
마케팅 장으뜸 방미연 정민호 신정민
제작 안정숙 차동현 김정후

펴낸곳 (주)문학동네
출판등록 1993년 10월 22일 제406-2003-000045호
주소 413-756 경기도 파주시 교하읍 문발리 파주출판도시 513-8
전자우편 editor@munhak.com │ 전화번호 031)955-8888 │ 팩스 031)955-8855

ISBN 978-89-546-0739-1 03810

www.munhak.com

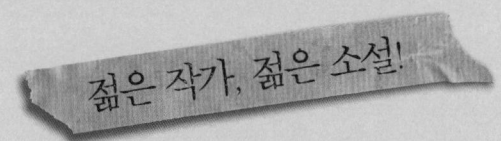
젊은 작가, 젊은 소설!

악기들의 도서관 **김중혁 소설**

제2회 김유정문학상 수상작 「엇박자D」 수록

이 소설집은 제가 여러분께 드리는 녹음테이프입니다. 테이프 속에는 모두 여덟 곡의 노래가 녹음되어 있습니다. 저에겐 특별한 노래들입니다. 이 녹음테이프 속에는 제가 이 년 동안 세상 여러 곳에서 붙잡아둔 소리가 담겨 있습니다. 그리고 여기에는 저의 취향과 마음과 선택이 담겨 있습니다. 이제 여러분의 카세트 데크에 있는 파란색 플레이버튼을 눌러 제가 녹음한 소리를 들어봐주십시오. **'작가의 말'에서**

＊책으로 따뜻한 세상을 만드는 교사들 권장도서

일곱시 삼십이분 코끼리열차 **황정은 소설**

'황정은풍' 소설의 탄생!

황정은의 소설은 젊고 발랄한 상상력으로 가득 찬 작품이다. 우리 소설의 가장 중요한 본질적인 차원에 해당하는 '아버지' 혹은 '가족사'의 문제를 '모자'라는 메타로 해결하는 이 젊은 작가의 감수성은 우리 소설의 세대교체를 실감하게 한다. 가족의 탄생과 유지과정에 대한 작가의 애증 어린 고찰은 우리 소설의 새로운 희망이 될 것이다. **2007 이효석문학상 심사평 중에서**

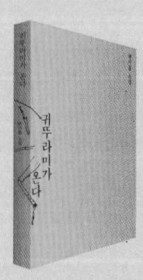

귀뚜라미가 온다 **백가흠 소설**

그들만의 기이한 사랑 방식과 선택기준 : 남자가 사랑에 빠졌을 때

백가흠의 첫 창작집은 작가가 채 다 다스리지 못한 강력한 에너지들로 가득 차 있다. 엽기적인 소재 그 자체만으로 위악적인 포즈를 취하는 동세대 작가들과는 분명히 다르다. 그리하여 편편에서 울리는 그 울음소리가 더 스며들고 응축될 작가의 새로운 작품에 대한 기대를 충분히 부추긴다. **조선일보**

＊한국문화예술위원회 선정 우수문학도서

사육장 쪽으로 편혜영 소설

변화하는 소설, 진화하는 소설!
이전의 편혜영이 눈두덩을 온통 시뻘겋게 칠하고 다녔다면 지금은 화장기를 싹 닦아낸 듯한 인상이다. 하나 맨얼굴의 편혜영은 여전히 상냥한 목소리로 묻는다. 도시를 사는 우리의 일상은 얼마나 얄팍한가. 하여 얼마나 섬뜩한가. **중앙일보**

＊제40회 한국일보문학상 수상작
＊한국문화예술위원회 선정 우수문학도서

유쾌한 하녀 마리사 천명관 소설

화려한 거짓말, 이야기의 무한생식
이 시대의 이야기꾼 천명관 첫 소설집!
천명관의 장점은 불행한 이야기도 무협지처럼 유쾌하게, 코미디처럼 익살스럽게 펼쳐 보이는 데 있다. 슬픈 이야기인 줄 뻔히 아는데도 포복절도하면서 눈물을 쏙 빼게 되는데, 눈물 끝에 진한 소금기가 느껴진다. **국민일보**

＊한국문화예술위원회 선정 우수문학도서

갈팡질팡하다가 내 이럴 줄 알았지 이기호 소설

에라이, 뿡! 같은 소설의 역사
이기호는 B급 작가다. 그가 A급에 미치지 못하는 소설을 쓴다는 의미에서가 아니라 그의 문학적 상상력이 주로 B급 문화로부터 자양분을 공급받는다는 의미에서 그러하다. 성경의 숭고한 의고체 문장과 비트박스와 랩의 '경박한' 리듬과 수다가 공존하는 세계, 햄릿이 본드를 불고, 건달이 자기소개서를 쓰는 세계가 이기호의 세계다. **한국일보**

＊한국문화예술위원회 선정 우수문학도서